ジョン・ミルトンのラテン語詩全訳集

ラテン語詩原典の比較対照版テキスト（1645年版、1673年版）付

(A Japanese Translation of John Milton's Latin Poetry
with a Comparative Study on the Texts
of his 1645*Poems* and 1673*Poems*)

松山大学研究叢書 第108巻

監訳者
野呂 有子
(Yuko Kanakubo Noro)

訳 者
金子 千香
(Chika Kaneko)

金星堂

松山大学研究叢書

第 108 巻

ジョン・ミルトンの
ラテン語詩全訳集

ラテン語詩原典の比較対照版テキスト
（1645年版、1673年版）付

(A Japanese Translation of John Milton's Latin Poetry
with a Comparative Study on the Texts
of his 1645 *Poems* and 1673 *Poems*)

監訳者
野呂　有子
(Yuko Kanakubo Noro)

訳　者
金子　千香
(Chika Kaneko)

金　星　堂

目　次

『1673 年版詩集』追加掲載のラテン語詩

補遺 1：生前未出版のラテン語詩

補遺 2：散文作品内に認められるラテン語詩

補遺 3：『詩集』掲載のギリシア語詩、ギリシア語翻訳詩、英語翻訳詩

凡　例

一、本訳書は、*The Works of John Milton*. Vol. 1, edited by Frank Allen Patterson (Columbia UP, 1931) 所収の各ラテン語詩を底本としている。

二、翻訳に付した註は、*The Complete Poetry of John Milton*. Edited by John T. Shawcross (Dobleday, 1963, rev. 1971)、*Complete Poems and Major Prose of John Milton*. Edited by Merritt Y. Hughes (Macmillan, 1957)、Douglas Bush. "The Latin and Greek Poems." *A Variorum Commentary on The Poems of John Milton*, vol. 1, edited by Marritt Y. Hughes (Columbia UP, 1970)、および *The Complete Works of John Milton*. Vol. 3, edited by Barbara Kiefer Lewalski and Estelle Haan (Oxford UP, 2014) に負うところが大きい。さらに『楽園の喪失』新井明訳（大修館, 1978）掲載の註からも多くを学んだことを申し添えておく。

三、各作品の創作年に関しては、（未確定作品も含め）*The Complete Works of John Milton*. に準じる。

四、本訳書に用いた記号は原則として、次のごとくである。
（　　　）原文にある括弧
〈　　　〉擬人化を示す
〔　　　〕訳者による付記

五、ヘシオドス作『神統記』(Hesiod, *Theogony*)、ホメロス作『イリアス』(Homer, *Iliad*)、『オデュッセイア』(*Odyssey*)、オウィディウス作『転身物語』(Ovid, *Metamorphoses*)、ウェルギリウス作『アエネーイス』(Virgil, *Aeneid*) について、括弧内で扱う場合は、それぞれ *Theo*.、*Ody*.、*Met*.、*Il*.、*Aen*. の省略語を使用し、出現ヵ所を数字で書き添える。文中で扱う場合は、日本語訳タイトルを使用した。

六、固有名詞は、原則として、できるだけ原語の発音に準じたが、煩瑣を避けるために慣例に従った場合もある。また、Apollo はギリシア語ではアポロン、ラテン語ではアポロとなるが状況に応じて適宜使い分けた。他のギリシア・ローマ神話の登場人物名もこれに準じるものとする。その際、ジャン＝クロード・ベルフィオール『ラルース　ギリシア・ローマ神話大辞典』金光仁三郎他訳（大修館，2020）および『改訂版　羅和辞典』水谷智洋編（研究社，2015）を参考とした。

七、固有名詞の音引きに関しては、原則省略とするが、煩瑣を避けるため慣例に従った場合もある。

八、本訳書において聖書に言及する場合、原則として英語訳聖書は *KJV Giant Print, Personal Size reference Bible* (Zondervan, 1994)、日本語訳聖書は新日本聖書刊行会訳『新改訳　小型聖書——引照・注付——』（いのちのことば社，1978）に基づく。

九、*A Mask Presented at Ludlow Castle* は、『コウマス』と呼ばれることもあるが、本訳書においてはタイトルに従い『ラドロー城の仮面劇』と表記する。また *Paradise Lost* は『失楽園』、『楽園喪失』、『楽園の喪失』などの邦訳タイトルがあるが、本訳書においては『楽園の喪失』を採用する。さらに *Paradise Regained* と *Samson Aonistes* の邦訳タイトルとして『楽園の回復』と『闘技士サムソン』を採用する。

十、Elegia はギリシア語でエレゲイア、ラテン語でエレギアと呼ばれる、エレゲイア体の詩を指す。英語の Elegy（エレジー）にほぼ相当し、日本語では通例、悲歌あるいは挽歌と訳されるが、本訳書に明らかなように、ミルトンは詩の主題を死者への哀悼に限ることなく、エレゲイア体の韻律で詩作品を創作する際にも Elegia のタイトルを用いている。本訳書では「エレゲイア」の表記を採用した。

十一、本訳書に収録された多くのラテン語詩はもともと *Poems of Mr. John Milton, Both English and Latin, Composed at Several Times* の 1645 年版と 1673 年版に収録されている。これを日本語にすれば『ジョン・ミルトン氏の詩集——英語とラテン語により折々の機会に創作された』というところであろう。本訳書では煩瑣を避けるために、それぞれ『1645 年版詩集』および『1673 年版詩集』とする。二つの版に収録された各詩作品の作品名を日本語で表す場合、原則として一重鍵括弧「　」を使用した。ただし慣例に従った場合もある。また亀甲括弧は、ミルトンによる作品名が与えられていないため、その作品の通称を示す場合に用いた。

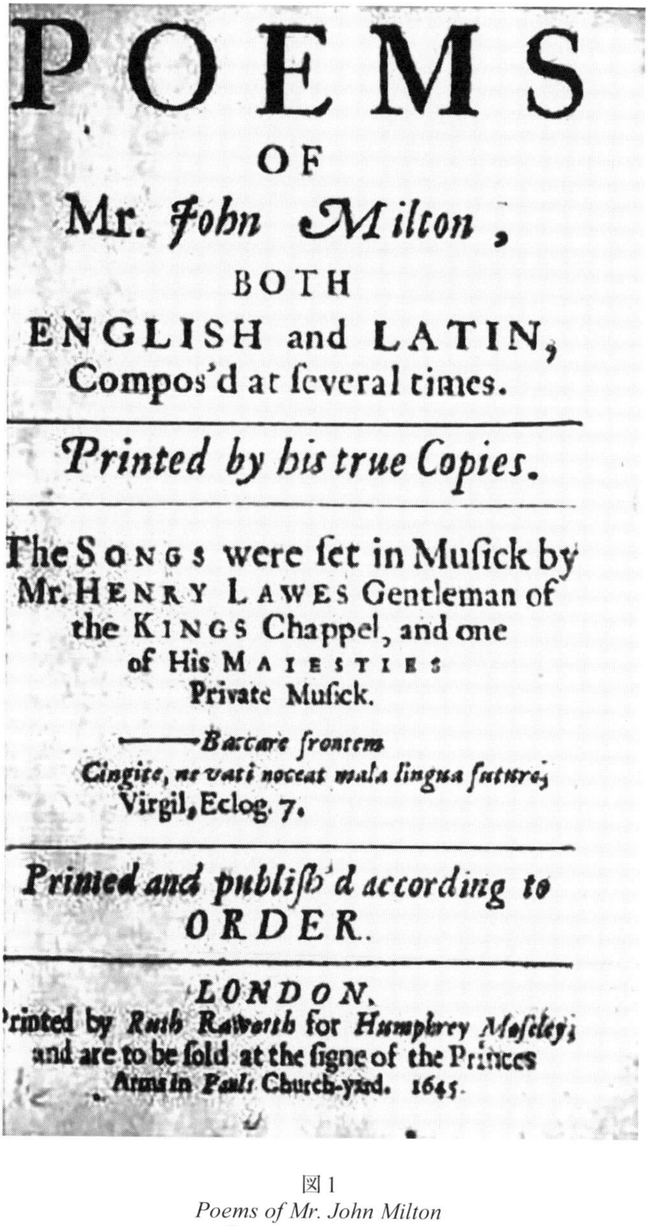

POEMS
OF
Mr. *John Milton*,
BOTH
ENGLISH and LATIN,
Compos'd at ſeveral times.

Printed by his true Copies.

The SONGS were ſet in Muſick by
Mr. HENRY LAWES Gentleman of
the KINGS Chappel, and one
of His MAIESTIES
Private Muſick.

——*Baccare frontem*
Cingite, ne vati noceat mala lingua futuro;
Virgil, Eclog. 7.

Printed and publiſh'd according to
ORDER.

LONDON,
Printed by *Ruth Raworth* for *Humphrey Moſeley*;
and are to be ſold at the ſigne of the Princes
Arms in *Pauls* Church-yard. 1645.

図 1
Poems of Mr. John Milton
『1645 年版詩集』扉
The Boston Library 所蔵

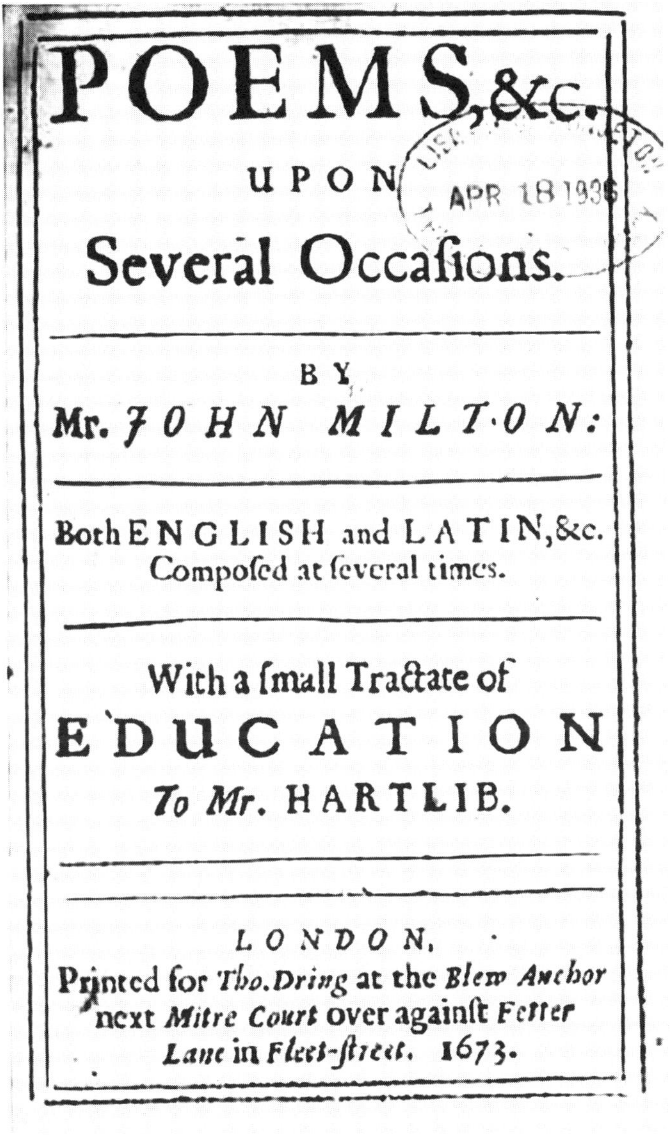

POEMS, &c.
UPON
Several Occasions.

BY
Mr. JOHN MILTON:

Both ENGLISH and LATIN, &c.
Composed at several times.

With a small Tractate of
EDUCATION
To Mr. HARTLIB.

LONDON,
Printed for Tho. Dring at the Blew Anchor
next Mitre Court over against Fetter
Lane in Fleet-street. 1673.

図2
Poems, &c. upon Several Occasions
『1673年版詩集』扉
Princeton Theological Seminary Library 所蔵

序　論[1]

松山大学特任講師　金子　千香

本訳書は松山大学研究叢書出版助成を受けて出版するものである。

1. 本訳書について

本訳書『ジョン・ミルトンのラテン語詩全訳集――ラテン語詩原典の比較対照版テキスト（1645年版、1673年版）付』(*A Japanese Translation of John Milton's Latin Poetry with a Comparative Study on the Texts of his 1645 Poems and 1673 Poems*) は、ジョン・ミルトン (John Milton, 1608–74) のラテン語詩の全訳集である。ここには、ミルトン自身の手によって二冊の私選集（*Poems of Mr. John Milton*, 1646年1月、以下『1645年版詩集』; *Poems, &c. upon several*, 1673, 以下『1673年版詩集』）に収められ、出版されたラテン語詩全27篇の日本語翻訳を収録している。[2] そこに、これらの詩歌の理解を助けるものと考え、三種類の「補遺」を設け、詩歌9篇の日本語訳を加えている。

まず補遺1として、ミルトンの死後、19世紀半ばに発見された2篇のラテン語詩「〔エレゲイア調の歌〕」(*Carmina Elegiaca*) と「〔怠惰な眠り〕」(*Ignavus Satrapam*) を収録している。これらは詩集掲載作品より早い時期に創作された、

1 本序論の体裁は、以下二点の野呂有子著「序論」に倣った部分が大きいことをお断り申し上げます。野呂有子「序論」『*Paradise Lost* 英語原典テキスト――1667年版、1668年版、1674年版、コロンビア版――および新井明訳「楽園の喪失」（部分）との比較対照版テキスト』野呂有子編 (2020) および『*Paradise Regained & Samson Agonistes* 英語原典テキスト――1671年版、1680年版、コロンビア版――および新井明訳「楽園の回復／闘技士サムソン」（部分）との比較対照版テキスト』野呂有子編 (2020)、いずれも電子ブックとして『野呂有子の研究サイト』(www.milton-noro-lewis.com) に掲載されています。

2 Haan は、現存するミルトンのラテン語詩を28作品、"his extant twenty-eight Latin poems" ("The Poemata" lxxxi) と数えている。この場合「〔これらの詩は…〕」(HÆC ego mente . . .) を『第七エレゲイア』に加筆された詩行とみなし、独立作品として計算していないためである。

ミルトンの最も初期のラテン語詩に位置づけられる。つづいて補遺2は、『イングランド国民のための第一弁護論』(*Pro Populo Anglicano Defensio*, 1651)および『イングランド国民のための第二弁護論』(*Pro Populo Anglicano Secunda*, 1654) 中に認められる三篇のラテン語詩である。[3] すでに牧歌期と呼ばれる牧歌詩（パストラル・エレジー）を中心とする創作活動期を脱して久しく、弁論の剣で政権を支える壮年期のミルトンによる作品である。これらは、詩集掲載作品よりおおよそ十年以上後に創作され、ミルトンの最も後期のラテン語詩に位置づけられる。最後に、補遺3として、ミルトンが詩集のラテン語詩部門に収録したギリシア語詩2篇および詩篇第114篇のギリシア語翻訳詩一篇を収録している。[4] そしてここに、ミルトンの手になる英語翻訳版、ホラティウス作『歌集（カルミナ）』第一巻第五歌 (*The Fifth Ode of Horace*. Lib. I) の日本語訳を加えている。ラテン語から英語への翻訳詩ではあるが、ミルトン自身が『1673年版詩集』においてホラティウスのラテン語詩原文を引用しつつ、自身の英語翻訳詩を掲載していることから、ラテン語詩創作から英詩創作へ移行していくミルトンの思考の道筋を示す一つのものとして見逃しえない作品である。よって補遺3には、ラテン語以外の言語により綴られているものの、ミルトンのラテン語詩に寄り添う詩歌計四篇の日本語訳が含まれている。

日本語訳に際し、本訳書は *The Works of John Milton*. Vol. 1, edited by Frank Allen Patterson（Columbia UP, 1931；以下、コロンビア版）所収の各ラテン語詩を底本としている。また、コロンビア版掲載の Charles Knapp 氏による英語訳、*The Complete Poetry of John Milton.* Edited by John T. Shawcross (Doubleday, 1963, rev. 1971) 掲載のショークロス訳、*Complete Poems and Major Prose of John Milton.* Edited by Merritt Y. Hughes (Macmillan, 1957) 掲載のヒューズ訳、*The Complete Works of John Milton*. Vol. 3, edited by Barbara Kiefer

---

3 本訳書では独立した詩作品を対象としたが、訳者の許可を得てこれら三点も「補遺」に含めることとした。新井明・野呂有子共訳『イングランド国民のための第一弁護論および第二弁護論』（聖学院大学出版会：2003）pp. 224–5, 361–2。

4 詩篇第114篇のギリシア語翻訳詩の日本語訳は、野呂有子訳「ギリシア語翻訳詩篇第114篇」『詩篇翻訳から『楽園の喪失』へ——出エジプトの主題を中心として——』（冨山房インターナショナル：2015）pp. 99–100を引用し、訳者の許可を得て掲載している。

Lewalski and Estelle Haan (Oxford UP, 2014) 掲載のハーン訳を適宜参考としている。

巻末には『1645 年版詩集』の原典と『1673 年版詩集』の原典の比較対照版テキストを付している（付録 1）。本比較対照版テキスト作成にあたって、参照、読解、打ち込みを行う原資料としたのは、Internet Archives 掲載の Boston Public Library 所蔵の *Poems of Mr. John Milton Both English and Latin composed at several times*（1646；『1645 年版詩集』）および The Princeton Theological Seminary Library 所蔵の *Poems, &c. upon several*（1673；『1673 年版詩集』）で、各資料の詳細は以下 (1)、(2) の通りである。

(1)『1645 年版詩集』の原資料

Poems of Mr. John Milton: both English and Latin, compos'd at several times: printed by his true copies: the songs were set in musick by Mr. Henry Lawes, gentleman of the Kings Chappel, and one of His Maiesties private musick: printed and publish'd according to order

Publication date 1645

Publisher London: Printed by Ruth Raworth for Humphrey Moseley, and are to be sold at the signe of the Princes Arms in Pauls Church-yard

Collection bplsctpbs; boston public library; americana

Digitizing sponsor Associates of the Boston Public Library

Contributor Boston Public Library

Notes：No copyright or contents pages found.

Added date 2016–02–24 16:45:19

Book plate leaf 0004

Call number BRLL

External-identifier urn: oclc: record: 606951673 [WorldCat (this item)]

Identifier poemsofmrjohnmil00milt

Identifier-ark ark:/13960/t6n05g832

Ocr ABBYY FineReader 11.0

Openlibrary_edition OL25905280M

Openlibrary_work OL17329352W

URL: https://archive.org/details/poemsofmrjohnmil00milt/page/n7/mode/2up

(2)『1673 年版詩集』の原資料

Poems, &c. upon several occasions. By Mr. John Milton: Both English and Latin, &c. Composed at several times. With a small Tractate of Education to Mr. Hartlib.

Publication date: 1673

Publisher London: Printed for Tho. Dring at the Blew Anchor next Mitre Court over against Fetter Lane in Fleet-street

Collection Princeton; americana

Digitizing sponsor Princeton Theological Seminary Library

Contributor Princeton Theological Seminary Library

Notes: No table-of-contents pages found.

Added date: 2013–04–01 20:35:45

Book plate leaf: 0004

Call number SCB

External-identifier urn:oclc:record:1050806759 [WorldCat (this item)]

Identifier poeera00milt

Identifier-ark ark:/13960/t73v14d72

Ocr ABBYY FineReader 8.0

Openlibrary_edition OL25512267M

Openlibrary_work OL16891210W

URL: https://archive.org/details/poeera00milt/page/n9/mode/2up

「ラテン語詩原典の比較対照版テキスト（1645 年版、1673 年版）」では、『1645 年版詩集』・原資料 (1) と『1673 年版詩集』・原資料 (2) を比較対照し、その差異をテキスト文中に明示する。つまり本テキストは、『1645年版詩集』・原資料(1)を基にしており、差異が認められた場合、当該語句の直後に、角括弧［　］および**太文字**を使用し、『1673年版詩集』・原資料(2)における相当語句を示している。例えば、Virgineas [**Virgineos**] auro cincta puella sinus.（「第五エレゲイア」110行）とある場合、当該語句は『1645年版詩集』では"Virgineas"と綴られている語が、『1673年版詩集』では"Virgineos"と綴られていることを意味する。

『1673年版詩集』には、巻頭に「正誤表」(ERRATA)と「目次」(THE TABLE)が付与されている。まず「正誤表（エラータ）」のラテン語詩群に関する箇所には以下のように記されている。

> In the second part p. 43. l. 1. for *Canentam* r. *Canentem*, ibid. l. 4. for *desipulisset* r. *desipuisset*, p. 49. l. 2. for *Adamantius* r. *Adamantinus*, ibid. l. 9. for *Nonat* r. *Natat*, p. 52. l. 2. for *Relliquas* r. *Relliquias*, p. 53. l. 17, 18. a Comma after *Manes*, none after *Exululat*. Some other Errors and mispointings the Readers judgement may correct.

"for . . . r. ～"は、「…に関しては、～と読み替える」の意味である。作品名を示しつつ、上記をまとめると以下のようになる。

作品名　（行数）	誤	正
Ad eandem. [1] (5)	Canentam	Canentem
Ad eandem. [1] (8)	desipulisset	desipuisset
In quintum Novembris. (38)	Adamantius	Adamantinus
In quintum Novembris. (45)	Nonat	Natat
In quintum Novembris. (110)	Relliquas	Relliquias
In quintum Novembris. (149)	Manes	Manes ,
In quintum Novembris. (150)	Exululat ,	Exululat

本訳書では、「正誤表」記載の上記七項目を、1673 年版テキスト本文に反映して示している。例えば、Sævior, aut totus desipuiiset **[desipuisset]** iners,（「同じ歌姫にあてて［1］」8 行目）とある場合、『1645 年版詩集』では “desipuiiset” と綴られているものが、『1673 年版詩集』本文では “desipulisset” と綴られている。しかし、この誤表記は「正誤表」で訂正されていることから、本訳書では訂正後の “desipuisset” を『1673 年版詩集』の表記として採用し、本訳書本文に反映している。

なお、原資料 (1) および (2) の判読困難な箇所に関しては、最終的に上掲のコロンビア版所収のテキストに準ずるものとした。実際、コロンビア版がなければ、われわれの作業は実際に要したよりもはるかに多くの時間と労力が必要とされたものと想定される。本研究はコロンビア版を集大成された Frank Allen Patterson 博士をはじめとする、数多のミルトン研究の先達から多大な恩恵を受けていることをここに記して、感謝の意を表したい。

また『1645 年版詩集』および『1673 年版詩集』のいずれにも掲載されていない作品のテキスト原文は次の通りである。「〔エレゲイア調の歌〕」(*Carmina Elegiaca*) と「〔怠惰な眠り〕」(*Ignavus Satrapam*) のテキスト原文については、これらが初めて出版された *A Common-Place Book of John Milton, and a Latin Essay and Latin Verses Presumed to Be by Milton*. Edited by Alfred J. Horwood, Camden Society, 1886, pp. 62–63. から引用している。『イングランド国民のための第一弁護論』のテキスト原文については、電子ブック *Pro Populo Anglicano Defensio 1651/1658*. Edited by Yuko K. Noro (2018) より引用している。[5] および『イングランド国民のための第二弁護論』のテキスト原文については、電子ブック *Pro Populo Anglicano Defensio Secunda*. Edited by Yuko

5 詳細は『野呂有子の研究サイト（ジョン・ミルトンを中心にして）』「電子ブック」内の『「イングランド国民のための弁護論」1651 年版と 1658 年版の比較対照版』を参照されたい (www.milton-noro-lewis.com/index.html)。なお本電子ブックの正式名称は、*The Original Latin Text of the Defence of the People of England (1651) by John Milton based on the photocopy of John Adams Library (Boston Public Library) Downloaded from Early English Books Online in Comparison with the 1658 Columbia*. である。『イングランド国民のための弁護論』は、当時共和政府のラテン語秘書官であったミルトンが、1649 年 1 月に行われた国王チャールズ一世処刑の妥当性を、国際世論に対し主張するためにラテン語で書

K. Noro (2019) より引用している。[6]

最後に、『1673年版詩集』「目次」を参考にしつつ、『1645年版詩集』掲載作品との相違を具体的に示すため、各詩集の掲載作品一覧を作表した。本訳書掲載の付録2をご参照いただきたい。

2. ミルトンのラテン語詩の日本語訳

ミルトンの英詩はこれまでにすべて日本語に訳されてきた。一方、論者の知見の限りでは、出版されたミルトンのラテン語詩の日本語訳は以下の通りである。

越智文雄訳「Postscript」(1958)[7]
野呂有子訳「父にあてて」(1993)[8]
松田実矩訳「マンソー」(1993)[9]
野呂有子訳「マンソウ」(1994)[10]

かれた政治論文である。ミルトンはこれを国王処刑の二年後、1651年に出版した後、王政復古前夜に加筆修正し1658年に再度出版している。本電子ブックでは、これら二つの版の差異を確認し、独自の表示方法で明示している。それにより「原典のみの持つ作者の生の筆致を捉えることに成功」(野呂〔「まえがき」〕) したテキストである。

6 詳細は、上掲サイトの『「イングランド国民のための第二弁護論」Thomason Collection 版と Columbia 版の比較対照版』を参照されたい。なお本電子ブックの正式名称は、*The Original Latin Text of the Second Defence of the People of England by John Milton based on the photocopy of Thomason Collection, The British Library, Downloaded from Early English Books Online in Comparison with the Columbia Version*. である。『イングランド国民のための第二弁護論』は、『イングランド国民のための第一弁護論』への反駁書である『王の血の叫び』(Peter du Moulin, *Regii Sanguinis Clamor ad Cœlum Adversus Parricidas Anglicanos* 1652) に対する反駁の書である。

7 越智文雄「ミルトンの恋愛詩とそれへの態度」『英文学研究』第35巻1号 (1958) pp. 51–74. に掲載。こちらには「第七エレゲイア」の抄訳もみられる。

8 Yuko Kanakubo Noro, David L. Blanken, "Milton's *Ad Patrem*, *De Idea Platonica*, and *Naturam non pati senium*:—From Praise to Exhortation—."『東京成徳短期大学紀要』第26号 (1993) pp. 41–65. に掲載。

9 松田実矩「ミルトンのラテン詩 Mansus 研究——詩人たちのパトロン Manso への賛辞とミルトンの自尊心——(和訳・解説つき)」『大阪学院大学外国語論集』第28号 (1993) pp. 1–23. に掲載。

10 Yuko Kanakubo Noro, David L. Blanken, "Milton's *Mansus*: From Illegitimate to Legitimate."『東京成徳短期大学紀要』第27号 (1994) pp. 41–66. に掲載。

野呂有子訳「ダモンの墓碑銘」(1995)[11]
小泉義男訳「第一エレギーア」(1997)[12]
小泉義男訳「第二エレギーア」(1997)
小泉義男訳「第三エレギーア」(1997)
小泉義男訳「第四エレギーア」(1997)
小泉義男訳「第五エレギーア」(1997)
小泉義男訳「第六エレギーア」(1997)
小泉義男訳「第七エレギーア」(1997)[13]
武村早苗訳「エレジー II：ケンブリッジ大学の儀式担当者の死に寄せて」(2003)[14]
稲用茂夫訳「父上に捧げる」(2015)[15]
冨樫剛訳「エレギア 1：チャールズ・ディオダーティに」(2021)[16]
冨樫剛訳「エレギア 7：19 歳の年に」(2021)

このほかに論文・書籍に抄訳が掲載されている場合もあるが、[17] ラテン語詩の日本語訳は一部の作品にとどまっていることがわかる。そこで、早くからミルトンのラテン語詩の重要性に注目され、ミルトンの三大ラテン語詩の日本語翻訳出版実績をもつ野呂有子博士とともに、ここにミルトンのラテン語詩の全訳

11 Yuko Kanakubo Noro, David L. Blanken, "Milton's *Epitaphium Damonis*: Two Views of its Principles of De-Pastoralization."『東京成徳短期大学紀要』第 28 号 (1995) pp. 105–29. に掲載。

12 ジョン・ミルトン『エレギーア』小泉義男訳注（山口書店：1997）に掲載。

13 小泉は Haec ego mente. . . (Postscript) の日本語訳を「第七エレギーア」に含めている (*Ibid*. 61)。

14 武村早苗『ミルトン研究』（リーベル出版：2003）に掲載。

15 稲用茂夫「『父上に捧げる』: 対照訳の試み」『大分大学教育福祉学科学部研究紀要』第 37 号第 1 巻 (2015) pp. 1–12. に掲載。

16 ジョン・ミルトン他『英語の詩を日本語で』冨樫剛訳『goo ブログ』blog.goo.ne.jp/gtgsh, Accessed 16 Mar. 2021. に掲載。

17 例えば、越智文雄「青年期のミルトン――友・師・父の諸關係から――」『同志社文学パンフレット』第三輯 (1939). 新井明『ミルトンの世界――叙事詩性の軌跡』（研究社：1980). 松田実矩「ミルトンのラテン詩 *Elegia prima, Elegia quinta* と Ovid」『Kobe Miscellancy』第 13 巻 (1986) pp. 17–31. 金崎八重「ミルトン『デイモン墓碑銘』における自然の変容」『十七世紀英文学とミルトン――十七世紀英文学研究 XIV ――』十七世紀英文学会編（金星堂：2008) pp. 1–18.

集を出版する運びとなった。

なお、本訳書における「父にあてて」「マンソウ」「ダモンの墓碑銘」の日本語訳は、上述の野呂有子訳の再録である。

3. ラテン語詩の作者ジョン・ミルトンについて

ミルトンは、英文学史上最大の英語叙事詩『楽園の喪失』(*Paradise Lost*, 1667) の創作者として知られている。ミルトンの英語叙事詩創作を大海と例えるなら、その源流の一つに、ラテン語詩の霊泉があったと言える。実に 10 歳にしてすでに一人前の詩人であったと言われるが、[18] ミルトンは詩人としての大成を志し、早くから生涯を詩作研究の道に捧げ、詩歌の最高峰たる叙事詩創作を最終目標としていた。

『楽園の喪失』に繋がる母国語による叙事詩創作を明確に心に決めたのは、ケンブリッジ大学在学の頃、1628 年、19 歳の夏のことであったと推察されている。そこにはラテン語詩の分野で、ラテン文学最大の叙事詩人ウェルギリウスに次ぐ、第二位の詩人として名を成すよりも、前人未到の作品を完成させたいという志があった。[19]

しかし、初めから英語叙事詩創作に着手したわけではなく、ギリシア・ローマの古典作品の模倣から始め、ラテン語牧歌、英語牧歌、ラテン語小叙事詩、(英語およびラテン語による様々な散文作品を経て) 英語三大叙事詩へと段階を踏んで進めていった。[20] ウェルギリウスが『牧歌詩』から始め、叙事詩『アエネーイス』を完成させたことに倣い、ミルトンも牧歌から始め、詩歌の基礎を習得したうえで、(この

18 Aubrey 1023; Macaulay 10; Lewalski 5.

19 英語叙事詩として、スペンサー (Edmund Spenser, 1552?–99) の『妖精の女王』(*The Faerie Queene*, 1590–1609) が挙げられ、これにより、イギリスは初めて大陸のルネサンス詩に匹敵する詩を生んだと言われる。当初の作者の構想段階では、全 12 巻本となる予定であった (あるいは、全 24 巻から成る長大な寓意叙事詩絵巻となる可能性もあった) が、作者生存中に第 6 巻まで、死後、第 7 巻の断片が出版されるに留まり、未完のままとなっている (野呂「*The Faerie Queene* から *A Mask presented at Ludlow Castle* へ」222)。そのためミルトンにとって、英語叙事詩の完成は未到の分野として残されていたと言える。

20 詳述すれば、ミルトンの詩作には詩篇翻訳をはじめ、イタリア語ソネットやギリシア語エピグラム、英劇詩等もある。

間、約 20 年に及ぶ散文期を要するが）叙事詩創作へと歩を進めた。それは完成された古典の模範に学び（classic には「模範とすべき」という意味がある）、英詩の分野に叙事詩の金字塔を打ち立てる結果となった。

現在、英語叙事詩人としての栄誉に輝くミルトンではあるが、その一側面に、ラテン語詩創作により涵養された詩的技巧と詩的世界観を拠り所とし、それらを継続的に育んだ成果があることを見逃すことはできない。

続いて、本訳書がミルトンのラテン語詩を取り上げる理由について「ネオ・ラテン詩群におけるミルトンのラテン語詩」、「若きころの詩歌（うた）」、「『1645 年版詩集』におけるラテン語詩」の三つの視点から述べておこう。

4. ネオ・ラテン語詩群におけるミルトンのラテン語詩

ヘブライ語、ギリシア語、フランス語、イタリア語といった諸外国語を習得したミルトンが、最も力を入れたのが当時の国際共通語――ラテン語――であった。ミルトンがラテン言語に秀でていたことは、後にオリバー・クロムウェル率いる共和政府のラテン語秘書官（現在の外交文書作成担当官）にと請われ、一国を代表し、英国（イングランド）の立場・精神を国際社会に表明し続けたことから明らかである。

ルネサンス期のヨーロッパにおいて、学問はラテン語を使って教授され、ラテン語を自由に優雅に使いこなせることは、教養の証とされていた。紳士階級の人々は古代ローマ帝国の言語であるラテン語が自分たちの時代の出来事を表現するのに適した言語であると考え、これを、過去を語る言葉ではなく当代を語る言葉として使用した。さらに世の中を動かす中心的な人々、権力者や有識者に意見を届けたい場合には、自国語より、より公式（フォーマル）で、より格調高い言語とみなされていたラテン語が好まれた。その背景には、ラテン語が 16 世紀の宗教対立の最中、自国の立場表明やプロパガンダの言語手段として重用されたことが挙げられる。国際的な活躍を志す者にとって、ラテン語は必須の表現手段であった。18 世紀に自国語の隆盛にあって衰退を余儀なくされるまで、ラテン語は西欧諸国において「生きた」「力のある」言語であった。[21]

---

[21] MacFarlane 1–3.

そのため古典期の教育を理想に掲げ、ラテン語の早期習得を目指す教育方針がとられた。ラテン語文法の習得とラテン語的思考法の訓練がカリキュラムに組み込まれ、ラテン語による詩作活動は精力的な言語訓練の産物でもあった。[22] 大陸諸国における古典重視の風潮はイングランドにも影響を与え、エラスムス (Erasmus, 1466–1536) やアスカム (Roger Ascham, 1515–68) 等によって古典語教育を中心とする教育法が提唱された。とくにエリザベス朝は、諸外国の文学的豊熟に目覚めた時代といわれ、自国の文化的発展を目指し、主要教育機関（ウェストミンスター校、イートン校、オクスフォード大学、ケンブリッジ大学）でラテン語詩の創作活動が大いに推奨された。[23] それは大陸諸国の西端に位置する小さな島国が、一国家として国際社会の仲間入りを果たすために必要な文化的発展であり、その状況はジェームズ一世の治世下においても同様であった。

ミルトンはまず、家庭教師であった長老派の青年牧師トマス・ヤング (Thomas Young, c. 1587–1655) によってラテン語詩の洗礼を受けている。このことについてミルトンは、「初めて」(“Primus”)、「お導きをえて」(“præeunte”)、共に詩歌の聖地を訪ね (“Lustrabam, & bifidi sacra vireta jugi”)、詩的霊泉 (“Castalio. . . mero”) を味わったと語っている。[24] ミルトンがヤングに師事したのは、およそ7歳から12歳の頃までと言われているが、この間に詩歌創作を通して、グラマースクール（ラテン語の文法学校）進学に向けた言語訓練を受けたことが分かる。進学後のセント・ポール学院においても、[25] ラテン文学の黄金期を飾るオウィディウス、ウェルギリウス、ホラティウス等の作品を模範とし、これらを暗唱、模倣し、詩作を行い、さらにそれを英語訳し、それをもとに再度ラテン語詩を創作するなどして基礎を養い、ラテン語運用能力（読む、聞く、話す、書く、議論する）を習得するとともに、詩歌創造力の鍛錬が行われた。[26]

---

22 Haan lxxxiv.

23 MacFarlane 10–11.

24 「第四エレゲイア」(29–32) を参照のこと。

25 当時のセント・ポール学院の教育内容については、Donald Lemen Clark. *John Milton at St. Paul's School: A Study of Ancient Rhetoric in English Renaissance Education.* (Archon Books: 1964). に詳しい。同校はエラスムスの教育法に基づき、彼の友人の John Colet により 1509 年に創設された。

26 ラテン語教育は翻訳活動を中心に行われていた。その手法には主に、ラテン語原文を英語

その結果、ケンブリッジ大学入学を迎えた15歳の頃には、他に勝るとも劣らない詩的才能を開花させていた。[27]

一般的に、イングランド・ルネサンスのラテン語詩（ネオ・ラテン詩）の最も華やかなりしときは、およそ1570年から1620年の50年間と言われ、この間に代表的なネオ・ラテン詩人、例えばハーバート (George Herbert, 1593–1633)、クラショー (Richard Crashaw, 1613?–49)、キャンピオン (Thomas Campion, 1567–1620)、フレッチャー (Phineas Fletcher, 1582–1650) 等が輩出された。先達の土壌を受け継ぎつつ、ミルトンは、主に1620年代にラテン語詩を創作した。かれの作品はイングランド・ネオ・ラテン詩の黄金期を締めくくる作品として位置付けられている。[28] それゆえに、ネオ・ラテン詩の系譜において、ミルトンのラテン語詩群はそれ自体、極めて高い価値を有するものであると考えられる。

加えて、オクスフォード版ミルトン全集の序論において Estelle Haan 女史は、17世紀を代表するネオ・ラテン詩人という側面から光を当て、ミルトン作品の重要性を次のように指摘する。

> Partly as consequence of the resent burgeoning of neo-Latin studies, scholarship is at last beginning to evaluate Milton's position as an important neo-Latin poet, whose work engages with both classical and Renaissance intertext, reinventing the language, content, and contexts of ancient Rome and its literature and adapting them to the seventeenth-worlds of England and Italy. ("The Poemata" lxxxii)

に訳した後、原文を見ずに自作の英文を再びラテン語に翻訳する「循環翻訳」("double translation system")、ラテン語詩を題材に、韻律や情感を残しつつ、語（句）を置き換え詩作する「語句交換詩」("turning of verses")、そして「創作翻訳」("paraphrase") がある (Haan lxxxvi–vii)。加えて、ミルトン自身、完成された模範に倣うことを大事とした（『教会統治の理由』101–15）。

27 ミルトンの甥エドワード (Edward Phillips) は、". . . among the rest of his *Juvenile Poems*, some he [Milton] wrote at the age of 15, which contain a poetical genius scarce to be paralleled by any English writer" と語っている ("The Life of Milton" 1027)。

28 MacFarlane 11.

ミルトンのラテン語詩は、古典の叡智の受容と再解釈、ルネサンスの栄華を誇る文化圏との国際交流の如何を知るうえで重要なテキストである。ミルトンはときに、オウィディウスの追放と恋愛詩、ウェルギリウスの叙事詩、ルクレティウスの教訓詩といった古典作品を源にして、独自の詩的世界を創造してゆく。(当時、ラテン語は紳士階級の人々にとって「生きた」言語で、自由かつ柔軟、独創的な言語表現を可能としたことを重ねて付言しておく。)しかし、ミルトンは古代ローマ時代のラテン文学だけでなく、ネオ・ラテンや自国語で書かれたルネサンス期のイングランドやイタリアの文学作品、例えばチョーサーやスペンサー、ダンテ、ペトラルカやタッソーの作品に題材を求めるときもある。[29] ミルトンを仲介者とすることで、時間的にも地理的にも広く、西欧的思想を理解することが可能となる。

ミルトンにとってラテン語詩は、ギリシアの叡智を継承し開花させたローマの精華であり、自身の生きる時代において最も華やかなる詩の分野(ジャンル)であった。そして教育を通じて、それだけでなく弛まぬ自己鍛錬の結果として、自らの詩作の基盤とした。新井明博士は「ラテン語やイタリア語で作品を書けば、そこには、かつてそれらのことばを用いた押しも押されぬ文芸上の巨匠たちの存在を後ろ盾として、なかば学を衒(てら)いながら、いいづらいこともいえるという雰囲気があった」と述べている。[30] 先達の作品を脅威とするのではなく、むしろ味方とし、楯とするほどに、ミルトンはラテン語詩に長けていた。それは、かれのラテン語詩が、全盛を極めるネオ・ラテン詩群の代表作品として、しばしば取り上げられることからも明らかである。[31]

29 Haan lxxxv.

30 新井『ミルトンの世界』29.

31 例えば、*More Latin Lyrics: From Virgil to Milton*. Edited by Felicitas Corrigan, translated by Helen Jane Waddell (W. W. Norton: 1985). を参照されたい。ウェルギリウスをはじめとし、その後600年に渡る西欧におけるラテン文学の伝統を辿りながら、それらがミルトンの作品において最高潮に達することを示す選集の一つである。

5. ミルトンのラテン語詩——若きころの詩歌

しかしながら、ネオ・ラテン詩群の代表作品として評価を受ける作品は、主に「ダモンの墓碑銘」(*Epitaphium Damonis*, 1639) や「父にあてて」(*Ad Patrem*, 1631?–45?) に限られているようだ。ミルトンのラテン語詩は主に詩人が 10 代、20 代のうちに創作した作品群であることから、青年期の演習作品とみなされ、これまで等閑視されてきた作品も多くある。

「父にあてて」において、ミルトンはそれまでの作品を「若きころの詩歌」("juvenilia carmina" 115) と呼んでいる。創作年の曖昧さを考慮する必要はあるが、現存する青年期のミルトンのラテン語詩 29 篇のうち、[32] 20 篇、およそ三分の二がこれに属する。しかし、実際に在学中の演習課題として創作された作品は「〔エレゲイア調の歌〕」、「〔怠惰な眠り〕」および「イソップ寓話——農夫と領主」(*Apologus de Rustico & Hero*) の三篇に過ぎない。むしろ早期の作品群にみられる、古典文学の主題や逸話を当時のコンテクストの中で使いながら新たな表現方法を創出する手腕は、若き詩人の教養の豊かさと詩的技巧に長けた文才の早熟さを示すものである。[33]

6.『1645 年版詩集』におけるラテン語詩

1646 年 1 月、ミルトンはそれまでに創作した自身の詩歌をまとめ『ジョン・ミルトンの英語・ラテン語詩集——折々の詩歌』(*Poems of Mr. John Milton Both English and Latin composed at several times*) と題し出版した。1646 年 1 月は当時の数え方では 1645 年となるので、本訳書ではこれを『1645 年版詩集』と呼ぶこととする。[34] そして、第一部に英詩群（イタリア語ソネットを含む）を、第二部にラテン語詩群（ギリシア語詩およびギリシア語への詩篇翻訳を含む）を配している。ミルトン自身が、ラテン語詩群を英詩群と同様に詩集

---

32 註 2 を参照のこと。このほかに散文内に収録された三篇のラテン語詩がある。

33 Haan lxxxi.

34 イギリスでは、ユリウス暦（旧暦）を用いた場合、一年の始まりは 3 月 25 日となる。ユリウス暦歴が廃止され、現行のグレゴリウス暦（新暦）に統一されるのは 1751 年のことである。

の主要部を構成するものとして扱い、さらに同詩集を「双子の本」(“Gemelle liber”, *Ad Joannem Rousium* 1)、英詩群とラテン語詩群を「双葉」(“fronde gemina”, *Ibid.* 2) と呼んでいる。ラテン語詩群と英詩群の関係を、若葉が成長し大樹となるために不可欠な双葉として表現しているのは極めて興味深いものである。ミルトンにとって、自身の思想のおよそ半分を形成し、欠かすことのできない一部としてラテン語詩群を考えていることが窺える。[35] 現代のミルトン学におけるラテン語詩研究の領域において最高峰に位置づけられる John K. Hale 教授が 2006 年来日講演のために “Milton's Latin” をテーマに選び、“Latin writing comprises fully half of Milton's total output. It's a very, very significant part of his work and life.” と語ったことも示唆的な出来事だったと言えよう。[36]

『1645 年版詩集』には、ミルトンによる全 56 篇の詩作品が収録され、そのうちの 25 篇がラテン語詩である。ラテン語詩部門は、英詩部門とは分けて新たにページが附番され、中表紙が与えられている。そこには「ロンドン生まれのジョン・ミルトンの詩集——二十歳の作品を中心に。本邦初公開。」(“Joannis Miltoni / LONDINENSIS / POEMATA. / Quorum pleraque intra / Annum ætatis Vigesimum / Conscripsit. / Nunc primum Edita.”) と記され、巻頭にはイタリア・ルネサンスの精華たる——ナポリ公爵マンソウ (Giovanni Battista

35 英詩部門とラテン語詩部門を「双葉」とみなす際、英語劇詩『ラドロー城の仮面劇』(*A Mask Presented at Ludlow Castle*) の存在が極めて重要となる。仮面劇は英詩部門とラテン語詩部門の中間に配置され、中表紙を与えられている。William Shullenberger は、仮面劇は英詩部門に含まれるのではなく、各詩部門から独立した作品で、双葉をつなぐ「軸」(axis) としての機能を有していると主張する (“Ambition and Sincerity”)。それは「リシダス」(*Lycids*) の最終行 “To morrow to Fresh Woods, and Pastures new” を受けて、ラテン語詩の森 (Sylvarum は、ラテン語で「森」および「詩集」を意味する語である) へ、読者を運ぶ役割を担い、仮面劇が配置されているということである。さらに James Obertino は、英詩部門の主要素であるキリスト教的要素とラテン語詩部門の主要素である古典的要素が、仮面劇においては混ざりあって存在していることを指摘している (“Milton's Use of Aquinas in Comus” 23)。『詩集』は、単に二枚の葉を取り纏めたものではなく、胚軸を共有する、まさに「双葉」としての構造を与えられているといえる。

36 “Milton's Latin” 220. なお、本講演は 2006 年 10 月 18 日午後 1 時～2 時半、日本大学文理学部英文学科会議室に於いて日本大学文理学部英文学会主催、同大学野呂有子教授（当時）司会により開催された特別講演である。その内容は『英文学論叢』第 55 巻，日本大学英文学会編 (2007) pp. 215–44 掲載の Hale 教授著（野呂補筆）“Milton's Latin” にまとめられている。

Manso)、"Selvaggi" と署名する者、フィレンツェの文学界のメンバーのサルツィリ (Giovanni Salsilli) とフランチーニ (Antonio Francini) ——から贈られた賛辞 (Testimonia) が堂々と掲げられている。青年ミルトンが初めてイタリアの文芸界から称賛を得たのは、当時の国際共通語ラテン語によって綴られた詩に対してであった。[37]

ラテン語詩部門は二つの巻で構成されている。第一巻は「エレゲイア」(Elegiarum. Liber Primus.) と題され、エレゲイア詩形で歌われた七篇、[38] これらに添えられた 10 行のパリノード（HÆC ego mente. . . のこと、Postscript とも呼ばれる)、そして八篇のエピグラムが収められている。具体的には、まず番号付きエレゲイア群が並び、そこには親友チャールズ・ディオダティ (Charles Diodati, 1609–38) に宛てた「第一エレゲイア」(*Elegia prima*) と「第六エレゲイア」(*Elegia sexta*)、ケンブリッジ大学関係者の死を悼んだ「第二エレゲイア」(*Elegia secunda*) と「第三エレゲイア」(*Elegia tertia*)、恩師トマス・ヤングに宛てた「第四エレゲイア」(*Elegia quarta*)、春の謳歌「第五エレゲイア」(*Elegia quinta*)、オウィディウス作『転身物語』を題材にした恋愛詩「第七エレゲイア」(*Elegia septima*) が含まれ、パリノード「〔これらの詩は…〕」(*Hæc ego mente . . .*) が続く。そして火薬陰謀事件を題材としたエピグラム「火薬陰謀事件に寄せて」(*In Proditionem Bombardicam*)、三篇の「同じ出来事に寄せて」(*In eandem*)、「火薬の考案者に寄せて」(*In Inventorem Bombardae*)、およびイタリアのソプラノ歌手レオノーラ・バローニ (Leonora Baroni, 1611–70) への賛歌「ローマの歌姫レオノーラにあてて」(*Ad Leonoram Romæ canentem*) と二篇の「同じ歌姫にあてて」(*In eandem*) が続く。第二巻は「折に触れて作った詩の集成／詩集」(Sylvarum Liber.) と題され、エレゲイア詩形ではないも

37 ミルトンがイタリアのアカデミアで披露した詩は「自然は時の移ろいに煩わされず」（くわえて「プラトンのイデアについて」）と推察されている (Haan cxxii)。また歌姫レオノーラに関するエピグラム群は、歌姫自身にあてた讃歌というよりも、アカデミアのメンバーを意識し、当時イタリアの文芸界を賑わせていた主題に寄せて詩作したという見方もある (Haan xcv)。

38 エレゲイア詩形は、ヘクサメトロス（長短短格または長長格を 5 回繰り返し、最後に長短格または長長格をつけた 6 脚を 1 行とする詩形。主に長短短六歩脚といわれる。）とペンタメトロス（同五歩脚）を交互に繰り返す。

のを収めている。アルカイオス格、ホラティウス風オード[39]や短長三歩格に長長格を組み合わせて、破格を駆使したものまで様々な韻律で歌われた九篇からなる。具体的には、ケンブリッジ大学関係者の死を悼んだ「大学副総長殿、或る医師の死に寄せて」(*In obitum Procancellarii medici*) と「イーリー主教殿の死に寄せて」(*In obitum Præsulis Eliensis*)、火薬陰謀事件を題材にした小叙事詩「11 月 5 日に寄せて」(*In quintum Novembris*)、哲学的思想を表した「自然は時の移ろいに煩わされず」(*Naturam non pati senium*) と「プラトンのイデアについて――アリストテレスの解釈による」(*De Idea Platonica quemadmodem Aristoteles intellexit*)、父への説得と感謝を表した「父にあてて」(*Ad Patrem*)、イタリアの文芸界のメンバーにあてた「サルツィリにあてて」(*Ad Salsillum*) と「マンソウ」(*Mansus*)、そして親友チャールズへの追悼詩「ダモンの墓碑銘」(*Epitaphium Damonis*) が含まれる。

各ラテン語詩の創作年は、ラテン語詩部門の扉に記された「二十代の作品」("Annum ætatis Vigesimum / Conscripsit") の語句が一つの手がかりとなり、詩人が二十代を過ごした 1629 年 12 月から 1639 年 12 月までにあたると考えられる。そのほか、十代の作品と思われるものの一部には、表題に Elegia secunda, Anno ætatis 17、Elegia tertia, Anno ætatis 17、Elegia quarta, Anno ætatis18、Elegia quinta, Anno ætatis 20、Elegia septima, Anno ætatis undevigesimo、Anno ætatis 16: In obitum Procancellarii medici、In quintum Novembris, Anno ætatis 17、Anno ætatis 17: In obitum Praesuli と書き添えられている（下線はすべて執筆者による)。「～歳のときに」("Anno ætatis. . .") とは、数え年ではなく、満年齢を指して用いられている。そのほか、ケンブリッジ大学二年次にうけた停学処分や「キリスト降誕の朝に」創作などの作品中に言及された出来事から創作年が判断されるものや、書簡や伝記などのその他の資料と合わせて推察されるものなどがある。例えば、1628 年 7 月 2 日付アレクサンダー・ギル (Alexander Gill, 1597–1642) 宛ての書簡で、ミルトンは大学の催事に合わせ作詩（代筆）したと述べている。[40] 当時流行していた議題

39 オードは、同じ韻律形式をもった長短 4 行くらいの短い連から成る詩形。
40 ミルトンは、"As to my composition of which I wrote with some obscurity, . . . For a

「神の力と時」に合致し、かつ催事で朗読されるのにふさわしい作品であることから、書簡で言及されている作品は「自然は時の移ろいに煩わされず」であり、この詩が1628年かそれ以前に創作されたものと、しばしば推察されてきた。しかしこのような場合、創作年をめぐって議論の余地が残されている。[41] 実際、2010年にSarah Knightが1629年創作説を提唱し、Haanもこれを支持している。

『1645年版詩集』において、各ラテン語詩は、一部例外はあるが創作年順に並べられている。そのため、ある程度ミルトンの詩的技巧および詩的世界の成長・発展を跡付けることができる。

Douglas Bush教授は*A Variorum Commentary*の序論で、"... in Latin Milton reveals not only his religious and ethical but his secular interests, both private and public. . . . His developing consciousness in Milton's Latin poems of his poetic vocation is recorded more fully in Latin than in English." (19) と述べ、ミルトンの宗教的・倫理的思想、興味関心事、詩人としての成長が垣間見えることを理由に、ラテン語詩群の重要性を指摘している。

思想的重要性もさることながら、ラテン語詩にはミルトンが試みた様々な詩形や詩的技巧がみられることや、大学やイタリアの文芸界との公私の交友や社会への関心、ときには青年詩人の恋物語などの様々な詩の主題がみられる。ラテン語詩群を紐解くことにより、より豊かで、私的な詩人像が明らかとなる。それは『楽園の喪失』により見出されるような、人生の酸いも甘いも嚙み分け、それでも自身に与えられた才能を信じ、天命を全うしようとする晩年の詩人像とは異なるように思えるかもしれない。しかし、若きミルトンが折に触れて描

---

certain Fellow of our College, who was to take part in a philosophical disputation at the last Commencement, being himself already long past such frivolous and occupied with serious business, entrusted to my youthful efforts the verses with have to be composed for the disputation in accordance with the annual custom."と述べている (*Private Correspondence and Academic Exercise* 7–8; P. B. Tillyard 訳；下線は執筆者による)。

41 他の説として、たとえばJohn T. Shawcrossは「自然は時の移ろいに煩わされず」を「1631年?」の創作と推定した(*The Complete Poetry of John Milton* 98)。Cf. Knight, "Milton's Student Verses of 1629" passim; Haan, "The Poemata" cxxi。詳細は「自然は時の移ろいに煩わされず」に付した注を参照されたい。

き出す詩のイメージや思想は、その後の詩作の基礎となり、発展してゆくものである。ラテン語詩群の読者は、『楽園の喪失』の誘惑者サタン像や楽園(エデン)の描写の萌芽を見つけ、イヴに収斂するミルトン的女性像に出会うことだろう。ミルトンがその生涯を通して関心を寄せた、自然／神の摂理の主題も含まれている。それらは、後年の作品において開花するミルトンの詩的世界の萌芽で、ミルトンのラテン語詩群の重要な特徴と言える。[42]

以上、第4、5、6節より明らかなように、ミルトンのラテン語詩群は、青年期のミルトンの思想を明らかにする上で、欠かすことができない作品群であるだけでなく、後年のミルトン像や彼の作品を理解するためにも、さらにルネサンス期の西欧思想を理解するうえでも重要な役割を果たすものである。

続いて、『1645年版詩集』掲載の25篇以外のミルトンのラテン語詩について触れておこう。

7. 『1645年版詩集』と『1673年版詩集』のラテン語詩部門

ミルトンは生涯で二冊の私選集を出版した。齢38歳を迎えたミルトンの手になる『1645年版詩集』と、これを基にして、約30年後に再版された『1673年版詩集』である。各版の掲載作品とその配列については「『1645年版詩集』および『1673年版詩集』の掲載作品の比較対象一覧表」(付録2)をご覧いただきたい。本節では、『1645年版詩集』掲載の肖像画と『1673年版詩集』追加掲載のラテン語詩について焦点をあて、各版の相違について論じる。

42 ミルトンの文学的・政治的・宗教的一貫性については、Edward Le Comte が "A mind not to be changed by place or time" (*Paradise Lost* 1: 253) をモットーに、主張している。例えば、*Milton's Unchanging Mind.* (Kennikat Press: 1973) を参照されたい。また野呂有子は、ミルトンが残した20篇の詩篇翻訳の精密な分析を行い、それぞれの詩篇翻訳中に認められる、文学的・政治的・宗教的に重要な特質が後の大作『楽園の喪失』に継続して認められることを証明した。ここでは一例として、ミルトンが15歳の時にヘブライ語から英訳を行った詩篇第114篇および第136篇中の言語的、文学的、構造的特徴が、約50年を経て創作された『楽園の喪失』に発展的に継承されていると主張していることを挙げておく。『詩篇翻訳から「楽園の喪失」へ——出エジプトの主題を中心として——』(冨山房インターナショナル：2015) pp. 46–96を参照されたい。

ミルトンが『1645年版詩集』出版以前に公表した詩作品は「シェイクスピアについて」(*On Shakespeare*, 1630)、「ラドロー城の仮面劇」(1634)、「リシダス」(*Lycidas*, 1637)、「ダモンの墓碑銘」(1639) に限られていた。[43] それも「熟達する前」("before the mellowing years", *Lycidas* 5) には、自身の名を添えて作品を公表することに躊躇があり、[44] 作品を見せるのは専ら身近な信頼のおける知人に限られていたようだ。大学時代には式典用の詩歌代筆を依頼されたり、[45] 大陸旅行中に訪ねたイタリアの文芸サークルではホメロスやウェルギリウス、タッソーに比肩する若手詩人と称賛を浴びたりしたものの、一般的には、ミルトンはいまだ無名の詩人であった。[46] 一方で、1640年代前半に立て続けに出版した反監督制度論や離婚論といった一連の政治論文は、[47] ミルトン自身が「左手の仕事」("of my left hand"; *The Reason of Church Government* Ch. 2) と呼ぶものであり、論客 (pamphleteer) として、かれの名を世に知らしめる結果となった。[48]

ミルトンが論客として活躍する背景には、1640年11月より始まった長期議会を舞台とするイングランド革命があり、その間に、宗教と政治に関する論文、

---

43 「シェイクスピアについて」は、『シェイクスピア戯曲集』第二版(セカンド・フォリオ) (1632) に "An Epitaph on the Admirable Dramatic Poet W. Shakespeare" の題名を付され、匿名で掲載された。「ラドロー城の仮面劇」は、1634年9月29日にブリッジウォーター伯爵邸で披露され、その後1637年に匿名で出版された。「リシダス」は、『葬礼——エドワード・キングに捧ぐ』(*Justa Edouardo King naufrago, ab Amicis maerentibus* ["Rites to Edward King, drowned by shipwreck, from his Grieving Friends"], 1638) にイニシャル "J. M." を添えて掲載された。また「ダモンの墓碑銘」は匿名の製本版 (1640) が刷られた。その一部が英国博物館に保管されている。

44 Le Comte 70.

45 Nicholas McDowell によれば、ミルトンのケンブリッジ大学在学期間において、ミルトンの名で大学の詩選集に掲載された作品はなく、かれの詩歌の評判が学外にまで広まっていたとは考えにくい (*Poet of Revolution* 1–2)。

46 Masson 445.

47 ミルトンは1641年から1645年にかけて11本の政治論文を発表している。とくに物議を醸した著作として『離婚の教理と規律』(*The Doctrine and Discipline of Divorce*, 1643)、『離婚の教理と規律　第二版』(*The Second Edition of The Doctrine and Discipline of Divorce*, 1644)、『マーティン・ブーサー氏の判断』(*The Judgement of Martin Bucer*, 1644)、『言論の自由論（アレオパジティカ）』(*Areopagitica*, 1645) を挙げておく (MacDowell 6)。

48 Masson 445.

49 Masson 446–7.

説教、抗議文書などを中心とする特徴的な出版情勢があった。[49] しかし David Masson は "... the fore-going enumeration fairly represents, I believe, the amount of book-publication of the purer or non-controversial kind that went on in London in the four laud-roaring years between 1640 and 1645." (*Life* 447) と語っている。俗な言い方をすれば、「刷れば、売れる」パンフレットが無秩序に群れなして印刷される時代において、真（まこと）の文学を志したる作品 ("gems or would-be gems of the purer ray serene", *Ibid*. 447) を創作し続ける作家、それらを世に届けようとし続ける印刷業者が絶えず存在し、その一人が詩人ミルトンであり、かれの詩集出版を手掛けた印刷業者モズリー (Humphrey Moseley, ?–1661) であった。

『1645 年版詩集』は、ミルトンが初めてフルネームを冠し、出版した詩作品集である。それは八折版 (octavo)、20.3cm × 12.7cm の本で、表紙を開くと、扉に四柱の詩女神（ムーサイ）——悲劇をつかさどるメルポメネ、抒情詩をつかさどるエラト、歴史をつかさどるクレイオ、そして天文と霊的な愛をつかさどるウラニア——に囲まれたミルトンの肖像画が現れる（図 3)。楕円（オーバル）の額縁には「ジョン・ミルトン、英国人、21 歳の肖像画」("I[J]OANNIS MILTONI ANGLI EFFIGISE ANNO ÆTATIS VIGESS: Pri.") とある。正面を見据えたミルトンは柔らかな巻き毛を肩までおろし、首元にはレースの飾り襟、向かって左の肩のみをドレープで被って、胸の前で腕を組んでいる。その背後には窓があり、向かって左側にはカーテンが引かれ、半ば開いた片側には牧歌的世界——木々に囲まれた芝の上で、三人の牧人がそれぞれ牧笛を奏でたり、踊ったりしている——が描かれている。

図 3
Poems of Mr. John Milton
『1645 年版詩集』扉絵
The Boston Library 所蔵

この肖像画はマーシャル (William Marshall, c. 1617–49) の作品である。[50] マーシャルは、チャールズ一世の治世下、ロンドンの出版業界で活躍した彫板工である。本の表紙や扉絵に載せる肖像画を中心に手掛け、ジョン・ダンやシェイクスピア、ロード大主教の肖像画など、数多くの作品を遺している。とりわけマーシャルは『王の血の叫び』(*Eikon Basilike*, 1649) の扉絵で、チャールズ一世を「キリストの殉教者」として描きだし、後世に歴史的な影響を与えた人物である。

ミルトンはマーシャルによる自分の肖像画が気に入らなかったらしく、肖像画の下に風刺をきかせたギリシア語のエピグラムを添えている。ここでミルトンはマーシャルの画を指して「未熟な手」(“Ἀμαθεῖ χερὶ”) の「下手な画家」(“φαύλου ςωγράφου”) による「出来損ないの似顔絵」(“δυσμίμημα”) と言っているが、上述の通り、マーシャルは必ずしも技量の乏しい職人だったというわけではなさそうだ。

ちなみにミルトンは、ケンブリッジ大学在学中「クライスト学寮の淑女」(“Lady of Christ’s”) と呼ばれたほどの端正な顔立ちであった。(ミルトンの名誉のために、もう一枚かれの肖像画をご紹介しておきたい。図 4 は Onslow 版と呼ばれ、大学在学中、21 歳頃のミルトンを描いたものだと言われている。ミルトンの「薄茶色の眉」(“light brown hair”) と「濃灰色の瞳」(“dark gray”) を写す油絵による肖像画である。[51])

---

50 Masson 456–9.

51 Aubrey 1021. なお、*The Onslow Portrait* は National Portrait Gallery が所蔵している。

図 4
oil on canvas, feigned oval, circa 1629
NPG 4222

さて詩女神に囲まれた詩人を支えるかのように付された「出版業者から読者諸君へ」("THE STATIONAER TO THE READER") において、モズリーは次のようにミルトンを紹介する。

> *The Authors more peculiar excellency in these studies, was too well known to conceal his Papers, or to keep me from attempting to solicit them from him. Let the event guide itself which way it will, I shall deserve of the age, by bringing into the light as true a Birth, as the Muses have brought froth since our famous Spencer wrote; whose Poems in these English ones are as rarely imitated, as sweetly excell'd.*

ミルトンの優秀さは政治・宗教論文 ("his Papers") によってすでに広く知られている。真の文学を世に広めようとするモズリーは、商業的な作品ではなく、ミルトンの文学作品の出版を請わずにはいられなかったとし、スペンサー (Edmund Spencer, 1552?–99) に匹敵する英国詩人の誕生を高らかに宣言する。

ミルトン自身はといえば、標題紙に、ウェルギリウスを引いて「魔よけの薬草（バッカル）を額に巻いてください。悪意ある舌が、未来の詩聖を害さないように」("Baccare frontem / Cingite, ne vati noti noceat mala lingus futuro": *Eclogue*, 7. 27–8) の一句を掲げてみせる。[52] 悪意による誹謗中傷がなければ、将来の活躍を約束する詩力はあると宣誓するかのように。

かくして『1645 年版詩集』の出版は、ジョン・ミルトンが詩人として世間に広くその名を告げる重要な一歩であったことが窺える。それでは『1673 年版詩集』はどうであろうか。

『詩集』出版から 10 年を待たず、1652 年頃ミルトンは両眼の光を失っていた。友の助けにより命からがらロンドン塔を脱したあの王政復古 (1660) から 10 年以上が経過し、すでに政権を離れて久しい。1665 年から 66 年には、ロンドンを大火と疫病が襲ったが、まだ生命の燈火は消えずにいる。念願であっ

52 ウェルギリウス「牧歌」『牧歌／農耕詩』小川正廣訳（京都大学学術出版：2004）p. 50.

た母国語叙事詩創作に着手し、一先ずの完成をみて、1667年には『楽園の喪失』初版（10巻本）を出版、1671年には『楽園の回復』(*Paradise Regained*) と『闘技士サムソン』(*Samson Agonistes*) を合本で出版した。1674年7月には『楽園の喪失』を12巻本に仕立て直し、新たに各巻の冒頭に Argument を付し直して再版することになる。

その間、『1645年版詩集』に新たな収録作品を加えつつ、再編纂し、『1673年版詩集』を出版した。具体的には、タイトルを一部変更し *Poems, &c. upon several occasions. By Mr. John Milton: Both English and Latin, &c. Composed at several times. With a small Tractate of Education to Mr. Hartlib.* とあらためている。主題における著者名の強調が抑えられ、詩作品だけでなく散文作品『教育論』(*Of Education*, 1644) が収録されていることが分かる。

そして巻頭から、上述したマーシャル画の肖像画、モズリー筆「出版業者から読者諸君へ」、ウェルギリウスからの引用句が削除された。[53] その代わり、「目次」と「正誤表」が付された。マーシャル画の肖像画に付されていたギリシア語のエピグラムは「肖像画の画家に寄せて」(*In Effigiei Ejus Sculptorem*) とタイトルを付され、ラテン語詩部門のエピグラム群へ移動、一作品として収録されることになった。

さらに、英詩部門には、英語詩12篇、ホラティウス作品の英語翻訳詩1篇、詩篇の英語翻訳17篇が追加掲載され、ラテン語詩部門には「ジョン・ラウズ殿にあてて」(*Ad Joannem Rousium*) と「イソップ寓話――農夫と領主」(*Apologus de Rustico & Hero*) の2篇が追加掲載されている。

前者は、タイトルに1646年1月23日付（新暦：1647年2月2日に相当）と記されている通り、1646年1月に出版された『1645年版詩集』出版のおよそ一年後に創作された。創作背景は、作中で語られる通り、オクスフォード大学附属ボードレイアン図書館司書ジョン・ラウズの求めに応じ、『1645年版詩集』再送の添え状として創作されたということである。後者は、英語史上初の英文法書の著者で知られる William Bullokar の *Aesop's Fables in True*

---

53 『1673年版詩集』の一部の版にのみ、『英国史』(*History of Britain*, 1670) 掲載のフェイソーン (William Faithorne, c1616–91) 画の肖像画が付されている場合がある。

Orthography (1589) に掲載された「マンチュアンに由来する寓話」("a fable taken out of Mantuan") を題材にした作品である。[54] Bullokar が散文および韻文の英語訳で紹介しているものを、[55] ミルトンはエレゲイア調のラテン語翻訳作品として創作した。Dolald Lemen Clark は、ミルトンがセント・ポール学院在学中にマンチュアンの著作に親しんでいたことに触れ、これを同学院在学中の作品と推察し、その後、ミルトンが推敲（すいこう）し出版に至ったと考えている。[56]

再版時のラテン語詩部門の加筆について、英詩部門と比べれば、さして大きな変更があったとは言えない。ギリシア語エピグラムの移動は、肖像画の削除に合わせて発生した移動であり、初版出版後に完成をみた二作品がそれぞれの韻律に合わせて各巻に配置されたことも再編時の自然な流れだと言えよう。しかし、ミルトンという創作者は、作品が公表される時世に合わせ、自身の思想を伝える手段として、作品を最もふさわしい状態にするために手を抜くことをしない。『イングランド国民のための弁護論』（通称、『イングランド国民のための第一弁護論』）が如実に示すのは、1651 年版では国王処刑直後の政局に合わせ書かれていたものが、1658 年版では王政復古直前の政局を捉えて加筆訂正されたという事実である。さらに詩篇第 114 篇翻訳も同様の例に挙げられる。野呂有子氏によれば、15 歳時の英語翻訳では旧約聖書の世界と新約聖書の世界の融合を基盤に、その後、激化するイングランド革命における国民の勝

---

54 マンチュアン (Baptista Spagnuoli Mantuanus, 1448–1516) は、イタリア北部マントヴァのカルメル会の修道士で、イギリスでは Battista the Mantuan、もしくは単に Mantuan の名で知られている。教皇制の腐敗を説くなど、その後 16 世紀に興る宗教改革の先駆け的存在として活躍するだけでなく、修道院における教育制度の改革にも力を入れ、"Morall Mantuan" と呼ばれ親しまれた。同時に、本国イタリアでは、ウェルギリウスに比肩する詩人として人気を博した。『牧歌集』(*Audulescentia* [Youth], 1498) は、そのラテン語文法の正確さが評価され、ヨーロッパのグラマースクールで教科手本として用いられた。特にイギリスにおける人気は、18 世紀に至るまで衰えなかったといわれる。マンチュアンについては、Lee Piepho. "Introduction." *Audulescentia: The Eclogues of Mantuan*, edited by Lee Piepho, Garland Publishing, 1989, pp. xv–xxxvii. に詳しい。

55 Bullular による英訳版は、Max Plessow. *Geschichte der Fabeldichtung in England bis zu John Gay (1726): Nebst Neudruck von Bullokars "Fables of Aesop" 1585, "Booke at large" 1580, "Bref grammar for English" 1586 und "Pamphlet for grammar" 1586.* Mayer & Müller, 1906, pp 48–49. に掲載されている。

56 *John Milton at St. Paul's School* 125, 177, 233. 他方、1645 年以降の創作という意見もある (Masson 689)

利を祈っていたものが、26 歳時のギリシア語翻訳では、キリストの磔刑を暗示する牧歌的世界の崩壊が強調され、無辜の民に対する暴君の暴虐を非難し、神からの救いを嘆願するものとなっている。[57] また、1674 年版『楽園の喪失』における 12 巻本への再編は、単なる既存の作品の切り貼りではなく、各巻の前後の繋がりを補い、同時に細かな単語の変更を加えながら仕上げられている。[58]

それゆえに、ミルトン作品における「再版」は、再版という表現に収まり切らない、新たな創作活動の成果とみなせるだろう。『1673 年版詩集』ラテン語詩部門のささやかな加筆にも、初版から約 30 年後のミルトンの思考が跡付けられるのではないだろうか。

8.『詩集』未収録のラテン語詩について

最後に、1645 年版および 1673 年版いずれの『詩集』にも掲載されていないミルトンのラテン語詩を紹介しておこう。現存するミルトンのラテン語詩は、『1645 年版詩集』収録の 25 篇、『1673 年版詩集』で追加された 2 篇のほかに、5 篇確認されている。

まず「〔エレゲイア調の歌〕」と「〔怠惰な眠り〕」の 2 篇である。これらは、1874 年 A. J. Horwood 教授によって、『備忘録（コモンプレイス・ブック）』(*The Commonplace Book*) とともに発見され、1877 年に日の目を見た作品である。[59] タイトルは付されておらず、前者は韻律にちなんで、後者は詩行の一行目をとって、このように呼ばれている。

そして残る 3 篇は、ラテン語散文『イングランド国民のための第一弁護論』と『イングランド国民のための第二弁護論』内に認められる韻文である。それ

57『詩篇翻訳から『楽園の喪失』へ』46–69, 97–109 に詳しい。

58 1651 年版と 1658 年版『イングランド国民のための第一弁護論』の比較、および 1667 年版と 1674 年版『楽園の喪失』のテキスト原文の比較に際して、それぞれ次の右記のテキストを参照されたい。野呂有子編『「イングランド国民のための弁護論」1651 年版と 1658 年版の比較対照版』(2015) および『*Paradise Lost* 英語原典テキスト』(2020)。

59 Alfred J. Horwood. *A Common-Place Book of John Milton and a Latin Essay and Latin Verses Presumed to be by Milton*. (London: Camden Society Publications, 1877) pp. 61–3. を参照のこと。

ぞれ題材をとって「サルマシウスの金貨百枚について」(*In Salmasii Hundredam*)、「サルマシウスについて」(*In Salmasium*)、「モアについて」(*In Morum*)と呼ばれることがある。[60]

以上、独立した詩作品29篇、これに散文内韻文3篇を加えた合計32作品が、ミルトンのラテン語詩として認められ、現在に継承されている。

参考文献

Aubrey, John. "Collections for the Life of Milton." *John Milton Complete Poems and Major Prose*, edited by Merritt Y. Hughes, Macmillan, 1957, pp. 1021–25.

Bush, Douglas. "Introduction." *A Variorum Commentary on The Poems of John Milton: The Latin and Greek Poems*, vol. 1, edited by Douglas Bush, Columbia UP, 1970, pp. 3–24.

Clark, Dolald Lemen. *John Milton at St. Paul's School: A Study of Ancient Phetoric in English Renaissance Education*. Archon Books, 1964.

Haan, Estelle. "Introductions: The *Poemata*." *The Complete Works of John Milton*, vol. 3, edited by Barbara Kiefer Lewalski and Estelle Haan, Oxford UP, 2014, pp. lxxxi–cxxxiii.

Hale, John. "Milton's Latin." *Journal of English Language and Literature*, vol. 55, edited by the English Literary Society of Nihon University, 2007, pp. 215–44.

Le Comte, Edward. "Comus." *A Milton Dictionary*, Philosophical Library, 1961, pp. 70–74.

Lewalski, K. Barbara. *The Life of John Milton*. Willy Blackwell, 2000.

Macaulay, Dame Rose. *Milton*. 1934, Haskell House, rept. 1974.

MacDowell, Nicholas. *Poet of Revolution: The Making of John Milton*. Princeton UP, 2020.

MacFarlane, Ian Dalrymple. "Introduction." *Renaissance Latin Poetry*, Manchester UP, 1980, pp. 1–16.

Masson, David. *Life of John Milton: Narrated in Connexion with the Poetical, Ecclesiastical, and Literary history of his Time*. Vol. 3, Peter Smith, 1965.

Milton, John. *Private Correspondence and Academic Exercise*. Translated by Phyllips B. Tillyard, Commented by E. M. W. Tillyard, Cambridge UP, 1932.

Obertio, James. "Milton's Use of Aquinas in Comus." *Milton Studies*, vol. 22, 1987, pp. 21–44.

60「モアについて」に関して、新井明、野呂有子は「ここに掲げられた詩文も（一部の改竄をのぞいて）全体はミルトンの作ではない。当時の別人（氏名不詳）の作である」（『イングランド国民のための第一弁護論および第二弁護論』436）と注釈している。

Phillips, Edward. "The Life of Milton." *John Milton Complete Poems and Major Prose*, edited by Merritt Y. Hughes, Macmillan, 1957, pp. 1025–37.

Shullenberger, William. "Ambition and Sincerity in Milton's 'Epitaphium Damonis'." The Eleventh International Symposium, 20 July 2015, University of Exeter, England.

新井明『ミルトンの世界——叙事詩の軌跡』研究社，1980.

野呂有子「*The Faerie Queene* から *A Mask Presented at Ludlow Castle* へ ——Dual Heroism の枠組みと the Female Hero の概念を中心として」『〈楽園〉の死と再生』第2巻，2017，pp. 220–54.

——.〔「まえがき」〕『*The Original Latin Text of the Defence of the People of England (1651) by John Milton based on the photocopy of John Adams Library (Boston Public Library) Downloaded from Early English Books Online in Comparison with the 1658 Columbia*』野呂有子編，2019.「「イングランド国民のための弁護論」1651 年版と 1658 年版の比較対照版」(www.milton-noro-lewis.com/index.html).

——.『詩篇翻訳から『楽園の喪失』へ——出エジプトの主題を中心として——』冨山房，2015.

ミルトン，ジョン『イングランド国民のための第一弁護論および第二弁護論』新井明，野呂有子訳，聖学院大学出版会，2003.

——.『教会統治の理由』新井明，田中浩訳，未来社，1986.

『1645年版詩集』掲載のラテン語詩

1. 第一エレゲイア――チャールズ・ディオダティにあてて (1626年春)[1]

ついに、親愛なる友よ、君の手紙がわがもとに届いたところです
　そして、知らせに溢れた頁が君の言葉を運んでくれました
チェスター――ディー川の西の岸辺、
　河口へと流れ、アイルランド海へと注ぐところから。
遠く離れた土地が、わたくしに対するかくも愛に満ちた心と、
　かくも深き親愛の情とを育んでくれたとはとてもうれしいことです
なぜなら、遠く離れたかの地に、魅力的な友が滞在しているのはわたくしのおかげです、
　その地から、わが求めに応じて彼をすぐにわがもとへと
　　呼び戻すことさえできるのですから。
潮津波を起こすテムズ川が、波を打ち寄せる町〔ロンドン〕が、
　　わたくしをとらえていますが、
　居心地良きわが故郷は、意に反してわたくしを留め置きはしないのです
今、わたくしは再び葦の茂るケンブリッジを見たいなどと思いませんし、
　四半期の在学が剥奪されたとはいえ学舎を懐かしみ思い悩むこともありません。[2]
草木も生えておらず、心地のいい木蔭もない〔ケンブリッジのような〕地は、
　　わたくしにとって何の魅力もありません
　そのような場所がポイボス[3]の信奉者たちを集めるのは、
　　なんと不適切なことでしょうか！[4]

---

1 ミルトンとチャールズ・ディオダティの交友関係に関しては、Donald C. Dorian 著 *The English Diodatis* (New Brunswick, 1950) に詳しい。また「第一エレゲイア」のほかに「第六エレゲイア」もディオダティに宛てて書かれた作品である。「ダモンの墓碑銘」は亡きディオダティ哀悼の牧歌的哀歌である。

2 ミルトンはケンブリッジの個人指導教員 W. チャペル (William Chapell) との折り合い悪く、1626年の四旬節に停学処分を受け、ロンドンの自宅に戻っている。おそらく4月19日に復学した。

3 ポイボス (Phoebus) はアポロンの詩的別称、「輝く者」の意。詩神。

4 ここに現出するラテン語 “Phoebicolis” はミルトンによる造語。「ポイボスの信奉者たち」を意味する。

絶え間なく、詩歌を解さない教師の脅しに従うのは、[5] 嫌気がさしますし、
わが本性（ほんせい）に合わぬ物事に従うのもまた然り。
父の家に帰すことが追放だというのなら、
そしてこれが、気ままで快適な余暇を楽しむための流刑（るけい）だとするなら、
わたくしはその世評から逃げたり、停学という運命を拒んだりしません
そして、嬉しいことにわたくしは追放の結果を楽しんでいます。
ああ、かの詩人〔オウィディウス〕が、トミスへの追放の憂き目にあって [6]
それ以上の苛酷な運命に遭っていたなら、彼が
アオニアのホメロスに明け渡すものはなく、
マロ [7] よ、あなたも敗北し、第一位の名声を得ることなどなかったでしょうに。
なぜなら、わたくしは余暇の時間を高貴な詩女神（ムーサイ）に捧げることが許されていますし、
それに、わが命――書物――がわたくしを夢中にさせるからです。
読書三昧のあとは、円形の劇場での催しがわたくしを魅了し、
台詞の飛び交う芝居がわたくしに拍手を求めるのです。
〔舞台の〕話し手は、ときに狡賢（ずるがしこ）い老人であったり、ときに放蕩息子であったり
ときに求婚者であったりします、また兜を脇に置いた兵士の登場や
たった一つの裁判を十年も長引かせて金を稼ぐ弁護士の発する
野卑な裁きの場をつん裂く野蛮な言葉。
よく、世知に長（た）けた奴隷が恋の病に罹（かか）った子息の助けに奔走し、
厳格なその父親〔たる主人〕をあらゆる場面で、しかも当人の目の前で欺きます。
よく、初めての恋心に驚いた乙女が、
――彼女は愛が何たるかを知りません――分からないながらも恋をするのです。
また、怒り狂う〈悲劇〉が、血塗られた笏を振りまわし
髪を振り乱し、目をぎょろつかせているのです。ですから、悲劇は痛ましい。
わたくしはただ観ているだけではありません。わたくしは観劇し、
悲しみつつ芝居を楽しんでいるのです

5「詩歌を解さない」の原語は “durus” である。Cf. 新井明『ミルトンの世界』(pp. 16–17)。
6 オウィディウスは西暦 8 年、黒海沿岸の僻地トミス (Tomis) に追放された。「第六エレゲイア」(19) も参照のこと。
7 ウェルギリウス (Publius Vergilius Maro, B.C. 70–B.C. 19) のこと。“Malo” はミルトンの時代に “Vergilius / Virgilius” 同様、馴染みのある呼称であった。

そして、時には、甘美なほろ苦さに涙を流したりするのです。
幸うすき青年が喜びをついぞ味あわぬまま、
嘆かわしくも、失恋ゆえに死に至ったり、
罪に対する厳格な復讐者が、罪を自覚した者たちを葬式用のたいまつ[8]で
打ち据えながら、暗闇から三途の川(ステュクス)を行き来したり、
ペロプス[9]の一族や、尊きイリオンの一族[10]が悲しみに打たれたり、
クレオンの宮廷が近親相姦を犯した父親を追放したりすることもある。
ですが、わたくしは屋内や町に閉じこもってばかりいるわけではなく、
春の季節がわたくしに何の影響も与えず、急ぎ去ることもない。
楡の林がわたくしを迎え、
郊外のすばらしき木蔭もまた同じ。
こちらでは、魅惑的な輝きを放つ星々のように、
乙女たちの群れが舞うように通り過ぎていくのをよく目にします。
ああ、わたくしは幾度、年老いたユピテルでさえ若返らせる神秘の姿に
茫然としたことか。
ああ、わたくしは幾度、宝石にも、
極点を周回する燃ゆる星群にも勝る瞳を、
生き返ったペロプスの象牙の腕(かいな)よりも白きうなじを目にしたことか
——その生きた肌の下には清きネクタルに染まった血潮が流れている、
そしてその比類なき優美な眉と揺れる巻き毛を。
その髪の側では、いたずら者の〈愛〉(アモル)が、かの黄金の網を広げているのです。
さらに、わたくしは幾度、ヒュアキントス〔の花、ヒヤシンス〕の紫苑色や、[11] アドニスよ、[12]
そなたの花の赤紅色が青白く転じてしまうほどの蠱惑(こわく)的な頬を目にしたことでしょう。

---

8 たいまつは葬儀に用いられ、来世を照らす光を意味する（クーパー『世界シンボル辞典』pp. 280–1）。

9 ペロプス (Pelops) はギリシア神話の英雄。父に殺され神々の食膳に供されたが、ヘルメスが復活させた。その際、すでに食べられてしまった肩の代わりに象牙製の肩を与えられた (*Met*. 6. 407–11)。

10 イリオン (Ilion) はイロスから派生したトロイアの別名。イロスはトロイアの創設者。

11 ヒュアキントス (Hyacinthus) はアポロンに愛された美少年。ヒュアキントスの血からヒヤシンスが咲いたといわれるが、実際はアイリスの一種と考えられている。

12 アドニス (Adonis) はウェヌスの愛人として知られる。アドニスの血からアネモネが芽吹いたとされる (*Met*. 10. 735–9)。『ラドロー城の仮面劇』(999) も参照のこと。

諦めなさい、かつては賞賛の的であった乙女たちよ[13]
　そして、浮気者のユピテルを虜にした女性たちよ。
諦めなさい、頭に冠を頂いたアケメネス朝の乙女たちよ[14]、
　そして、スサ、あるいはアケメネス朝の都ニネヴェ[15]に住まうすべての乙女たちよ。
同じく、ダナオス〔ギリシア〕の乙女（ニンフ）たちよ、そして、
　　　　　　　　　　　　　　イリオン〔トロイア〕およびローマの乙女たちよ
　自らが〔ロンドンの乙女たちよりも〕劣っていることを認めるがよい。
タルペイアの詩女神（ムーサ）に、ポンペイの建築[16]やイタリア人で満席の劇場を
　自慢させないでください。
〔なぜなら、美しさの〕最たる誉れはブリテン島の若き乙女たちに
　　　　　　　　　　　　　　　　　　与えられるべきなのですから。
　諸外国の女性諸君よ、〔ブリテンの乙女たちに〕倣（なら）えることで満足なさい。
そして、ロンドンよ、トロイアの入植者[17]によって建造され、
　そびえる尖塔によって遠く広くからも目立つ町よ、
幸運にも、そなたはその城壁の内に、
　宙づりの世界[18]が有する美しいものをなんでも、閉じ込めています。
エンデュミオン[19]の女神の信奉者たち、
　つまり澄み渡る空からあなたを照らす星々の数も
そなた〔の町〕を美しい容姿ときらびやかさで魅了する乙女たち、
　つまり町中で照り輝く現実世界の群集の数ほど多くありません。
美しいウェヌスがこちらへやって来たと信じられているが、その時女神は

13 ミルトンはオウィディウス著『名婦の書簡』(*Heroides*) に登場する乙女を念頭に置いていたと考えられている。

14 アケメネス王朝は、前 6 世紀半ば、アケメネスを始祖とする古代ペルシアの王朝。

15 スサ (Susa) はメムノンの父ティトノスにより築かれたペルシア王国の政治上の首都。スサは "Memnonian" と呼ばれる。『楽園の喪失』(10. 308) も参照のこと。しかし "Memnoniamque Ninon (Memnonian Nineveh)" という呼称については諸説あり。

16 古代ローマの公共地域カンプス・マルティウスのこと。列柱を有するパンテオンはそのランドマークであった。

17 建国神話によれば、トロイアの英雄アエネイアスの子孫ブルータスが英国を築いたとされる。

18『楽園の喪失』では、地球は「宙づりの円き地球」(4. 1000) や「金の鎖で吊り下がるこの世界」(2. 1052) と表現される。合わせて「付図1」『楽園の喪失』新井明訳 (p. 382) を参照されたい。

19 エンデュミオン (Endymion) は月の女神セレネ (Selene) に愛された美少年。

一双の鳩に引かれた輿（こし）に乗って、矢筒を背負った兵に護衛されていた。
この町に代わって、ウェヌスはクニドスやシモエイスから水を引いた谷、
パポスや薔薇の咲くキュプロスの世話を怠っています。
ですが、あの盲目の少年[20]の気ままさが許してくれているうちに
わたくしはこの快適な城塞の町を出来るだけ急いで出て
魔法の草モリュ[21]の力を借りて
妖婦キルケの忌まわしき住処から遠く逃れようと準備しています。
〔つまり〕わたくしはケンブリッジの葦の沼地へと戻ろうと、
そして、再び、学舎（まなびや）の喧騒を甘受しようと決心しています。
それでは、忠実な友からのささやかな贈り物を、
エレゲイアの韻律[22]にのせた言葉を受け取ってください。

2. 第二エレゲイア——17 歳の作品、ケンブリッジ大学の職権標識奉持役殿の死に寄せて（1626 年秋）[23]

常日頃、あなたは手にした職杖を輝かせ、
パラス〔・アテナ〕の信奉者たち[24]を呼び集めていたが、
そんなあなたに無慈悲な〈死〉が招集をかけて連れ去ってゆく、
職権標識奉持役だからとて、〈死〉が情状酌量することはない。
あなたの眉（まゆ）は、ユピテルがその姿を借りた[25]と伝え聞く

20 クピドー (Cupido) のこと。

21 魔草モリュ (Moly) の力を得て、オデュッセウスは妖婦キルケの魔術に対抗できた。Cf.『ラドロー城の仮面劇』(636)。

22 六脚韻と五脚韻が交互に出現する韻節。

23 リチャード・リドリング (Richard Riddling) のこと。ケンブリッジ大学の職権標識奉持役を 30 年務めた。1626 年 9 月 19 日に退官、その後、同年 11 月 28 日に遺言の検認がなされており、その間に亡くなったことがわかる。そのため副題における「17 歳の時に」(“Anno aetatis 17”) は “in the age of seventeen” ではなく “at the age of seventeen” と解釈され、ミルトンが 18 歳の誕生日を迎える直前、1626 年 9 月末から 11 月頃に執筆された作品とみなされている。

24 技術・学芸・戦いの女神アテナ (Athena) のこと。パラス・アテナとも呼ばれる処女神で、英雄たちの守護者。

25 ユピテルは白鳥に変身してレダに近づき、求愛した (*H.* 8. 68)。『妖精の女王』(3. 11. 32. 1–2) も参照のこと。

白鳥の羽よりも白かったけれど、
あなたは、ハイモニアの薬液[26]で若返るのにふさわしく
アイソンの寿命[27]を全(まっと)うするのにふさわしく、
さらに、かの女神〔ディアナ〕の度重なる嘆願に応じて
コロニスの子[28]が癒しの魔法を用いて、黄泉(ステュクス)の国から呼び戻すのに
ふさわしい方でありました。
外衣(トーガ)を纏(まと)う学生らを招集するよう、
あなたのポイボス[29]より、駿足の遣いの命を受けたときにはいつでも、
あなたの立ち居振る舞いは、父〔ゼウス〕の蒼穹の城から遣わされた
羽根付きサンダルを履いたキュレニオス[30]が
イリオンの宮廷に立っているかのようでした。
怒れるアキレウスの前に遣わされたエウリュバテス[31]が
上官──アトレウスの子〔アガメムノン〕──の厳格な命令を
もたらしたかのようでもありました。
墓所の偉大なる女王〔〈死〉〕よ、冥府(アウェルヌス)[32]の随行者〔〈死〉〕よ、
詩女神(ムーサイ)に対しなんと残酷、パラスに対しなんと残酷なのか。
なぜ、地上に蔓延(はびこ)る無益な邪魔者たちを捕まえないのか。
彼らこそが、そなたの矢に射抜かれて当然至極の輩だというのに。
ゆえに、この方の死を悼もうぞ、喪服を身に纏(まと)う大学の教職員諸君よ、
陰鬱な棺台にあなた方の涙の雨を注がれよ。[33]
悲しげな〈哀歌(エレゲイア)〉に、悲しみの旋律を奏でさせ、
嘆きに溢れた葬送歌を学舎(まなびや)中に響き渡らせましょうぞ。

---

26 ハイモニアはテッサリアの詩的名称、古来より魔法の地として知られる。Cf.「マンソウ」(75)、『ラドロー城の仮面劇』(38)。

27 アイソン (Aeson) は、息子イアソンの妻メディアの魔法で若返った。その際、メディアはハイモニアの地に生える薬草を用いた (*Met*. 7. 263–93)。

28 コロニスは (Coronis) アポロンに愛されて、医術の神アイスクラピオスを生んだ。

29 副大法官 (the Vice-Chancellor of Cambridge) を指している。

30 神々の使者ヘルメスの別名。生誕地キュレネに由来。Cf.『イリアス』(24. 334–57)。

31 エウリュバテス (Eurybates) はアガメムノンの伝令官の一人。アキレウスの寵姫を奪うために派遣された (*Il*. 1. 320–25)。

32 アウェルヌス湖 (Avernus)。カンパニア地方の湖で、死火山の噴火口の中にある。生者の世界と死者の世界の境界とみなされていた。

33 紙などに哀歌を書いて棺に留める風習がある。

3. 第三エレゲイア── 17歳の作品、ウィンチェスター主教殿の死に寄せて (1626年11月～12月)[34]

わたくしは声もなく座り、傍らには友もなく、
　幾多もの悲しみがわが魂の奥深くに宿っておりました。
すると、リビティナ[35]が英国の地にもたらした痛ましい大虐殺の光景が、
　わが魂（アニマ）の前に立ち昇ったのでありました。
偉大な人々の塔の城、大理石で輝く城へと侵入するのは、呪われた〈死〉、
　その埋葬のたいまつゆえに人みなに恐れられています。
黄金や碧玉を散りばめた重厚な壁を打ち叩き、
　躊躇（ためら）うことなく、死の大鎌で、君主たちを刈り取った、というものでありました。
すると、わたくしは積み上げられた薪で火葬された、一人の誉れ高き公爵と、
　〔武具を身に付けた〕弟君の夭逝（ようせい）を思い起こすのであります。[36]
さらにわたくしが思い出したのは、かの〔ベルジアの〕地が目撃したという、
　　　　　　　　　　　　　　　　　　　速やかに天につかみあげられた
　英雄たちのこと。[37] ベルジア全土が指導者たちを失って嘆き悲しんだのでありました。
ですが、いと尊き主教殿よ、わたくしはあなたのことを一番に悼んだのであります。
　かつては、ご自身が愛したウィンチェスターの、最高の誉れでいらしたあなたのことを。
わたくしは涙に溶けてしまい、次のように、悲しみの言葉で嘆いたのでありました。
　「獰猛（どうもう）な〈死〉よ、地獄（タルタロス）のユピテル〔プルト〕[38]に次ぐ力を持つ女神よ、

---

34 ランスロット・アンドリューズ (Lancelot Andrewes, 1626年9月25日没) のこと。チェスター、イーリー、ウィンチェスターの主教を歴任し、『欽定英訳聖書』制作にも携わった政界および宗教界の権力者。

35 リビティナ (Libitina) は古代イタリアの死の女神。ここでは1625年から26年にロンドンを襲った黒死病の大流行のことをさす。

36 一般的に、プロテスタント派指導者ヴォルフェンビュッテル公クリスティアン・フォン・ブラウンシュヴァイク (Christian the Younger of Brunswick-Wolfenbüttel, 1599–1626年6月6日ベルギーにて没) とドイツの軍人・傭兵隊長エルンスト・フォン・マンスフェルト (Ernst Graf von Mansfeld, 1580–1626年11月29日) とみなされている。三十年戦争において、二人はジェームズ一世の義弟フリードリヒ五世を支持して戦った。一方で、オラニエ公マウリッツ・ファン・ナッサウ (Maurits van Nassau, 1567–1625) とジェームズ一世の二人を指しているという説もある。

37 1625年アンブロジオ・スピノラ率いるカトリック軍によるブレダ開城作戦で死した者たちのこと。

38 ユピテルの兄で、地獄の支配者プルト (Pluto) のこと。『ラドロー城の仮面劇』に "nether Jove"(20) という表現が出現する。

森がそなたの荒々しい怒りで傷つき、
　野とその緑の装いを支配する権利が与えられていながら、
そなたの腐敗の息に触れると百合もクロッカスも、
　　　　　　　　　　麗しいキュプロスの女神[39]のために聖別された薔薇も
　みなしおれて死に絶えるというだけでは満足できないのか。
そなたは、川のほとりの樫の木が、傍らを流れる水の滑(なめ)らかなるさまを
　永遠に寿ぐのを許さないでいるだけでは満足できないのか。[40]
そなたに頭を垂れるもの、それは翼に乗って、流れる大気を飛ぶ無数の鳥たち、
　かれらはみな卜鳥官(ぼくちょうかん)[41]なのであります。そして暗黒の森を彷徨(さまよ)う幾千の獣も、
プロテウスの洞窟で飼育されている声なきものの群れ[42]も、
　頭を垂れるのであります。
嫉妬深き死の女神よ、かくも強大な力が、そなたに与えられているというのに、
　なぜ、そなたの手を殺された人々の血で染めたり、
高貴な心臓を射抜くために狙いたがわぬ矢を尖らせたり、さらには、
　半神の魂を然るべく割り当てられた座から追い立てたりして、
　　　　　　　　　　　　　　　　　一体何が楽しいというのでありましょうか?
わたくしが涙に濡れ、心の奥〔の悲しみ〕に思いを巡らせている間に、
　露けきヘスペロス[43]は西の海から昇り、
ポイボスは東岸からの行程を巡業したのち、タルテッソス[44]の海へと、
　み戦車(くるま)を沈めたのでありました。
遅れることなく、わたくしはこの身を洞穴(ほこら)のような寝所に横たえ、鋭気を養う、
　夜と深い眠りが、わが眼を閉ざしたのでありました。

---

39 ウェヌスのこと。Cf.「第七エレゲイア」(48)、「自然は時の移ろいに煩わされず」(63)。

40 すなわち獰猛な〈死〉が川の流れを逆流させることになるとショークロスおよびヒューズは指摘する (*The Complete Poetry* p. 19; *Complete Poems* p. 22)。

41 古代ローマには「鳥卜官」(Augur) と呼ばれる公職があった。自然の予兆を解釈する司祭。

42 プロテウス (Proteus) はさまざまに姿を変える能力を備えた海神で、ポセイドン（ローマ神話のネプトゥヌス）のアザラシの群れを飼育していた。Cf.「ダモンの墓碑銘」(99)。Cf.『オッデュセイア』(4. 388–460)。

43 宵の明星、金星のこと。Cf.「ダモンの墓碑銘」(140)。

44 タルテッソス (Tartesus) は、スペインの古都、時に世界の西端の象徴となる。ここでは大西洋の方角を指す。Cf.「第五エレゲイア」(83)。『ラドロー城の仮面劇』“Tartessian” (97) も大西洋と置き換えが可能。

すると、わたくしは広大な牧場（まきば）を歩いているかのようでした。
　ああ！　わが才覚は目にしたものを物語ることができないのであります。
そこでは、あらゆるものが紅の光で輝いておりました。
　まるで山々の頂が朝日で輝いているかの如くに。
まるでタウマスの娘[45]が宝物を広げているかの如くに、
　大地は様々な色相の衣装で輝いておりました。
軽やかな西風（ゼピュロス）の寵愛を受けた花の女神（クロリス）[46]も
　それほどまでに、かのアルキノオスの庭[47]を色とりどりの花々で飾ったことはありませんでした。
白銀の流れが新緑の芽吹く野に打ち寄せ、
　ヘスペリアのタグス川[48]よりも豊富に黄金（きん）の砂がありました。
芳（かぐわ）しく香る宝物の中を、西　風（ファウォニウス）[49]の軽やかな息吹、
　つまり、幾万もの薔薇の元で生まれた露けき息吹が通り抜けていきました。
そのような辺境の地、ガンジス川のほとりに、
　かの帝王ルキフェル[50]の宮殿があると、人は想像します。
わたくしが、房なす葡萄が落とす濃い影に、
　そしていたるところが輝きを放っていることに驚いておりますと、
ご覧あれ、ウィンチェスター主教殿が突如、わが前に立ち現れ
　星々の煌めきの如き光輝がそのお顔に照っていたのであります。
さらには、眩いばかりの白い衣（ローブ）が黄金で飾られた足へと流れ落ち、
　白い飾り紐がその聖なる頭に巻かれておりました。
尊き翁がこのように盛装して進み出でると、

---

45 タウマス (Thaumas) は大地（ガイア）と海（ポントス）の息子（こ）で、その娘は虹の女神イリス (Iris) である。

46 クロリス (Chloris) はローマ神話におけるフローラ (Flora) と同一視される花の女神で、西風ゼピュロスの妻。Cf. オウィディウス作『祭暦』(5. 195–378)。Cf.「〔エレゲイア調の歌〕」(11)、「第四エレゲイア」(35)、「第五エレゲイア」(69)、『楽園の喪失』(5. 16)。

47 アルキノオス王 (Alcinous) の庭は果実がたわわに実る魔法の庭。放浪中のオデュッセウスがその庭を訪れた。Cf.『オッデュセイア』(6. 291–94)。Cf.『楽園の喪失』(5. 340–1, 9. 441)。

48 タグス (Tagus) はスペインからポルトガルを経て大西洋にそそぐ川。イベリア半島最長の川。太陽に反射して黄金に輝く砂で知られる (*Met*. 2. 251)。

49 ファウォニウス (Favonius) はゼピュロスのラテン語名。

50 太陽のこと。オウィディウスは太陽の宮殿を庭や木々のイメージでは描いていない (*Met*. 2. 1–18)。

花咲く大地が、歓喜の音に打ち震えたのでありました。
すると、天使たちが宝石を散りばめた翼を打ち鳴らして曲を奏で、
清澄な大気は凱旋の喇叭を吹き鳴らします。
〔天の〕みなが、新しい仲間を抱擁と詩歌で迎えるのであります。
すると、その中の一人が穏やかな口元から、このような言葉を発しました。
「わが息子よ、さあ、こちらへ。幸いなるかな、父〔なる神〕の王国から生まれる喜びを手に取りなさい。
いまこの時より、息子よ、過酷な苦役からとこしえに自由であれ。」[51]
この言葉が発せられると、有翼の天使の軍団が竪琴を奏で始めました。[52]
ですが、暗闇とともに、黄金の眠りは消え去りました。
わたくしは、ケパロスの愛人たる曙の女神〔アウロラ〕[53]によって妨げられた眠りを思って涙したのでありました。
願わくは、このような眠りがしばしわがもとへと降りきたらんことを。

4. 第四エレゲイア——18 歳の作品、ハンブルグにおいて、赴任中の英国商人の中で、牧師として仕える詩人の師トマス・ヤング殿にあてて

(1627 年 3 月頃)[54]

急げ、わが手紙よ、この限りなき海を駆け抜けておくれ。

---

51 黙示録 (14. 13) を参照のこと。ここではウェルギリウスの描いた死後の楽園と、黙示録に著された楽園が並行して描かれている。

52 黙示録 (14. 2) を参照のこと。

53 アウロラ (Aurora)、曙のこと。ケパロス (Cephalus) はアウロラに愛されたが、その愛を拒絶した。Cf.「第五エレゲイア」(51–2)、「第七エレゲイア」(38)。

54「トマス・ヤング (Thomas Young, 1587?–1655) が幼いミルトンの教育にあたったのは、10 歳前後までの数年間のことである。その後、ミルトンは 1620 年ころセント・ポール学院に入学する、ヤングは、のちにケンブリッジ大学のジーザス学寮の学寮長に押されるほどの人物であるし、また神学者リチャード・バクスター (1615–91) が、「学問、判断力、信仰、またその謙虚さにおいて卓越した人物」とまで評した人柄であり、ミルトンに及ぼした影響は深かった。ミルトンはその後も、この長老派のスコットランド人学者に私淑し、この師から文芸にたいする愛と改革派プロテスタンティズムのエートスを学んだ。若きミルトンの人格形成にあずかった人物はほかにもあるが、トマス・ヤングはなかでも最重要の人物である」(新井明「解説」『楽園の喪失』p. 356)。

　行け、この滑らかな海原を抜け、テウトニ[55]の地を求めておくれ。
のろまな遅滞とは、決別を。
　さあ、願わくは、何ものも、そなたの航海を妨げることのなきように、
何ものも、そなたの急ぎの路を阻むことのなきように。
　わたくしは、シシリー[56]の洞窟に風を押さえ込んでいるアエオルス[57]に
執拗に乞い願おう。
さらに青草のごとき神々に、そしてニンフたち[58]を供とする紺碧の水の精（ドリス）に、
　そなたが彼らの王国をつつがなく航海できますようにと。
出来ることなら、かの翼速（と）き竜を手に入れよ。
　コルキス〔の王女メディア〕が夫〔イアソン〕の面前から逃げ去るとき、[59]
あるいは、かの寵児トリプトレモス[60]がエレシウスの都市（まち）から
　スキュティア[61]の辺境の地に遣わされるときに疾走させた、かの竜を。[62]
そして、ゲルマンの砂州が金色に輝くのを目にしたら、
　肥沃なハンブルグの城壁へと歩を進めよ。
ハンブルグはキンブリ族の棍棒によって、
　死へと追いやられた〔戦士〕ハマー[63]の名に由来すると伝えられている。
その地に、敬虔さの誉れにより、古来より高名で、
　キリストの道を歩む羊を養い育てるべく修練を積んだ一人の牧師が暮らしておられる。

---

55 ゲルマン人の一部族。

56 シシリー島 (Sicilia) は、イタリア半島の西南に位置する地中海最大の島。ラテン語ではシキリア、ギリシア語ではシケリア、イタリア語でシチリアと呼ばれる。島の北側の海はチレニア海、東側の海はイオニア海で、島の東端にエトナ火山がある。

57 風神アエオルス／アイオロス (Aeolus) はそよ風、疾風、貿易風を送る。風を馬に例えて抑え込もうとするイメージはオウィディウス作『転身物語』(14. 224) 及び『悲歌（トリスティア）』(1. 2. 59) を参照のこと。ミルトンはここで自らをオウィディウスになぞらえ、オウィディウス以上のことを自分はやってみせると言っているのである。

58 海神ネレウスとその妻ドリスの 50 人の娘ネレイデスのこと。Cf. スペンサー作『妖精の女王』(4. 11. 48. 2–5)。

59 コルキス (Colchis) は魔女メディアの祖国。メディアは夫イアソンの不実を怒り、夫との子供を殺害し、竜の引く戦車に乗って夫の元を後にした (*Heroides* 6. 129–38)。

60 トリプトレモス (Triptolemus) はギリシア神話の英雄。神界を離れたケレスの寵愛を受け、竜の引く戦車と麦の種を与えられ、世界中に農業を広めた。

61 スキュティア／スキタイ (Scythia) は、黒海、カスピ海の北東部を中心とした古国。

62 ちなみに、オウィディウスはメディアの戦車とトリプトレモスの戦車で、追放地トミスより自分を連れ出してくれるよう乞うている (*Tristia* 3. 8. 1–4)。Cf. エウリピデス『メディア』(1321–2)。

63 サクソンの戦士。

その方は、まさに、わが魂の半分以上の存在。[64]
〔その方なしでは〕わが生命（いのち）は半分しかないようなもの。[65]
ああ、なんと広い海、なんと多くの山々の隔たりが、
わたくしをわが半身から切り離していることか！
そのお方を、わたくしは最も敬愛しているのであります。テラモンの子孫
クリニアスの息子〔アルキビデアス〕が敬愛した、
かのギリシア人の中で最も博識賢明なる方〔ソクラテス〕よ、[66] あなた以上に。
慈悲深きカオニアの娘がリビアのユピテル[67]に授けた高貴な生まれの弟子
〔アレクサンドロス大王〕が敬愛した、かの崇高なスタギラの人
〔アリストテレス〕以上に。[68]
ミュルミドネス族の王〔アキレウス〕には、アミュントルの子〔ポイニクス〕[69]や
ピュリラの子、英雄〔ケイロン〕[70]が存在したわけでありますが、
わたくしにとって、この牧者はそれ以上に大切な存在なのでありました。
わたくしは初めて、恩師に導かれ、かのアオニアの隠棲の地と、
かの双峰[71]の神聖な芝を散策したのでありました。
そして、わたくしはピエリア[72]の泉の水を飲み、さらに
〔歴史の詩女神（ムーサ）〕クレイオの恩恵により、
幸いなる唇を三度、[73] 澄んだカスタリア産の生酒で潤したのでありました。

---

64 ホラティウスがウェルギリウスを “animae dimidium meae (the half of my soul)” と呼んでいる (*Carmina* 1. 3. 8)。

65『楽園の喪失』第 4 巻 487 行の、イブの回想の中のアダムの言葉を参照。

66 ソクラテス。アルキビデアスの家庭教師。

67 古代エジプトのアムモン・ユピテルは蛇形で、オリュムピアスとの間にアレクサンドロス大王をもうけた。Cf.『楽園の喪失』(9. 508–9)、「キリスト降誕の朝に」(203)。

68 アリストテレス。アレクサンドロス大王の家庭教師。

69 ポイニクス。アキレウスの家庭教師。

70 ピュリラ (Philyra) はケンタウロスのケイロンの母。ケイロンはアキレウスの家庭教師。Cf.「マンソウ」(60)。

71 パルナッソス山。パルナッソス山はカスタリアの泉の水が流れており、詩女神の住処とされる。詩的霊感を求めて詩人が訪れる。別の伝承では、その栄誉は同じ山脈にある別の山、ヘリコン山のものになっている。ここで、ミルトンはヤングが自分を詩歌の世界に導いてくれたと語っている。Cf.『楽園の喪失』(1. 15)、「第六エレゲイア」(17)、「父にあてて」(75)。

72 ピエリア (Pieria) はマケドニア南部の沿岸地方でオリュムポス山の麓に広がる。詩女神の故郷とされる。オルペウスの生地。

73 ヤングがミルトンの家庭教師を務めた期間ははっきりとはわかっていない。パーカーによれば「三度の口づけ」は「三年の教育期間」を意味し、教育期間が 1618 年から 20 年であったと

さて今や、三度、燃え盛る炎のアイトン[74]が牡羊座の兆を目にし、
　たてがみを新たな黄金で覆い、
クロリス[75]よ、そなたが老いた大地を二度、新しい芝で覆ったところであります。
　そして、二度、南風がそなたの富を持ち去ったのでありました。[76]
にもかかわらず、わたくしはいまだあの方のお顔を見る栄に浴することはかなわず
　そのお声の甘美な調べを聞くことで耳を潤すことも許されてはいないのであります。
ならば、〔わが手紙よ〕一路行きたまえ、吹き荒ぶ東風[77]を追い越して。
　わが求めがいかに必要に窮したものか、この状況が示しているではないか。
　そなた自身にも分かっているはず。
おそらく、そなたはわが師が、愛する奥方とともに座し、
　夫婦愛の証たるお子たちを膝の上であやしておられるのを目にするだろう。
あるいは、古の教父たちの豊かな書物や[78]
　真の神の聖なる書に向かいめい想したり、
天の雫で繊細な魂を満たしたり、
　救いをもたらす信仰の偉業をなさっておいでやもしれぬ。
〔わが手紙よ〕いつものように、心のこもった挨拶を届けるよう気をつけてくれたまえ。
　そなたの主人〔ミルトン〕がふさわしく語るよう気をつけてくれたまえ。
ああ、わが師が〔ここに〕いらしたらよかったものを。
　しばし慎ましやかに目を伏せ、しとやかな口調で、この言葉を語りたまえ。
「かの慎み深き詩女神に、この戦火[79]のただなかで、暇があるとするならば、
　忠実な手がこの言葉を英国の岸辺より、あなたに届けるのであります。
たとえ遅くなったとしても、ご健康を心より祈念するこの気持ちを

いう (*Milton* p. 707)。

74 日輪の戦車を引く四頭の馬はピュロイス (Pyrois)、エオス (Eos)、アイトン (Æthon)、プレゴン (Phlegon) と名付けられている。"Æthon" は「燃ゆる (burning)」を意味する。ここでヤングが出立してから太陽が三度、白羊宮に入ったと語られていることから、ヤングが 1624 年から 25 年にかけての冬にイングランドを発ったと推察される。

75 ローマ神話におけるフローラ (Flora)。春と花の女神で、西風ゼピュロスの妻。Cf. オウィディウス作『祭暦』(5. 195–378)。Cf.「〔エレゲイア調の歌〕」(11)、「第三エレゲイア」(44)、「第五エレゲイア」(69)、『楽園の喪失』(5. 16)。

76 春、夏、秋の一連の季節が過ぎ去ったことを意味している。

77 Cf.『楽園の喪失』(10. 705)。

78 ピューリタンの聖職者たちは古代教父の教えを聖書と同様に重視して学んだ。

79 三十年戦争 (1618–48)。主として現在のドイツを舞台にプロテスタントとカトリックの諸侯の

受け入れてくださいますように。

長らくお待たせしたがゆえに、その分まで一層、あなたが喜んでくださいますように。

実に、遅れはしましたが、イカリオスの娘、貞節なペネロペイアが

帰国の遅れた夫〔オデュッセウス〕[80]

から受け取った変わらぬ愛と同様にわが祈りは忠実であります。

ああ、なぜわたくしは、罪を犯した当人も軽減することのかなわぬ、

明らかな罪を清めようなどとしたのでありましょうか？

遅れたことに対して公正に判決を下されたかの者〔わが手紙〕は、罪を認めております。

そして、おのれの義務の怠慢を恥じるのであります。

さあ、あなたがかの者に寛大であるようにと願う。

わたくし自身が自らの過ちを告白し、罪の赦しを求めているのでありますから。

と言うのも、罪も悔い改めれば、許されるものであるから。

野獣も、慄き震えるものには牙をむいたりはしないし、

獅子も、降参し平伏するものを、鋭き爪で粗々しく引き裂いたりはしない。

しばしば、トラキア人[81]の槍持ちの粗野な心さえもが、

敵方の嘆願者の悲痛な祈りに和らぐことがあったのだ。

広げられた手が、雷の直撃をさえぎり、そらすこともある。

さらに、ささやかな供物が神々の怒りを鎮めることも。

これまで、長きに渡り、〔わが師よ、〕わたくしはあなたに手紙を書こうという

衝動を抑えてまいりましたが

〈敬愛〉はこれ以上遅れることにはもはや耐えることなどできそうにありません。

といいますのも、彷徨える〈噂〉[82]——ああ、正直者の使者よ、ただし災いについてのみ！

——が語るのは以下のようなものでありますから。

あなたのお膝元で、戦禍が勢いを増していると。

間で30年に渡って行われた宗教戦争。1626年、大敗を喫したプロテスタント同盟はホルシュタインまで追撃されたが、ヤングのいるハンブルグ市はそのすぐ南に位置する。

80 ペネロペイア (Penelopeia) はトロイア戦争に出征したまま音信の絶えた夫を貞淑に20年間待ち続けて再会した。『オデュッセイア』(23. 1–280) において、乞食に扮して帰宅した夫に相対するが、容易に夫であることを信じようとしない。二人しか知らぬ秘密、つまり二人の婚姻の臥所の骨組みがオリーブの木を材料に作られていることに、夫が触れるに及んで、ようやく納得する。（ちなみにオリーブは平和、貞淑、多産の象徴である。）

81 ホメロスはトラキアを軍神マルスの故郷とした (*Ody.* 8. 361)。

82「噂」を擬人化するローマの女神ファマ (Fama)。「11月5日に寄せて」(181–95) も参照のこと。

あなたとあなたの市（まち）が残忍な敵軍に包囲されたと、
　今やサクソン人の武将たちが武器を整えていると。
〔戦いの女神〕エニュオがあなたの周囲の至るところに〈荒廃〉を送り、戦場とし、
　今や、地に人々の亡骸（なきがら）が撒き散らされ、血で溢れかえっていると。
トラキアの地は自らが生んだ軍神（マルス）をゲルマンの民に差し出してしまい、
　父なるマルスはその地でオドリュサイ[83]の騎馬を暴走させている。
今や、常（とこ）しえに茂るはずのオリーブは枯れ、
　開戦合図の青銅の喇叭の音を嫌って、女神〔アストライア〕は逃げ去ってしまった。[84]
ご覧あれ。大地から逃げてしまいましたよ。ちなみに、今日信じられているところでは、
　その乙女が天の高き居住へと逃げた去った最後の方だというわけではありませんでした。
それでも、そうしている間にも、あなたの周りでは、戦争の恐怖がとどろきわたり、
　〔わが師よ、〕あなたは不慣れな土地で、寄辺（よるべ）なく、つましくお暮しになっている。
そして、父祖の地（ペナテス）[85]があなたに与えたことのない援助（たすけ）を、
　異国のつましい暮らしに、求めておられる。
父祖の地よ、厳格な母上よ、
　泡立つ波が打ちつけるその白き岸壁より残酷なものよ、
このようにあなたの無垢なお子を危険にさらすことが正しいとお思いか、[86]
　このように国外へと、冷酷にも追いやるのか、
まして、遠方の地で暮らしを立てるがままにされるのか？
　神の配慮で、あらかじめあなたへと遣わされ、
天からの喜ばしき知らせをもたらし、
　人が塵（ちり）に帰するとき、星々へと導く道を教えてくださるお子であるぞ。
当然の報いとして、あなた「父祖の地（ペナテス）」は地獄（ステュクス）の暗闇（やみ）に閉ざされて暮らし、

---

83 トラキアの古代の呼称。

84 季節と秩序をつかさどるホーラエ三女神の一柱で、正義の女神アストライアのこと。神々の中で最後まで地上に留まって人々に正義を訴え続けたが、銀の時代に至り、遂に、人々の欲望のままに行われた殺戮によって血に染まった地上を去った。Cf.「美しい幼子の死について」(50–1)、「キリスト降誕の朝に」(141–3)。また「宿題として（四）」において、ミルトンは上述の神話に疑問を唱えており、〈正義〉が地上を去った後も、長く〈平和〉と〈真実〉は人間を見捨てなかったと語っている。

85 家庭の守護神。

86 本詩作品 87～94 行は、ヤングのハンブルグ赴任の理由に言及しているものとみられる。

当然の報いとして、魂の絶えなき飢餓ゆえに非業の死をとげることとなりましょうぞ！
かつて、アハブの王[87]とシドンの狂女よ、[88] かのテシベの預言者〔エリヤ〕が[89]
そなたらの手を逃れ、
慣れない足取りで、地上の、道なき荒野や
アラビアの前人未踏の未開の砂漠に歩を進めた時と同じ。
同様にして、恐ろしげに、空を切り裂き鳴る鞭に打たれて傷つき、
シシリーのパウロはエマシアの町から追われたのでありました。
そして、港町ゲルゲッサの恩知らずな民は
イエス〔・キリスト〕ご自身に町から立ち去さるよう命じたのでありました。[90]
ですが、わが師よ、元気を出されよ。希望を抱かれよ、
不安に打ちひしがれることのなきように。
青白き恐怖があなたの骨を怯えさせることのなきように。
たとえ、閃光を放つ武器があなたを取り囲み、
幾千もの槍が死をもってあなたを脅かすとしても、
あなたの武具まとわぬ脇腹はいかなる武器によっても汚されることはないし、[91]
いかなる鉾先もあなたの血潮を啜ることはないのであります。
と言いますのもあなたは、神の光に煌めく盾〔神の加護〕のもと、安全でおられましょう。
神はあなたの守護者、そして神はあなたの闘士となられましょう。
神はシオンの要塞の城壁のもと、夜の静寂の中、
あまたのアッシリア兵を薙ぎ払ったではありませんか。[92]
古都ダマスクスが古の地から、サマリアの辺境へ遣わした兵を
潰走させて、[93] 群がる歩兵隊ともども
その王をも竦みあがらせ恐れさせたのでありました。

---

87 使徒言行録 (16. 22–23) を参照のこと。Cf.「ソネット（八）」(10)、『楽園の回復』(3. 290)。

88 シドンの王女で、イスラエル王アハブの后イゼベル (Izebel) のこと。エリヤを脅し、荒野へ追いやった (1 Kings 9. 1–4)。ブッシュはミルトンがイゼベルにチャールズ一世の王妃ヘンリエッタ・マライアのイメージを重ねていると指摘する (*A Variorum Commentary* p. 91)。

89 Cf.『楽園の回復』(1. 353; 2. 19, 277)。

90 マタイの福音書 (8. 28–34) を参照のこと。

91 本詩作品 109～111 行は、詩篇 (9. 4–5) を想起させる。ミルトンはヤングを正しき神の信徒として描きながら、ここにはギリシア・ローマ神話の無敵の防具（ゼウスが娘の女神アテナに与えたアイギス）のイメージを重ねている。Cf. 詩篇 (3. 3)、『イリアス』(5. 738)。

92 列王記下 (19. 35) を参照のこと。

93 列王記下 (7. 6–7) を参照のこと。

その間、空虚の大気中に荘厳な喇叭が響き渡り、
角状の蹄が、粉塵（ふんじん）巻きあがる平原を鞭打つかの如くに叩き、
戦車が駆られ、砂塵舞いあがる大地を揺さぶった。
そして、戦へと猛進する馬のいななき、
鉄（くろがね）の武具のかち合う音と戦士の怒号が聞こえた。
そして、あなたは（心打ちひしがれた者にも残されている）
希望を忘れることのなきように。
そして、あなたの寛き心で、この不運に打ち勝たれよ。
さすれば、いつの日か、より善き日々を享受し、
父祖の地を再び目にすることでありましょうぞ。」

5. 第五エレゲイア——20 歳の作品、春の訪れに寄せて（1629 年春頃）

終わりなき巡業の中で、行きては、また自らに戻り来る〈時〉が、
今、新たに、西風（ゼピュロス）を、暖かさを増す春とともに呼び戻す。
〈大地（テルス）〉[94] は生まれ変わり、つかの間の若さを身にまとい、
今や、霜から解放され、青々と繁り、魅力を増す。
思い違いか？[95] それとも、力がわが詩歌（うた）に戻り、
詩的霊感が、わがもとに春の恵みによりもたらされるのか？
春の恵みがもたらされ、その恵みにより、霊感はさらに活力を増す。
（だれが想像しようか？）そして今、〔霊感が〕自身のために作品を求めている。
カスタリアの泉と双峰（ふたみね）の頂[96]が、わが眼の前に浮かび、
夜になると、夢がわがもとにピュレネの泉[97]を運んでくる。
わが胸は躍り、未知の衝動に燃え、

94 テルス (Tellus) は「母なる大地（テルス・マテル）」とも呼ばれる、ローマの地母神。ギリシア神話のガイアとは異なり、単に万物を生み出す大地を意味する。Cf.『祭暦』(1. 671)。Cf.「父にあてて」(87)。
95 原語 “Fallor?” は、オウィディウス的表現 (*Festi* 2. 853–4)。Cf.「火薬陰謀事件に寄せて」(3)、「第七エレゲイア」(56)、『ラドロー城の仮面劇』(220–2)。
96 パルナッソス山のこと。Cf.「第四エレゲイア」(30)。
97 詩女神の聖地。

興奮し、さらに聖なる音楽がわたくしを内部より湧き立たせる。
デロス神〔アポロン〕[98] の御成り――わたくしにはペネウスの月桂樹[99] に絡む
御髪（おぐし）が見える――デロス神の御成り。
今や、わが精神は清澄な空の高みへと運ばれ、
漂う雲を抜け、肉体から自由になり飛翔する。
暗がりを抜け、洞窟を抜け、詩の聖殿に運ばれると、
神々の宮の奥殿が開かれ、わたくしを迎える。
わが魂はオリュムポス山でなされるすべての行いを目にし、
隠された黄泉（タルタロス）の領域さえも、わが目を逃れることはない。
どれほど高らかにわが魂は唇を開き歌うのか?
この〔春がもたらす〕激情、この聖なる狂気は何を産みだすというのか?
わたくしに霊感をもたらす春は、霊感を受けた詩歌（うた）の主題となり、
春の賜物は調べとなり、春そのものへの恵みとなりましょうぞ。
今や、小夜鳴鳥（ピロメラ）[100] が若葉の蔭で囀り始め、
その間、森は粛（しゅく）として声もなし。
わたくしは都市（まち）で、そなたは森で、ともに歌い始めよう、
ともに春の到来を歌おうぞ。
春の巡り、おお、ご帰還だ、春の誉（ほまれ）を謳歌し、
不老の詩女神（ムーサ）にこの務めを担っていただきましょうぞ。
今や、太陽はエチオピア〔南方〕とティトノス[101] の大地〔東方〕を逃れ、
金色（こんじき）の手綱をアルクトス[102] の地〔北方〕へ向ける。[103]
夜の旅路は短く、夜陰の滞在も短い。

---

98 デロス島を誕生の地とするアポロンのこと。

99 河神ペネウス (Peneus) の娘ダプネのこと。アポロンの求愛を拒み、その結果、月桂樹に転身することで処女性を守った。アポロンは、ダプネが月桂樹になっても変わらず愛することを誓い、その葉を冠とした。以後、月桂樹は詩歌の神アポロンの聖樹とされ、また詩人への加護の象徴ともみなされている。Cf.『転身物語』(1. 548–52)。

100 ピロメラ (Philomela) は、ナイチンゲールのラテン語の名として用いられている (*A Variorum Commentary* p. 99)。ヒューズは同様の表現が「沈思の人」(56) にも認められると指摘する (*Complete Poems*)。

101 トロイアの王子。暁の女神アウロラが彼の美貌に惚れ、夫とした。

102 アルクトス (Arctos) は北極、あるいは大熊座とこぐま座のある北の空。

103 春分のこと。

恐ろしき夜は自らの影とともに追放の身となっている。
今や、リュカオニア[104]の牛飼い座は疲弊し、以前のように、
天の御車（みくるま）の行く手に付き従うことはない。
そして今では天の全域で、
ユピテルの宮を囲み、つねの夜警につく星もわずか。
〈詐欺〉や〈殺戮〉、〈暴力〉といった輩が〈夜〉とともに退去し、
神々が巨人たち[105]の悪行を恐れることもないのだから。
何気なく岩を背にもたれた牧人が、露けき大地が朝日で赤く染まるときに言います。
「〈太陽（ポイボス）〉よ、確かに、昨夜は
名残（なごり）を惜しんであなたの足早な馬を引き留めようする乙女は
おりませんでしたね。」
〈月（キュンティア）〉[106]は日輪の御車[107]が依然として空高くにあるのを目にするやいなや、
大喜びで自分の森へ帰り、再び矢を手に取り
淡い光を脇へ置きつつ、彼女は自らの務めが
兄の助けによって短くなり、喜んでいるかのよう。
「離れよ」とポイボスが叫ぶ「暁の女神（アウロラ）よ、翁の臥所（ふしど）を離れるのです。
使い古された臥所に横たわることに、いかなる喜びがありましょうか？[108]
かの狩人、アエオルスの子（こ）孫〔ケパロス〕が、[109]
あなたを新緑の芝の上で待っていますよ。
起き上がりなさい、あなたの陽炎（ほのお）を、屹立するヒュメットス山[110]がいただいています。」
黄金（こがね）の髪の女神は頬を赤らめ、過ちを認め、
暁の馬をさらに速めて駆り立てる。

---

104 リュカオニア (Lycaonia) は古代小アジア中南東部に位置する。Cf.「イーリー主教殿の死に寄せて」(51–2)、「マンソウ」(37)。

105 Cf.「美しい幼子の死について」(7)、「第四エレゲイア」(81–2)、「11 月 5 日に寄せて」(174)、『楽園の喪失』(1. 197–8)。

106 月の女神。アポロンの双子で、アルテミスのこと。兄と同じく弓の名手。Cf.「沈思の人」(59)。

107 太陽のこと。

108 ティトノスは不死の願いを叶えられるが、同時に不老を願うのを忘れたために老衰した。Cf.「11 月 5 日に寄せて」(133)。

109 風の神アエオロス。その子孫には曙の女神に愛された狩人ケパロスがいる。

110 アテネ郊外の山、蜂蜜と大理石で有名。

〈大地(テルス)〉は再生し、憎き老いを振るい落とし、[111]
　ポイボスよ、彼女はあなたの抱擁を求めるが、
彼女こそその抱擁に値する。彼女よりほかに見目(みめ)麗しいものなどあろうか。
　艶(あで)やかに、万物を生み出す胸を開いて
息吹は芳しきアラビア[112]の実りとなり、優美な唇からは
　パポス[113]の薔薇からとれる芳醇な香油を降り注いでいるというのに。
ご覧なさい。彼女は高く秀でた額を聖なる森で飾る、
　まるで、松の小塔冠を戴くイダ山にいます〔豊穣の女神〕オプス[114]がごとくに。
〈大地〉が房なす露けき髪に幾色もの花を編みこめば、
　〈大地〉は一層麗しく見える。
まるで、風にたなびく髪を花で束ねた、かのシシリーの女神〔プロセルピナ〕[115]が
　冥府(タエナルム)の神〔プルト〕[116]を喜ばせたかのごとく。
ご覧なさい、ポイボスよ、従順な愛があなたを求め、
　春のそよ吹く風が蜜甘き祈りを運ぶ。
馥郁たるゼピュロスが肉桂香る翼を軽やかに羽ばたかせ、
　鳥たちは、あなたに甘き言葉を運んでいるかのよう。
〈大地〉は持参金なしに、あなたの愛を請い求めるほど厚かましくありません。
　ゆえに、結婚を切望し乞い願っていてさえも、物乞いのような訴えはせず、
あなたに滋養のある薬草を惜しみなく差出し、
　あなたの〔治療神としての〕称号を支えています。
富や、煌(きら)びやかな贈り物が、あなたの心を動かすなら、
　（しばしば、愛は贈り物によって獲得されるものですから）
彼女は広漠たる海や高くそびえる山々のもとに隠したあらゆる財宝を、
　あなたに誇らしげに見せることでしょう。
ああ、幾度となく、峻険なオリュムポス〔山を登るの〕に疲れると、

---

111 〈春の大地〉が〈太陽〉に抱擁を求める構図はギリシア・ローマの詩の伝統的なイメージの一つ。Cf.「第五エレゲイア」(95)、「自然は時の移ろいに煩わされず」(36)。
112 Cf.『楽園の喪失』(4. 162–3)。
113 ウェヌスの聖地。Cf.「第一エレゲイア」(84)。
114 オプス (Ops) は豊穣の女神で、サトゥルヌスの妻。キュベレ／レアと同一視される。Cf.『転身物語』(9. 498)。Cf.「アルカディアの人々」(21–5)。
115 Cf.「第四エレゲイア」(5–6)。
116 Cf.『楽園の喪失』(4. 269)。

あなたは、宵（よい）の海へ沈んでいく。
「どうして」と〈大地（テルス）〉は嘆いて言う。「昼の行路を終えて疲れ果てたあなたを、
ポイボスよ、
〈紺碧の母〉が西（ヘスペリア）の海へと迎え入れるのでしょうか?
あなたは〔海の女神〕テテュス[117]と何の関わりがあるというのでしょうか?
タルテッソス[118]川と何の関わりが?
なぜ、聖（きよ）きお顔を清らかならざる海水で洗うのでしょうか?
より良き涼を、ポイボスよ、あなたはわが木蔭で得られましょう。
こちらへいらして、あなたの燃えるように輝く髪を露で潤しなさい。
涼しき芝の上でなら、より穏やかな眠りがあなたのもとに訪れることでしょう。
こちらへいらして、そなたの輝きをわが胸に預けなさい。
そうしたら、眠るあなたのもとへとそよ風が優しく吹いて、
露けき薔薇の上いっぱいに広げたわたくしたちの体を癒すことでしょう。
(わたくしを信じてくださいますように）わたくしはセメレの〔辿った〕運命[119]も
パエトン[120]が馭す、噴煙の上がる戦車も恐れはしない。
ポイボスよ、より賢明にあなたの火を使うなら、
こちらへいらして、あなたの輝きをわが胸に預けなさい。」
このように、婀娜（あだ）めく〈大地〉が愛を囁き、
そばに控えていたものたちも雪崩（なだれ）を打って母〔なる大地〕の範に従う。
というのも、今や〔この春の季節に〕、彷徨するクピドー[121]は
〔太陽を追って〕世界中を駆け抜け、
消えかけの松明に太陽の火で再び火を灯す。
致死の弓弭（ゆはず）は新しい弦を鳴り響かせ、
新しい鋼鉄を用いた矢は不吉な輝きを放つ。

---

117 大洋の神オケアノスの妻で、河川の母である。Cf.『ラドロー城の仮面劇』(869)。

118 スペインの港町。

119 ヘラの計略にはまり、セメレは雷神ゼウスに姿を見せてほしいと懇願し、その熱により焼殺された。Cf.『転身物語』(3. 308–9)、「第六エレゲイア」(6, 43)、「第七エレゲイア」(91)、「同じ主題に寄せて〔二〕」(10)。

120 パエトンは懇願の末に、父ヘリオス／アポロンの太陽の戦車を駆ることを許されたが、制御を失い、祖父ゼウスの雷電で撃ち落とされた (*Met*. 2. 19–328)。Cf.「父にあてて」(38, 97–100)。

121 Cf.「第一エレゲイア」(60)、「第七エレゲイア」(3–12)。

今、彼は、かの難攻不落の〔処女神〕ディアナ[122]をも征服しようと目論む、
　たとえ彼女が貞節の人ウェスタ[123]とともに、聖なる竈（かまど）に座していようとも。
ウェヌスは年ごとこの時期に、衰えた姿を若返らせ、
　暖かき海より新たな姿で産まれ出（い）ずると信じられています。[124]
大理石造りの町の中、青年たちが〔婚姻の神〕ヒュメン[125]〔の名〕を叫ぶと、
　海岸が、そして洞窟の岩々が「おお、ヒュメン」とこだまする。
ヒュメンは優雅に、祝祭にふさわしい装いに身を包んで現れ、
　その芳しい礼装は緋色のクロッカスの香を放つ。
すると、乙女のしるしたる黄金の胸飾りをつけて乙女たちが群れなして、
　麗らかな春の喜びを迎えようと出で来たる。
みなが、おのおのの願いを抱き、その願いはみな、同じ、
　キュテレ[126]が自分たちの望む男性をお与えくださいますように、との願いであります。
さらに、今、牧人が七管の葦笛を奏で、
　それに合わせてピュリス〔田舎娘〕[127]が歌う。
夜になると、船乗りは歌を歌い、星々を静め、
　軽快な海豚の群れを海面へ呼び集める。[128]
ユピテルは高きオリュムポス山で妻と戯れ、
　自らに仕える神々を饗宴へと招じる。
さあ〔春になり日が伸びて、いつもより〕遅い夕刻の影が伸びてくると、
〔森の精〕サテュロス[129]が、
　輪になり軽やかに踊りながら、花咲く野原を行き交（か）い、
糸杉の葉の冠を被ったシルウァヌス、[130]

---

122 Cf.『ラドロー城の仮面劇』(440–5)。
123 ウェスタ (Vesta) は炉と家庭の女神。Cf.「沈思の人」(23–30)。
124 ボッティチェルリ画『ヴィーナスの誕生』が有名。
125 Cf.『楽園の喪失』(11. 591)、「快活の人」(125–6)。
126 キュテラ (Cythera) は美の女神アプロディテ崇拝で有名な島。時にアプロディテ自身が「キュテレ」と呼ばれる。
127 Cf.「快活の人」(86)。
128 ギリシアの詩人・音楽家アリオン (Arion) を想起させる。
129 サテュロス (Satyrus) はローマ神話のファウヌスに相応する雄山羊の皮を着た神話的存在。
130 シルウァヌス (Silvanus) はローマ神話の森の精、牧人と家畜の守護神。ファウヌスと区別し難く、牧神パンやとサテュロスと同一視される。Cf.『ラドロー城の仮面劇』(268)。『楽園の回復』(2. 191) にもみられるように、ミルトンはシルウァヌスとサテュロスを混同しているよう

かの半獣の神、半神の獣もおなじ。
古木の下に隠れていた〔木の精〕ドリュアデスも
尾根のいたるところ、荒野のいたるところを彷徨（さまよ）う。
作物や木立のいたるところ、マエナルス[131]の牧神がお祭り騒ぎをするがゆえに、
母なる〔大地の女神〕キュベレも〔豊穣の女神〕ケレスも安全ではいられない。[132]
クピドーにとり憑つかれたファウヌス[133]が生贄として〔山の精〕オレイアデスに襲いかかろうとするが、
そのニンフは震える足を頼りに〔逃げて〕、
その身を隠しつつも、俄（にわか）づくりの隠れ家を見つけてほしいと願い、
また逃げて、逃げながらも捕えらてほしいと願っている。
神々も天よりも森を好むのを厭わないがゆえに、
すべての森に、おのおのの神がおられる。
長きに渡り、すべての森に、おのおのの神がおられますよう。
神々よ、願わくは、森のお住まいを去られませぬよう。
かの黄金時代があなたを、ユピテルよ、この荒れ果てた地上へ再び
もたらさらんことを。なぜ雲の中に残酷な武器〔雷電〕を携えて、お戻りになるのか?
いずれにせよ、ポイボスよ、あなたが駿馬（しゅんめ）をなるべくゆっくりと馭し、
春の時がゆっくりと過ぎてゆきますように。
厳冬が常闇（とこやみ）を伴い再来するのを遅らせ、
影がわれわれの天へと延びるのを〔例年より〕遅らせましょう。

である、とヒューズは指摘する。
131 理想郷アルカディアにある山脈。牧神パンの聖地。
132 Cf.「アルカディアの人々」(21)、「第四エレゲイア」(11)、「父にあてて」(48)、『楽園の喪失』(4. 271)。
133 Cf.『楽園の喪失』(4. 708)。

6. 第六エレゲイア──帰省中のチャールズ・ディオダティにあてて (1629 年 12 月頃)[134]

チャールズ・ディオダティが〔1629 年〕12 月 13 日に手紙を寄こし、自身の詩が普段よりも出来が良くなかったならば、許しを乞いたいと言ってきた。友人たちの訪問を受け、豪華絢爛たる饗宴の只中にいたために、十分に実り豊かな供物を詩女神に捧げることが出来なかったと言うのである。以下はそれに対するミルトンの返信である。

わたくしはほとんど呑んでいないので、君に健康祈念を送ります。
　君は呑み過ぎでたぶん不健康になっているでしょうから。
ですが、なぜ君の詩女神はわが詩女神を誘惑するのでしょうか？
　わが詩女神は隠遁を求めているにもかかわらず、それを許してはくれないのでしょうか。
〔この〕詩を通して、どれほどわたくしが君の愛に応え、君を敬愛しているかを知りたいのでしょうが、
　この事について、君がこの詩から知りえる事はほとんどないと確信しています。
なぜなら、わが愛は短い韻律に閉じ込められて収まってはいませんし、
　わが愛は足並みのそろわぬ韻律[135]に完全に調子を合わせることはできないのですから。
なんと巧みに、君は厳かな宴と陽気な 12 月〔の様子〕を伝えてくれるのでしょうか。
　天から地上に降りてこられた神〔キリスト〕[136]を讃える祭事、
そして、田舎の歓楽と歓喜、
　さらに、心地よい暖炉の側で飲み干されていくフランスワイン〔の様子〕。
〔ですが〕なぜ君は、詩歌が酒宴や饗宴からの逃亡者だと嘆くのでしょうか？
　詩歌は〔酒神〕バッカス[137]を愛し、バッカスもまた詩歌を愛しています。
ポイボスは緑の蔦の冠をかぶることも

134「第一エレゲイア」同様、ディオダティ宛てのラテン語詩の一つである。
135 エレゲイア二行連句 (elegiac couplet) のこと。六歩脚と五歩脚を交互に繰り返す。
136 受肉。神の子たるキリストが人類救済のためにイエスという人の肉体をまとって出現したことをいう。
137 酒神バッカス (Bacchus)。Cf.「快活の人」(16)、『ラドロー城の仮面劇』(54–5)。

　自らの月桂樹の冠[138]よりも蔦の冠を好むことも恥じたりはしませんでした。[139]
しばしばアオニア[140]の山頂では、テュオネの子〔バッカス〕の信女たちに和して[141]
　九人の詩女神（ムーサイ）の合唱が「エウオーエ〔酒神を讃える歓声〕」と叫びを発しております。
〔オウィディウス・〕ナーソーがコッラリの地から貧弱な詩を送ってきたのは[142]
　その地には宴も、葡萄の実りもなかったからでありました。
酒と薔薇と房飾りをつけたリュアエウス[143]がいなければ、
　かのテオスの詩女神（ムーサ）〔アナクレオン〕[144]はその短い韻律に合わせて
　　　　　　　　　　　　何を歌ったというのでしょうか？
そしてテウメソスのエウハーン[145]はピンダロス風の旋律を吹き鳴らし、
　さらに一節、一節が、飲み干された生酒を暗示しているのです。
一方では、アクセルが壊れた重装備の戦車が横転して粉々になり、
　エリス[146]の粉塵でうす黒く汚れた馬乗りが疾走する様子（さま）を歌いながら。
四年物の酒[147]で唇を潤しながら、かのローマの抒情詩人〔ホラティウス〕は
　グリュケラ[148]や金髪のクロエについて甘美に歌い上げました。
君にとっても食卓に並んだ心づくしの料理の数々は
　精神の力を養い、才能を育むのです。
マシッコワイン[149]で満たされた杯は、詩歌の豊かな才能に泡立ち、
　そして、君は酒甕（さかがめ）に蓄えられている詩行を杯へ注ぎ入れるのであります。
ここに、わたくしたちは芸術と心の内より産み出されるポイボス〔の恩寵〕を加味します。

---

138 Cf.「第五エレゲイア」(13)。

139 ここではポイボスは自身の表徴（アトリビュート）である月桂樹の冠をはずして、バッカスの表徴である蔦の冠を被る。詩歌の神（ポイボス）が自ら好んで酒神（バッカス）に扮するイメージは詩歌と酒の強い結びつきを伝えている。

140 Cf.「第四エレゲイア」(29–30)。

141 セメレがオリュムポス山に上がった後、与えられた名をテュオネ (Thyone) という。テュオネの子はバッカス。

142 オウィディウスは自らのトミス追放について語っている (*Ponto* 4. 8. 80–83)。コッラリ (Coralli) はトミスの近く。Cf.「第一エレゲイア」(22)。

143 バッカスの別称。「解放者」の意。Cf.「第四エレゲイア」(21)。

144 イオニアのテオス出身の抒情詩人アナクレオン（前 570?–?485）は、恋と酒を主題にして歌った。

145 バッカスの別称。Cf.「第四エレゲイア」(23)。

146 エリス (Elis) はペロポネソス半島北西部の一地域。

147 原語は “Jaccho”、バッカスの別称。

148 グリュケラ (Glycera) はホラティウスの恋人の名。

149 マシッコ (Massico) はイタリア、カンパニア地方の山。ワインの名産地として知られる。

　バッカス、アポロン、ケレスは一つであるのを好むのですから。
君を通して三神が御力合わせて甘美な詩歌を
　創りだすことは何も驚くことではありません。
今や君のために、かの黄金細工が施されたトラキアの竪琴[150]も、
　巧みな弾き手によって繊細な響きを奏でています。
竪琴の音はタペストリーの掛るところ〔広間中〕に響きわたり、
　躍動の技で乙女の舞の足取りを先導するのです。
いずれにせよ、この光景で君の詩女神を引き留め、
　いかなる怠惰な〈酩酊〉をも追い払う創造の力を呼び戻しましょう。
確かなことは、象牙細工の竪琴を爪弾けば、その音に合わせて
　陽気な輪舞が芳香あふれる広間いっぱいに広がり、
ポイボスが音もなく胸の内へと忍び込むのを君は感じることでしょう。
　まるで、髄へと染み入る熱のように。
そして、乙女の瞳と音楽を紡ぎ出す指先を通じて、
　〔喜劇と牧歌の女神〕タレイアが君の心の襞に滑り込むことでしょう。
軽快な〈牧歌〉は数多の神々の関心の的で、
　どの神を望んでも、みな韻律の中に招かれるのですから。
リベル、[151] そして〔抒情詩の女神〕エラトも、ケレスも、ウェヌスも、牧歌に力を与える
　薔薇色の母〔ウェヌス〕とともに、繊細な〈愛〉[152]も。
ゆえに、斯くいう詩人たちは、盛大な饗宴も
　しばしば年代物の酒に酔うことも許されているのです。
ですが、戦争や成熟したユピテルの治める天、
　敬虔な英雄、そして半神半人の指導者について語るもの
あるときは、いと高き神々の聖なる託宣、
　またあるときは、獰猛な犬〔ケルベロス〕の吠える深淵の領域を歌うもの、
そのような人物は、確実に、サモアの教師〔ピタゴラス〕[153]の道に倣い、
　節制して暮らし、菜や草からなる無害な食物を供するのです。

---

151 オルペウス (Orpheus) の竪琴。Cf.『楽園の喪失』(7. 34)。
152 リベルは (Liber) 葡萄栽培を司る原始の神。後に、酒神バッコスと同一視されるようになる。
153 ウェヌスの子クピドーのこと。Cf.「第一エレゲイア」(60)、「第七エレゲイア」(3–12)。
154 ピタゴラス (Pythagoras)、歴史上最初の菜食主義者であるといわれている (*Met*. 15. 60–142)。Cf.「荘厳な音楽をきいて」(14)。

そばには澄んだ水を橅(ぶな)の小鉢に湛(たた)え、
　清らかな泉から汲んだ、酔うことのない酒を飲むのです。
これに加えて、罪を犯さず貞淑に、厳格な道徳に従い、
　手を汚さずに青年期を過ごすのです。
あなたはこのようなお人だったに違いない、預言者よ、聖なる衣と清めの水により輝いて、
　あなたは立ち上がり、怒れる神々の御前(ごぜん)へ向かうことになりましょう。
このようにして〔目の〕光を奪われた後も賢明なテレシアスは生きていったと
いわれています。
　オギュゲス〔テバイ〕のリノス[154]も、
定められた家から逃げ出したカルカス[155]も
　人里離れた洞窟で野獣を手懐(てなづ)ける老齢のオルペウスも。
このように粗食し、このように川の流れに漱(そそ)ぐホメロスが、
　ドゥリキウムの男〔オデュッセウス〕の話を伝えています。広大な海を、
人間(ひと)を獣に変えるペルセイスとポイボスの娘〔キルケ〕[156]の館を、
　かの女人〔セイレン〕の歌声が待ちうける流域を、
深淵の王〔プルト〕よ、あなたの宮殿――黒き血の契約が
　群れなす亡者どもを拘束しているという――を渡ったと。
というのも、詩人は神々の司祭なのであります。
　ですから、詩人の内奥の魂と唇はユピテルに息を吹き込み生命を与えます。
ですが、もしわたくしが何をしているか知りたいのなら、（そのことに
　少しでも価値があると君が思うなら）
わたくしは、天の種子(シード)であられるがゆえに
　平和の使者たる王について謳(うた)っているのであります。[157]
そして、かの聖なる書物において約束された祝福の時、
　われらが神の産声(うぶごえ)、そして貧しき馬小屋への到来。
さらに、星々の生まれ出る天空、天上で歌うものたちの集まり、

154 リノス (Lino) はギリシア神話に登場する伝説上のテバイの詩人。オルペウスと並ぶ音楽の名手。Cf.『楽園の喪失』(3. 36)、「イデアについて」(25)。
155 カルカス (Calchas) は、トロイア戦争においてギリシア軍に仕えた予言者。
156 Cf.「第一エレゲイア」(87)、『ラドロー城の仮面劇』(50–3、252)。
157 81行目から終わりにかけては「キリスト降誕の朝に」創作について述べている。ミルトンは本作品に「キリスト降誕の朝に」を同封しディオダティに送ったとされている。

そして、突如、自らの神殿から追い出された神々について歌っているのであります。
わたくしはこの贈り物〔たる詩〕をキリストの生誕に捧げます。
この詩は明け方の最初の光がわたくしにもたらしてくれたのです。
母国の葦笛〔母語〕で歌われた主題をご期待ください。
わたくしがこの詩を朗読するときには、君にぜひ評価してもらいたいと思っています。

7. 第七エレゲイア——19 歳の作品 (1628 年春—夏頃)[158]

まだあなたの法を知らなかったのです、甘言を弄するアマトゥシア〔の女神ウェヌス〕よ。
ですから、わが胸はパポス[159]の火からは自由なのでありました。
クピドーの矢を、その子供だましの武器を、とりわけあなたの神意を
〈愛（アモル）〉よ、わたくしは軽視しておりました。
「少年よ」とわたくしは言った。「あなたは戦（いくさ）を好まぬ鳩を射抜くがよい。
赤子の手をひねるような戦こそ、軟弱な将軍にふさわしい。
あるいは、雀から、小さきものよ、尊大な勝利を奪えばよい。
これこそ、そなたの戦に相応しい戦勝記念であります。
なぜそなたは骨折り損にもかかわらず人間に矢を向けるのか？
その矢は屈強な人間には何の効果もありません。」
キュプロス〔の少年クピドー〕は、これに我慢なりませんでした。
（と言いますのも、どんな神よりも
怒りっぽい性質（たち）ですので）たちまち、残酷な少年は二倍の焔（ほのお）で燃えあがりました。
ときは春、屋敷の屋根の高きところを通りぬけ、
光がそなたの始まりの日をもたらした、〈皐月（さつき）〉よ。
だが、わが目は今なお逃げ去る夜を追い求め、
朝の光には耐えられなかったのでありました。
〈愛（アモル）〉がわが寝床の側に立っていました——色うるわしい翼をもつ、
疲れを知らぬ〈愛（アモル）〉が。
その矢の動きで〔愛の〕神が立っているのがわかりました。

---

158 執筆年代には諸説ある。
159 キュプロス島南西海岸にある港町でウェヌスを奉る神殿がある。Cf.「第一エレゲイア」(84)。

その表情も、甘く訴えるような瞳も彼の存在を示していました。
　それらすべてが少年に、〈愛〉(アモル)に、相応しいものでありました。
同様にしてシゲウムの青年〔ガニュメデス〕は不滅のオリュムポスにて[160]
　春情のユピテルのため酒を混ぜ、盃をなみなみと満たしました。
または美しい妖精(ニンフ)たちを口づけへと誘惑した者、〔テッサリアのドリュオプス人の王〕
　テオダマスの息子(こ)、水の精(ナイアス)に浚(さら)われたヒュラスさながらに、[161] と言うべきか。
彼〔アモル〕は怒りを募らせたが、人はこれを当たり前のことと思うだろう。
　彼は苦々しげに残忍な脅しを付け加えて言った。
「哀れよの、そなたはもっと安全なやり方で、先例から知恵を学べたものを。
　今や、そなたはわが右手の為(な)せる業(わざ)を身をもって証しすることになろうぞ。
そなたもわが力を思い知ったものの一人に数えられようぞ。
　そして天罰を受けたそなたは、わが信奉者となろうぞ。
そなたは知るまいが、われこそは大蛇(ピュトン)[162]を退治して思い上がっていたポイボスに
　打ち勝ち、やつはわれに膝を屈したのだった。
やつはペネウスの娘〔ダプネ〕を思いだす度(たび)に、
　わが矢が一層確実に深々と急所に食い込んでいくと認めざるをえない。
背後からの攻撃を常とするパルティア[163]の騎馬戦士でさえも、
　わたくしほどに巧みに弓をきつく張ることはできまい。
さらにキュドニア[164]の狩人さえもわたくしに膝を屈し、
　意図せず自らの妻を死に至らしめたもの〔ケパロス〕もまた同様。[165]
同じく、巨人オリオンもわたくしに征服された。

---

160 ガニュメデスはトロイアの王子。天上にさらわれてゼウスの酒の酌をするようになったという。原語 “Sigeius” は詩語でトロイアの意。

161 アルゴ船の航海の途上、ヒュラスは飲み水になる真水を探して森の中に入っていった。ヒュラスが泉を見つけて水を汲もうとしたところ、その愛らしい容貌に一目ぼれした水のニンフ（妖精）たちが、ヒュラスを水の中に引きずり込んでしまった。Cf.「ダモンの墓碑銘」(1–2)、『楽園の回復』(2. 353)。

162 アポロンはデルポイでピュトンを退治した際、クピドーの矢を馬鹿にした。そのためにクピドーの報復にあい、実らぬ恋心をダプネに抱くこととなった。

163 パルティア人の騎馬戦士は退却するとき後ろ向きに矢を射た。

164 クレタ島北西岸の港町。ペルシア同様、腕利きの射手を輩出したことで有名。Cf.『アエネイス』(12. 859)。

165 ケパロス (Cephalus) のこと。曙の女神に愛された狩人。妻のプロクリスが貞節を疑ってあとをついてきたのを知らず、獣と間違えて殺してしまう (*Met*. 7. 791–862)。

剛腕のヘラクレスも、その友〔テセウス〕も。[166]
たとえ、ユピテルご自身がわが身に向けて雷電を放つとしても、
わが矢の先がユピテルのわき腹をしかと捕えることになりましょうぞ。
そなたが何を疑おうとも、わが矢の教えは確実ゆえ、
そなたの心は、けっして軽くないわが一撃を受けることになりましょうぞ。
愚か者よ、そなたの詩女神はそなたを庇護することもできず、
ポイボスの息子〔アイスクラピオス〕の蛇[167]がそなたに助けをもたらすこともあるまい。」
とアモルは語り、黄金の鏃のついた矢[168]を振り回しながら、
キュプロス〔島の女神ウェヌス〕の暖かな胸へと飛び去った。
だが、残忍な顔に脅迫を込めて雷のように喚いてみても笑止千万、
わたくしはこの少年に何の恐れも感じなかった。
ときには住民たちが散歩へ出かける街なかが、
ときには村の近くの田園が喜びとなる。
数多もの、女神にも見まごう人の群れが、
眩いばかりに、通りの中央を行き来する。
その輝きが加わって、その日は二倍の輝きを放つ。
勘違いでなければ、ポイボスもまたここから光を手にいれるのだろうか?
わたくしはかくも喜ばしい光景を気難しく避けたりせずに、
わが青春の衝動が導くところに身を委ねた。
分別を欠いて、わたくしは乙女たちの視線を捉えようと視線を送り、
自らの目を制することができなかった。
偶然、わたくしは他に抜きんでた一人に目をとめた。
彼女の輝きこそが、わが災いの始まりだった。
あたかもウェヌスご自身が人間の前に姿を現わそうとしたか、
あたかも神々の女王〔ユノー〕[169]が注目を集めるかのごときだった。
その乙女をわたくしに差し出したのは、執念深い、かの邪悪なクピドーで、

---

166 イアソン (Jason) とも思われるが、諸説ある。*A Variorum Commentary* (p. 135) を参照のこと。
167 蛇は医神アイスクラピオス (Aesculapius) の表徴。
168 Cf.『楽園の喪失』(4. 763–4)。
169 Cf.「アルカディアの人々」(23)。

単身でやってきて、このような罠をわが行く手に仕掛けたのだった。
すぐ側に、狡猾なクピドーは身を隠していた、矢束と、
松明の大荷物を背負いこんで。
すぐさま、いま乙女の瞼(まぶた)にいたかと思えば、いまは口元へ、
つづいて唇に飛びあがり、それから、頬に腰かけて待ち伏せ、
さらに、俊敏な射手(いて)が自由自在に場所を変え、
ああ、悲しいかな！　無防備なわが胸に幾千もの打撃を与える。
するとたちまち、経験したことのない情念がわが胸を襲い、
わたくしは内なる愛に燃え、全身が燃えた。
そうこうするうちに、惨めなわたくしに喜びを与えた唯一の乙女は、
連れ去られ、二度と視界に戻ってはこなかった。
だが、わたくしは前へ進む、言葉もなく嘆きつつ、そして心ここにあらず、
ためらいながら、しばしば、踵(きびす)を返したいと願った。
わたくしは引き裂かれ、半身は背後に留まり、半身はわが欲望の後に続く。
わたくしは幸せだった、喜びを嘆きつつも――かくも突然奪われた喜びを。
ユノーの子〔ウルカヌス〕[170]がレムノス島の炉辺に投げ落とされ、
天が奪われたことを嘆いたように。
さらには、慄(おのの)く馬に乗せられて地獄(オルクス)[171]へ運ばれた
アムピアラオス[172]が太陽を失ったことを嘆いたように。
不運に見舞われ、悲しみに打ちのめされて、わたくしはどうしたらいいのか？
人は初恋を忘れることも、追うことも許されてはいない。
おお、願わくは、かつて愛した乙女の顔を目にし、
彼女を目の前にして、悲しみのことばを語ることが許されたなら！
およそ、彼女とて硬(かた)き金剛石でつくられているわけもなかろう、
およそ、わが祈りの言葉に耳を閉ざすこともなかっただろうに。
実に、かくも悲惨に恋に燃えたことはなく、
わたくしこそが初めての、かつ唯一の例にあげられよう。

170　Cf.「自然は時の移ろいに煩わされず」(23)、『楽園の喪失』(1. 740–5)。
171　地下世界をローマの冥府の神オルクス (Orcus) の名で呼ぶ例は、「父にあてて」(118)、「マンソウ」(18)、「ダモンの墓碑銘」(201) にもみられる。『楽園の喪失』(2. 964) においては、冥府の主を指す言葉として用いられている。
172　アムピラオス (Amphiaraus) はアルゴスの勇士・預言者で、テバイ攻め七将の一人。

どうか、ご容赦ください、あなたは柔和な愛を司る有翼の神なのでありますから、
　ご自身の行いがご自身の任務と争うことのありませんよう。
今や、おお、かの女神〔ウェヌス〕の子よ、まことに、あなたのおそろしい弓は
　その矢のためにわたくしには火に劣らず強力なのであります。
そしてあなたの祭壇にはわが供物（くもつ）が捧げられて〔燔祭の〕煙をあげることとなりましょう。
　わたくしにとりましては、あなたは唯一の神にして至高なる神々のなかでも
最高位の方となるのでありますから。
せめて、わが情念を取り去ってください。いや、取り去らないでください。
　なぜ恋する者すべてが惨めさと甘美さを味わうのか、わたくしにはわからない。
恵み深きかたよ、これからのちに、どんな女性でもわがものとなるなら
　一筋の矢が愛する二人を貫き通してくださるように。

8. 〔これらの詩は…〕(1645)[173]

これまで詠唱（うた）ってきたことが、愚かな精神（こころ）と不注意な熱情が
　打ち立てた、おのが放埒さの空虚（うつろ）な戦勝記念碑（トロフィー）だったならと願う。
まさに邪悪な誤謬（あやまち）に惑わされたのだ、
　鍛錬不足の若さを邪（よこし）まな教師として。
だがついに蔭濃きアカデメイアがソクラテスの流れを差し出し
　締め慣れたくびきを解き放つ時が来た。
たちまち、焔（ほのお）は跡形もなく消え去り
　わが胸は氷結した。
かの少年〔クピドー〕はおのが矢が凍てつくのを恐れ
　愛と美の女神（ウェヌス）も、ディオメデス[174]仕込みのわが力に怯える。

173『1645 年版詩集』出版に際して「第七エレゲイア」に加筆された詩行。

174 ディオメデス (Diomedes) はトロイ戦争で活躍したギリシアの英雄で、アキレウスに次ぐ勇士。アテナの助けで、トロイアに味方したウェヌスに傷を負わせた (*Il.* 5. 334–46)。

9. 火薬陰謀事件に寄せて（1626 年 11 月？）[175]

先ごろ、わが国（ブリテン）の王と高官にむけて、
　反逆者フォークスよ、そなたは口にするのもおぞましき罪を犯そうとした。
わたくしの思い違いだろうか？　そのとき、そなたは幾ばくかの温情を見せて、
　邪悪な信仰心による悪事を償いたかったのではないか。
あきらかに、そなたは高き天の宮殿へかれらを送るつもりであった。
　炎をあげる車輪を備えた硫黄の戦車にのせてではあるが。
まるで、冷酷な運命の三柱女神（パルカエ）[176]にさえも傷つけられぬような首（こうべ）を持ち、
　つむじ風にのせられ、ヨルダンの地を去った、かの者[177]のように。

10. 同じ主題に寄せて〔一〕（1626 年 11 月？）

かくして、そなたはジェームズ〔王〕[178]を天に捧げようとしたのではないか、
　〔ローマの〕七丘に潜む獣[179]よ。
そなたの神の恵みが少ないからといって、
　悪しき企みを供物とするのはお控えいただきたい。
そなたの助けや、地獄の粉を用いずとも、王は時満ちて、
　仲間のもとへ、星々のもとへと旅立ったのだから。
むしろ、忌まわしき修道士（カウル）と
　野蛮なローマの神々こそ、空へ放逐せよ。
そなたがあらゆる手を尽くしてやらねば、
　天に至る道をかれらが登ることはなかろうぞ。

---

175 1605 年にイングランドで発覚した国会議事堂爆破未遂事件。国教会優遇政策のもと、弾圧に苦しむカトリック教徒の一部過激派が、1605 年 11 月 5 日の開院式に出席する国王ジェームズ一世および政権を有する貴族たちを爆殺しようと陰謀を企てたが、失敗に終わった。

176 古代ローマの運命の女神たち。三柱で、人間の出生、結婚、死を司るとされ、糸を紡ぐ姿で表されることが多い。ここでは〈死〉と同一視されている。

177 エリヤ (Elijah) を指す (2 Kings 2. 11)。Cf.「マンソウ」(19)。

178 1625 年 3 月 5 日死去。

179 ローマ教皇のこと。黙示録に登場する「竜と不思議な力を持つ獣」を想起する姿で描かれている (8. 1; 17. 3–7)。

11. 同じ主題に寄せて〔二〕(1626 年 11 月?)

ジェームズ〔王〕は魂を清める煉獄の業火(ほのお)を嘲笑(あざわら)った。[180]
　それなくして天の家に近づくことはできないというのに。
三重冠を被ったラテンの怪物[181]は、このことに歯を軋(きし)ませ、
　怖ろしい威嚇の仕草で十本の角を振り動かした。
そして怪物は叫んだ、「ブリテン人よ、不敬にも、わが聖なる儀式を嘲笑するとは
　お前は必ずや信仰侮辱の罰を受けることになるぞ。
たとえお前が星の宮に足を踏み入れようとも
　そこにあるのは業火(ほのお)に包まれた悲惨の道のみ。」
おお、不吉な真実を言い当てて、
　あなた〔ローマ教皇〕の言葉にも重要な意味があったというもの!
そのものは地獄(タルタロス)[182]の業火によって、
　灰まみれの亡霊となって、空高く天の領域近くまで達したのですから。

12. 同じ主題に寄せて〔三〕(1626 年 11 月?)

瀆神(とくしん)の〈ローマ〉はその者〔ジェームズ王〕を呪い、[183]
　冥府の川(ステュクス)へ、黄泉の国(タエナルム)の深淵へと追い落としたにもかかわらず、
いまやその者を星々のもとに引き上げようと望み、
　天の神々のもとに昇らせようとさえ願っている。

---

180 煉獄に関するジェームズ一世の言及は *A Premonition to All Most Mightie Monarches* (1609) を参照のこと (*The Complete Poetry* p. 57)。

181 教皇のこと。教皇冠はその形状から三重冠と呼ばれる。

182 タルタロス (Tartarus) はギリシア神話で地底の最も深いところにある暗黒界。罪人が死後、罰を受ける地獄の呼び名。Cf.「第三エレゲイア」(16)、「11 月 5 日に寄せて」(35, 161)

183 ジェームズ一世は 1604 年 2 月カトリックの司祭を国外追放し、翌年 2 月には国教忌避者に対し再課税を行った。

13. 火薬の考案者に寄せて（1626 年 11 月?）

闇に閉ざされていた古代の人々はイアペトスの息子〔プロメテウス〕[184]を奉じていた。
　日輪の戦車から天の火をもたらしたというお方を。
しかし、わたくしにとっては、〔来るべき〕かのお方こそがいっそう偉大な方なのです。
　ユピテルから青白き炎をあげる武器と三箭の雷を取り上げたと
　　信じられているお方こそが。[185]

14. ローマの歌姫レオノーラにあてて（1639 年 1 月～ 2 月）[186]

（皆が信じておりますように）わたくしたちにはそれぞれ守護天使が
　遣わされ、その翼に守られています。
何を驚くことがありましょう?　レオノーラよ、あなたがより大きな栄光を手にしたとて。
　あなたの声はまさに神の存在を歌うのでありますから。
神か、あるいは空漠たる天より来る第三の精神[187]が
　秘かに、そして巧みにあなたの喉をゆっくりと通り抜けていくのであります。
巧みに通り抜けていくのであります、恵み深く、死すべき運命にある人々の心に
　少しずつではありますが不滅の韻律に慣れ親しむ方法を教え授けるのであります。
もし神が万物をなし、万物に宿っておられるなら、
　あなたの内においてのみ神は語り、他の神々を黙らせておしまいになるのです。

---

184 Cf.「第五エレゲイア」(66)、「大学副総長殿、或る医師の死に寄せて」(4)、「父にあてて」(20)。
185 キリストのこと。Cf.『楽園の喪失』(6. 490–1; 763–64)。
186 レオノーラ・バローニ (Leonora Baroni, 1611–70)、イタリアの歌手。ミルトンがイタリア旅行中、実際にレオノーラの歌を聞いたか否かは不明。
187 三位一体における聖霊 (the Holy Ghost) のこと。

15. 同じ歌姫にあてて〔一〕(1639 年1月〜2 月)

もう一人のレオノーラが詩人トルクアート[188]を虜にし、
　詩人は行きすぎた愛ゆえに気がふれました。
ああ、不運な男、あなたの時代にあなたゆえに破滅していたほうが、
　レオノーラよ、彼は遥(はる)かに幸福だったはず！
あなたがピエリア[189]に住まうムーサイの声で歌うと、それに和して
　母君が黄金(こがね)の竪琴を奏でるのをかれは耳にしたことでしょう、[190]
彼がディルケのペンテウス[191]にもまさる怒りに燃え
　にらみをきかせたり、完全に正気をなくしたとしても、
盲(めしい)てふらつく詩人(うたびと)の荒ぶる精神(こころ)を
　その歌声で鎮めることができたでしょうに。
苦しむ心に安らぎをもたらし、
　心を動かす歌声で復活させることもできたでしょうに。

16. 同じ歌姫にあてて〔二〕(1639 年1月〜2 月)

妄信的なナポリよ、流麗な〔歌声の〕セイレンを誇ろうというのか？
　河神(アケロオス)の娘パルテノペ[192]を奉ったあの輝く神殿を、
そなたの川の精(ナイアス)を──その聖なる遺体はナポリの岸辺に朽ち果て
　カルキディア産の火葬壇に捧げられた。実のところ、川の精(ナイアス)は生きていて、

---

188 フェラーラ公女 (Eleonora d' Este, 1537–81) とイタリアの叙事詩人トルクアート・タッソー (Torquato Tasso, 1544–95) のこと。
189 ピエリアの泉。詩女神の聖地。Cf.「父にあてて」(1)
190 レオノーラの母エイドリアーナ (Adriana Baroni) は音楽家で、リュート奏者。
191 ペンテウス (Pentheus) はディルケの近くにあるテバイの王で、バッカス崇拝が町の腐敗を招くと考え、それを禁じていた。ペンテウスは自分の前に連行されたバッカスの信徒（実は、バッカスその人）を「怒りにもえた眼で」にらみつけ、尋問する (*Met*. 3. 577–8)。
192 パルテノペ (Parthenope) はセイレン（美しい歌声で船乗りを誘い寄せ、船を難破させた半人半鳥の海の精）の一人で、海に身を投げ自殺する。その遺体はナポリの岸辺に流れ着いたという。Cf.『ラドロー城の仮面劇』(879)。
193 紀元前一世紀に建造されたトンネルが丘を貫いているが、ここではトンネル通行時の人々のたてる騒音を意味している。

騒々しいポジリポの丘[193]の喧騒を離れ
テベレ川の心地よい流れを手にしている。[194]
そこでロムルス[195]の子孫たちの熱烈な賞賛を得て、
その歌声は人々をも神々をも虜にしている。

エレゲイア群　完

17. 16 歳の作品、大学副総長殿、或る医師の死に寄せて (1626 年 10 月～11 月)[196]

運命の法への従順を学び、
さあ、運命の女神（パルカ）[197]に向け、請願のしるしに手を伸ばせ、
吊りさがる球、地球に住まう者
イアペトス[198]の子らよ。
下界（タエナルム）[199]を見捨てさ迷うている陰鬱な〈死〉が
ひとたび招集をかければ、ああ、
引き延ばそうと、欺こうと無駄なこと、
かならずや暗き冥府の川（ステュクス）をゆくことになる。
もし右手（めて）に致死の運命を退けるだけの
力があったらば、かの屈強なヘラクレスが

---

194 レオノーラはナポリを去り、ローマに隠棲した。

195 ローマ建国の祖。

196 ジョン・ゴスリン (John Gostlin) は 1623 年に医学の欽定講座担任教授に就任、1625 年からケンブリッジ大学の副総長を務めた。1626 年 10 月 21 日死去。また本詩はアルカイオス詩体 (the Alcaic strophe) で歌われている。なお、詩群（ラテン語詩部門第二巻、Sylvarum Liber）収録の 10 篇の詩作品に関する韻律情報については、Steven M. Oberhelman and John Mulryan. “Milton’s Use of Classical Meters in the ‘Sylvarum Liber’.” *Modern Philology* 81-2 (1983) pp. 131–45. に詳しい。以下これに準ずる。

197 パルカエは古代ローマの運命を司る三柱女神。ここでは単数（パルカ）で用いられており、特に死を司るモルタを指している。

198 イアペトス (Japetus) はプロメテウスの父で、人類共通の祖とみなされている。プロメテウスによる人類創造については『転身物語』(1 82–3) を参照のこと。

199 タエナルムはペロポネソス半島の最南端に位置し、現在のマタパン岬にあたる。下界、黄泉の国の意。Cf.「第五エレゲイア」(66)。

エマティア[200]のオエタ山で
ネッソス[201]の血の毒に倒れることはなかったはず。
あるいは〔古(いにしえ)の国〕イリオン[202]は、嫉妬深いパラス〔・アテナ〕の
恥ずべき欺きによってヘクトルが惨殺されるのも、[203]
かの者〔サルペドン[204]〕をペレウスの子〔アキレウス〕の幻影が
ロクリスの剣で[205]殺害するのも目にはしなかったはず――ユピテルも涙した
サルペドンの死。
もしヘカテ[206]の呪文が悲惨な運命を追い払うことができるなら
テレゴノスの母〔キルケ〕[207]は不名誉に生きながらえ、
アイギアレウスの姉〔メディア〕も強力な
魔法の杖を用いて生きつづけたはず。
もし医師の技と未知の薬草が
かの三相女神[208]を欺くことができたなら
薬草に精通したマカオン[209]が
エウリュピュルスの槍に倒れることはなかったはず。
そしてピュリラの息子〔ケイロン〕[210]よ、
あなたがヒュドラの血に汚れた矢に傷つけられることもなかったはず。

---

200 エマティア (Aemathia) はマケドニアの一地域、またはテッサリアを指す。

201 ネッソス (Nessus) はギリシア神話に登場するケンタウロス。ヘラクレスの妻は、大蛇(ヒュドラ)の毒を含んだネッソスの血を媚薬と信じ込まされて、夫の愛を取り戻そうとして、その毒を夫の衣服に染み込ませた。ヘラクレスは毒に苦しみ、オエタ山の頂で自害する。Cf.『楽園の喪失』(2. 542)。

202 イリオンはトロイアの詩的名称。

203 パラス・アテナはヘクトルの兄弟デイポボスに扮し、ヘクトルをアキレウスと対峙させた。戦闘の結果、ヘクトルは戦死した (*Il.* 22. 226–404)。

204 サルペドン (Sarpedon) はゼウスの子、リュキアの王である。トロイアに来援した際、アキレウスの鎧(よろい)をまとったパトロクロスに殺された。ゼウスはその死を悼み、遺体を清めるよう命じた (*Il.* 16. 447–91)。

205 ロクリス (Locris) はギリシアの都市。ここではロクリス人パトロクロスの剣を意味する。

206 ヘカテ (Hecate) は天上、地上、地下世界を支配し魔術を司る女神。

207 テレゴノスの母はキルケとされている。

208 ローマ神話における運命の三柱女神パルカエの一人を指す。

209 マカオン (Machaon) はトロイア戦争でギリシア軍に仕えた軍医。医神アイスクラピオスの子。医学・薬学は一般的に秘儀とされていた。Cf.「ダモンの墓碑銘」(152–4)。

210 ケンタウロスのケイロンはヒュドラの毒血の付いた矢をうけ死に至る (*Met.* 2. 649–54)。

211 妻コロニスが不貞を犯したと聞いて怒ったアポロンは妻を弓で射殺した。コロニスは身ごもっ

母の子宮より切り離されし少年〔アイスクラピオス〕よ、[211]
あなたが祖父の雷電に撃たれることもなかったはず。
おお、養い子のアポロンよりも偉大なあなた〔ゴスリン〕[212]に、
外衣(トーガ)を纏(まと)った人びとの統治が託された。
今や緑豊かなキッラ、[213] そして水の流れに屹立(そびえた)つ
ヘリコン山はあなたを偲(しの)び嘆く
生きていたなら、今ごろあなたは
パラス〔・アテナ〕の群れ[214]を導き、必ずや栄光に浴していたはず。[215]
三途の川の渡し舟(カロン)に乗り、地獄の恐ろしい奥地を
さ迷ってなどいなかったはず。
だが、プロセルピナがあなたの運命の糸を断ち切った。
あなたが医術と強力な薬液を用いて
数多(あまた)の人を死の暗黒の顎(あぎと)から
救出したのをみて憤怒したために。
敬愛の的たる副学長殿、どうかあなたのお身体が
柔らかき土に安らぎ、あなたの墓所から
薔薇、金盞花(マリーゴールド)、かの深紅に顔を染めた風信子(ヒヤシンス)[216]が
芽吹くようにと願いまつる。
どうか、冥府の裁判官(アイアコス)が寛大な審判を下すように、
エトナのプロセルピナが[217]微笑み、
永遠に幸福に包まれ
あなたが死後の楽園(エリュシオン)を歩むようにと願いまつる。

ていることを告げて死んだため、アポロンは胎児（アイスクラピオス）を救い出してケイロンに養育を託した。アイスクラピオスが医術を用いて死者を生き返らせたのを見たゼウスは、人間が不死の力を手にいれることを危惧してアイスクラピオスを撃殺した (*Met.* 2. 569–648)。

212 アポロンは医術を司る神でもある。ここでは医術を修めたゴスリンがアポロンに医術を授けたかのような謳い方をしている。

213 キッラ (Cirra) はアポロンを奉るデルポイの港町。

214 「パラスの群れ」はここではケンブリッジの学生たちを指す。Cf.「第二エレゲイア」(2)。

215 ミルトンはゴスリンを医神・詩神アポロンに、ケンブリッジをアポロンを奉じる町や霊山に例えている (*The Complete Poetry of John Milton* p. 26)。

216 風信子(ヒヤシンス)はアポロンの愛童ヒュアキントスの血潮から生じた花だと言われている。Cf.『転身物語』(10. 209–219)

217 プロセルピナはシシリー島のエトナで冥府の王プルトにさらわれた。

18. 11月5日に寄せて、17歳の作品（1626年11月?）[218]

今や、敬虔なジェームズ〔王〕が遠い北の国からやってきて、
テウクロスの民とアルビオン[219]の広大な領地を支配して
今や、犯すことのできぬ法で英国の王権を
カレドニアのスコットランド人に結び合わせたのでありました。
平和の創設者が幸運に恵まれた豊かな玉座へと新しく
お就(つ)きになりました。秘密裏に進む陰謀や隠れた敵のことも知らずに。
するとその時、火の川アケロン[220]を治める冷酷な暴君、[221]
〔復讐の女神〕エウメニデスの父、神聖なオリュムポスより追放された放浪者が
偶然にも広き地球を彷徨(さまよ)っていたのでありました。
ともに悪事をなすもの、忠実な奴隷となるもの、
ゆくゆくは悲惨な死ののちに地獄の支配に降(くだ)るものを数えつつ。
こちらでは中空に不吉な嵐を巻き起こし、
またあちらでは心通い合わせた友の間に〈憎悪〉を介入させ、
無敵の国同士を戦わせ、
オリーブの葉茂る、平和が栄える王国を転覆させ、
さらには穢れなき美徳を愛する人びとを見つけだし、
自らの支配下に置きたいと望む。欺瞞の師[222]が
罪を受け付けぬ心を堕落させようと誘惑し、
音なき策を施し、目に見えぬ罠を張り
巡らす。守りの手薄なところを襲うために。まるでカスピ海地方の雌虎が
人跡未踏(じんせきみとう)の荒野で月もなく星も眠る夜に
震え慄(おのの)く獲物を追うかのように。
蒼き火煙の竜巻を纏(まと)うスムマヌス[223]が

---

218 本詩は長短短六歩脚 (dactylic hexameter) で歌われている。これは主に頌徳文、賛辞、叙事詩のための韻律である。

219 テウクロスはトロイア王家の祖。アルビオン (Albion) は英国ブリテン島の雅称。

220 アケロンは冥府の川のひとつ。Cf.『ラドロー城の仮面劇』(604)、『楽園の喪失』(2. 578)。

221 「冷酷な暴君」は冥府の王プルト (Pluto) を指す。

222 Cf. “Artificer of fraud”『楽園の喪失』(4. 121)。

223 スムマヌス (Summanus) は夜および夜の雷を司る古いローマの神でプルトと同一視される。また昼の雷を司るユピテルと対置される。

人々と都市（まち）を悩ませるのもこれに同じ。
そして今、波の打ちつける白亜の断崖絶壁が、
かの海神に愛された〈大地〉が姿を現す。
かつてネプトゥヌスの息子（こ）〔アルビオン〕がその名を与えた土地、
海を渡り、アムピトリュオンの猛き息子〔ヘラクレス〕[224]との
激しい戦いに挑むことも辞さなかった者〔アルビオン〕——
トロイアが征服された苛酷な時代以前のこと。
　と同時に〔地獄の王は〕富と喜ばしき平和に恵まれたこの大地、
〔豊穣の女神〕ケレスの恵みたる肥沃な田畑、
そしてさらなる苦痛をしいるもの、真の神の神性を
崇める人々を目にしてため息をつき、地獄（タルタロス）の火と
身の毛もよだつ硫黄を吐き出す。
ユピテルがトリナクリア〔シシリー島〕のエトナ火山に幽閉した
残忍なテュポン[225]が破壊の口から吐き出す息のごとくに。
〔地獄の王の〕目は炎を放ち、歯ぎしりの音は
武具がかち合い、槍と槍がかち合うがごときもの。
「世界をくまなく放浪し、ただ一つだけわが嘆きのもとを
見つけた。この国民（くにたみ）だけがわれに叛（そむ）き、
隷従を厭（いと）い、わが幻術（まやかし）を撥ねつける。
だが、わが企みが何ものをも凌ぐなら
そう長く罰を免れてはいられまい、報いを受けるがよい」
言い終えるやいなや、澄みわたる大空（そら）にか黒き翼をひろげ飛翔する。
飛び行くところ、逆風が群（むれ）をなして押し寄せ、
雲が湧き、絶えず稲妻が光る。
　今や、迅速（すみやか）に、凍てつくアルプスを越え
アウソニア[226]の地に達する。左手（ゆんで）には
荒天のアペニン山脈と古（いにしえ）のザビニ、

224 アムピトリュオン (Amphityon) はテバイ王でアルクメネの夫。ヘラクレスの法的な父親とみなされ、ヘラクレスはしばしばアムピトリュオンの子 (Amphitryoniades) の名で呼ばれる。
225 テュポンはユピテルの雷電に打たれてシシリー島のエトナ火山の下に埋められた巨人。Cf.『楽園の喪失』(1. 199)。
226 アウソニア (Ausonia) はイタリアのこと。

右手には、魔の毒草で悪名高きエトルリア、さらに
テベレ川よ、そなたが〔海女神〕テテュスに密かに口づけするのを目にし、
マルスの子クウィリヌスの神殿にしかと立つ。
いまや、黄昏が残光をおとし、
〈三重宝冠〉[227]が町中を練り歩き、
パンで形作られた神々〔偶像〕を男たちが御輿に乗せて
運びゆく。諸王がいざり歩きで教皇の前に進み出で、
つづくは托鉢修道会士[228]の長き列──
みな盲目で、手に蝋燭をたずさえる。
暗黒の国[229]の闇に生まれて命を紡ぐ者たち。
次いで、数多の松明に照る神殿へと入りゆけば、
(聖ペテロ祭の宵[230]のこと) 歌声が響き
丸天井のくぼみや虚空をしばし満たす。
ブロミオス[231]の咆哮に、ブロミオスの信者らが唱和して、
エキオン〔テバイ〕のアラキュントゥス山[232]で浮かれ騒ぐがごとく。
その間〔ボイオティア川の河神〕アソポスは驚愕し、清き水の中で震え、
遥かなるキタイロン山[233]は窪んだ岩間からこだまする。
　儀式が仰々しく執り行われ
〈夜〉は年老いた〈暗闇〉の抱擁を静かに解いて、
向こう見ずな馬[234]たち──盲目の
テュプロス、獰猛なメランカエテス、

---

227 三重宝冠は教皇冠のこと。
228 13 世紀以後ヨーロッパで組織されたカトリック修道会。清貧を理想とし托鉢によって布教を進める。フランシスコ会、ドミニコ会、カルメル会、アウグスティヌス会がある。
229 キムメリオイ (Cimmerians) は世界の西の果ての霧と暗黒の中に住むといわれる民族。Cf.「快活の人」(10)。
230 聖ペテロの日の前日 (6 月 28 日) のこと。
231 ブロミオス (Bromius) はバッカスの別称。「騒がしい者」の意。
232 アラキュントゥス山は中部ギリシアのボイオティア (首都テバイ) にある山。バッカス祭が行われた (*Met*. 3. 702)。
233 キタイロン山はボイオティアとアッティカの間にある高山。バッカスの祭儀が盛んにおこなわれた。
234 〈夜〉の戦車を引く馬の名はそれぞれ Typhlos、Melanchaetes、Siope、Phrix。これらの名はミルトンの創作。

地獄（アケロン）の父から生まれた無気力なシオペと
毛むくじゃらのプリクス――に激しく鞭を振るう。
　その間、王の調教者にして地獄（プレゲトン）の継承者が[235]
教皇の寝室へと忍び入る。（人知れず、姦夫が
無抵抗の妾と不毛な夜を過ごすがごとくに）
だが、眠りに着こうとする眼（まなこ）を閉ざさんとするところ、
亡霊たちの暗闇（やみ）の王[236]にして物言わぬ亡者の支配者、
人間（ひと）を奪（と）って喰らう者が正体を隠して偽りの姿で
立っていた。こめかみには偽りの白髪が輝き
胸を覆（おお）うは長きあごひげ。灰の色した衣の長き裳裾（もすそ）を
ずるずると地に引きずり、剃髪（ていはつ）した頭（こうべ）には
頭巾が掛かる。さらに、謀略（たばかり）の仕上げとばかりに
肉欲まみれの腰を荒縄で縛り、
歩みも遅き足に履くは紐きつく巻きつけたサンダル。
噂では、フランシスコ[237]は獣の住処（すみか）を通り
広漠たる怖ろしき荒野を一人放浪しつつ、
自分は信仰を持たぬものの、救済に至る敬虔な言葉を
森の民にもたらし、狼やリビヤの獅子を手懐（てなず）けた。
　ああ、外衣を纏う狡猾な欺瞞の蛇が
忌まわしき口を開いて言い放つ。
「眠っているのか、息子よ？　いまだ眠りがそなたの手足を制しているのか？
おお、信仰を怠ける者、おのが羊を忘れし者め！
尊きものよ、この間、北の空のもとに生まれた野蛮な民族が
そなたの〔教皇〕座と三重宝冠を嘲笑（わら）っているぞ。
この間、矢筒を帯びたブリテン人がそなたの法を蔑（ないがし）ろにして。
立て、立ち上がるのだ、無精者め、ローマ皇帝の寵愛を受け、
丸天井の天門が開錠されているのも、そなたのためぞ。
あの膨（ふく）れあがった〈高慢〉、思いあがりの〈傲慢〉を撃ち砕け、

235「王の調教者にして地獄の継承者」とは教皇パウロ五世 (Paul V, 1552 1621) をさしている。
236「亡霊たちの暗闇の王」とはプルトのこと (*Met*. 10. 16)。
237 アッシジの聖フランシスコ (Saint Francis of Assisi)。

神聖を汚す者どもにそなたの呪詛の力と、
使徒の鍵[238]を保持する者の力を知らしめよ。
散り散りとなった西方(ヘスペリア)艦隊[239]、
広く深き海に沈んだイベリア旗、
近ごろ王座にいすわるテルモドンの処女(おとめ)[240]の手で
忌まわしき絞首台に吊るされた数限りなき聖遺骸を忘れるな、仇を打て！
だが、柔らかき寝床での惰眠を優先させて、
いや増す敵の兵力粉砕を拒むというなら
敵は無数の軍勢でチレニア海を埋め尽くし、
アウェンティヌスの丘[241]に光を放つ軍旗を掲げるだろう。
敵は古来から受け継がれた遺産を強奪し、すべてを焼き払い
不敬の足でそなたの神聖な首(こうべ)をも踏みつけるにちがいあるまい。
その履物にさえ諸王がこぞって口づけした、そなたの〔尊き〕首をだ。
だが戦(いくさ)や公然たる闘争を挑んではならぬ、
そは無益ぞ。巧みに策略を用いることだ。
異端者を一網打尽にすることは手段はどうあれ神は許したもう。
いまや、偉大なる王〔ジェームズ王〕が最果ての地から諸侯、
高貴の出の者たち、礼服を纏(まと)う
白髪の尊き父祖たちを議会へと召集する。
彼らが集う議場の地下で火薬が爆発すれば、
みな、木っ端(こっぱ)みじんとなり
四肢は宙に舞い、灰と散る。
さあ、直ちに英国(ブリテン)の信仰篤き同胞(はらから)みなに、
計画を知らせよ。そなたの信者なら、
至高の教皇の御下命(ごかめい)に背くものなどいるはずもない。

---

238 イエス・キリストによる使徒ペテロへの天国の鍵の授与は、広義には教会権力の授与に相当するとされる。ペトロを最初の初代教皇とする考え方もある。

239 “Hesperia” は「西方の国」の意味で、ここではブリテンから見て西にあるスペインを意味している。1588 年スペインの無敵艦隊(アルマーダ)はドレーク船長率いる英国艦隊に惨敗した。

240 小アジアのテルモドン川付近に女性軍団アマゾンネスが住んでいたという。アマゾネスのごとく猛々しく残酷な「処女王」エリザベス一世を指す。

241 アウェンティヌスの丘はローマの七丘の一つで、その最南に位置する。

〔敵どもが〕惨事に慄（おのの）き茫然自失のその隙に
獰猛なガリア〔フランス〕人と残忍なイベリア〔スペイン〕人にかの国を侵（おか）させよ。
ついにマリアの時代[242]がかの地に再来し、
勇猛な英国（イングランド）の統治はそなたの手に戻る。
ゆえに恐れるな、神々、女神——そなたの祝祭に
祀られる、できるだけ多くの神々の賛同を得よ」
邪悪なる者はかく語り、着ていた外衣を脇へ置き、
忌避すべきレテ、[243] 陰鬱な王国めざして飛び去った。
　ばら色の、ティトノスの妻〔〈曙（アウロラ）〉〕[244]が東の門を開き、
戻り来る光で、金メッキの大地に衣を着せつつ、
浅黒き息子〔メムノン〕[245]の悲しき死を嘆き、
神々しい涙の雫を嶺に注ぐ（アンブローシア）、
星宮の番人〔教皇〕[246]は夜の幻影と
心地よい夢を惜しみつつ、微睡（まどろみ）を追い払った。
　明けぬ夜に閉ざされし所、
広漠たるかつての住居（すみか）の跡があり、
いまや残忍な〈不和〉が一度に産み落とした〔双子の〕、
凶暴な〈殺戮〉と二枚舌の〈反逆〉の巣となっている。[247]
瓦礫（がれき）や切り立つ岩の間には、

---

242 イギリスの宗教改革は、ヘンリ八世の王妃離婚問題に端を発し、ローマ教皇とその勢力下にある教会および修道院との政治的対立という形で進んだ。首長法 (1634) を制定し、国王を英国国教会の唯一の最高指導者と認めさせるとともに、ローマ・カトリック教会由来の修道院を破壊し、財産を没収。修道院・女子修道院も解散して、これらを中心とする村落共同体も同時に破壊した。「マリアの時代」の原語 “Mariana” には「聖母マリア」による救済から始まると信じられるカトリック教会の時代と、「マリウス」から始まる内戦の時代（前 83－前 82）という二つの意味が込められている。ちなみにマリウス（Marius, 前 157－前 86）は敵対勢力に対してはげしい粛清を行ったことで知られる共和政末期のローマの将軍。同時に、火薬陰謀事件の 50 年前に、カトリック教徒のメアリー・テューダーが王位を継承し、英国国教会教徒を迫害した “the age of Mary” も記憶に新しい。さらに、エリザベス一世の命令で斬首されたスコットランド女王メアリー・ステュアートにも言及していると考えられる。

243 レテは黄泉の国にあるとされる忘却の川。

244 Cf.『楽園の喪失』(5. 1–2)。

245 メムノン (Memnon) のこと。アウロラとティトノスの子でアキレウスに殺される。Cf.『楽園の喪失』(5. 1–2; 6. 12–15)、「沈思の人」(18)。

246 カトリック教徒の間では教皇は天の鍵の管理者とされている。

247 Cf.『楽園の喪失』(2. 959–67)。

埋葬されぬままの人骨や剣で刺し貫かれた遺体がさらされ、
悪意の〈裏切り〉が常に睨みを利かせて座し、
〈悪口〉と牙で武装した顎を持つ〈中傷〉、
〈憤怒〉と千通りの死に様が目に入る。
〈恐怖〉と蒼白の〈戦慄〉がその地を飛びまわり、
実体なき亡霊は音無き静寂の中で雄叫びをあげ、
密かに罪を分かち合う大地は血で汚染される。
洞穴の奥にふるえる〈殺戮〉と〈反逆〉が
身を隠す。追手の来ぬ洞、
露出した岩、死が影を落とす荒れ果てた洞穴。
罪深い二人は後ろに目を向けつつ逃げる。
古来よりローマに忠実なこれら闘士を招集し、
バビロンの高官〔教皇〕は、かく語る。
「西の辺境、海に囲まれた場所にわたしを憎む民族が
暮らしている。賢明なる〈自然〉は恥ずべき者たちが
われらが世界に加わるのを拒んだ。
ゆえに命じる。急ぎ出立せよ。
王と貴族諸共、あの罪深き民族を
地獄の火薬で中空へと吹き飛ばせ。
真の信仰愛に燃ゆるものたちを数多、
計画の仲間、企ての援助者として加えよ。」
教皇は語り終え、容赦なき双子は勇んで命に従った。

　その間、大きく弧を描く諸天の運動を司りつつ、広き
天の砦より光を放つ主は
邪悪なる群衆の徒労を見下ろし、嘲笑、[248]
ご自身の民の大義を守らんとする。

　巷間に伝えられるところ、肥沃なヨーロッパが
小アジアから引き離され、マエオティス湖に面した場所に
巨人〈噂〉[249]の楼閣がそびえる。

---

248 詩篇 (2. 4)。Cf.『楽園の喪失』(2. 731; 5. 737; 8. 78)。
249〈噂〉の擬人化の女神である。大地の女神テルスの末子、一族のなかで最も若いティタンとさ

音高く鳴り響く青銅で作られた巨塔は、
オッサの山に重なるアトス山やペリオン山をも凌ぎ、明るい星々に迫る。
千の門と千の戸、千の窓が開け放たれ
大広間の光は薄壁(はくへき)から漏れいでて輝く。
ここに集まり来(きた)った群衆はさまざまにささやき交わす。
夏、大犬座(カニス)が天の高き頂を目指すとき、
蠅の群れが乳桶の周りや、羊の編み囲いを通って
羽音わずらわしく騒ぎたてるかのごとくに。
〈噂(ファマ)〉は、母なる〈大地〉の恨みを晴らさんとして塔の頂に座し
無数の耳をそばだて、頭(こうべ)を突き出す。
広き世界の最果ての地から、微(ほの)かな音を引き寄せ、
ほんの些細な呟きをも聞き漏らすまいとして。
アレストルの息子〔アルゴス〕、[250] 子牛イオの不当な番人の強面(こわもて)でさえも、
かくも多くの目が睨みをきかせることはなかったし、
静かに眠りつつも眼(まなこ)を見開き
眼下に広がる大地を凝視することもなかったほど。
その目を駆使して、光を奪われた場所、
輝く太陽の光を通さぬ場所さえをも、〈噂(ファマ)〉はいつも覗き見ていた。
千もの舌を使い、お喋り好きな〈噂(ファマ)〉は見聞きした事を
誰彼(だれかれ)となく無思慮に広めていく。虚言に長(た)け、
ときに真実を軽んじ、ときにつくり話で尾ひれをつける。
だが〈噂(ファマ)〉よ、あなたはわが頌歌(うた)にふさわしい、
真実(まこと)を語るに優(まさ)る善行はほかにないのだから。
わが詩(うた)にふさわしきあなた、その誉(ほまれ)を後世に伝えても
決して恥じることはない。流浪の女神よ、ご守護くださるならば
英国(イングランド)国民は必ずや、あなたの働きに報いますぞ。
雷電を放ち、永遠の火の振動を制する神が[251]

れる。Cf.『アエネイス』(4. 178–80)、『転身物語』(12. 39–63)。

250 アルゴスは頭部に百の眼を持つ。その眼は二つずつ眠り、残りの九八の目は不寝番に付く。

251 雷電を撃つ神のイメージについて『楽園の喪失』(1. 93; 174; 258 他)、『ラドロー城の仮面劇』(802–4) を参照。

あなたに話しかければ、大地も轟く。
「〈噂(ファマ)〉よ、なぜ黙っている？　教皇主義者(ペピスタラーム)どもの不敬に気づかぬか。
われとわが英国(ブリテン)にたいし陰謀を企み、
王笏をもつジェームズにむけた新たな殺害計画を練っているのだ」と。
ただちに〈噂(ファマ)〉は雷轟(とどろ)く神の詔(みことのり)を拝命し、
あいも変わらぬ迅速(すばや)さでけたたましく翼を身に纏(まと)う。
やせこけた体に纏(まと)うは鮮彩(あざやか)な羽毛(はね)、
右手(めて)に持つはテメセー産の銅製の、[252] 響き渡る喇叭。
遅滞なく、たおやかな空気の中、翼を櫂(かい)のように漕(こ)ぎ進む、
速(と)き雲を追い抜くでは満足せず、
いま、風を、いま、太陽の戦車をもおきざりにして。
まず慣れたやり方で英国(イングランド)の町々に、
曖昧な噂話や不確かな風説を広める。
やがて、よく通る声で陰謀と謀反に関わる忌まわしき行為を
暴きたてる。口にするのも憚(はばか)られる行為にとどまらず、
首謀者の名をも口にする。饒舌(じょうぜつ)のあまり〈噂(ファマ)〉は罠を仕掛けた場所までも
話し出す。人々はその話に仰天し、
老いも若きもみな一様に
戦慄する。すぐさま老若男女を問わず、
大破壊の全貌が知れ渡る。
だがその間(かん)にも、高きにおわす
天の父が国民(たみ)を憐れみ、教皇主義者(ペピスタラーム)どもの非道な蛮行を
挫(くじ)く。首謀者たちは惨憺(さんたん)たる罰を受けるべく刑場(しおきば)へと引きずられていく。
一方で、敬神の念をこめた香(こう)が焚(た)かれ、感謝と称讃が捧げられる。
国中いたるところ十字路は喜びにわき立ち、心地よい篝火(かがりび)が焚かれ、
若き人びとが集って舞踊る。一年で、
最も厳かな日こそ、11 月 5 日。

---

252 テメセーは銅鉱山で有名な町。イタリア南部の州、ブルッティウム〔現カラブリア〕にある。
253 ニコラス・フェルトン (Nicholas Felton, 1556–1626/10/6) は 1617 年から 19 年ケンブリッジ

19. 17歳の作品、イーリー主教殿の死に寄せて（1626年10月〜12月）[253]

いまもなお、わが頬には涙が跡をとどめ
　いまだ乾かぬ双眸（そうぼう）は
塩まじりの涙雨（なみだあめ）で腫（は）れあがっていた
　敬愛ゆえに涙しながら、
われは衷心から哀惜の祈りを捧げた
　ウィンチェスター主教殿[254]の棺に向かって。
百の舌をもつ〈噂（ファマ）〉[255]（ああ、いつだって
　悪と禍（わざわい）の真実（まこと）の使者が）
豊かなブリテンの街に、ネプトゥヌスの末裔たる国民（くにたみ）[256]に
　あなたが、〈死〉と残忍な〔運命の〕三女神[257]に屈した
との噂を広めている。
　人類の誉れ、
鰻（イール）の名[258]を留める島の
　聖人たちの王者たるあなたが。
たちまち、穏やかならぬわが胸に
　烈火の如き怒りが込みあげ
廟（はか）を司るかの女神〔〈死〉〕[259]を呪った。
　〔オウィディウス・〕ナーソーも『鴇の歌（イービス）』[260]において

大学ペンブルック学寮長を務め、その後、L. アンドリューズの後を継いでイーリー主教となった。また本詩は短長三歩脚 (iambic trimeter) と短長二歩脚 (iambic dimeter) を繰り返す韻律で歌われている。

254 L. アンドリューズのこと。「第三エレゲイア」においてミルトンは同年9月に没したアンドリューズを悼んでいる。

255 〈噂（ファマ）〉は「11月5日に寄せて」他にも登場する (211–12)。

256 ネプトゥヌス (Neptunus) は、伝説上のブリテン王アルビオンの父。Cf.「11月5日に寄せて」(3, 27–9)、「第一エレゲイア」(73)。

257 運命の三柱女神モイラのこと。人間の生命の糸を紡ぐクロト、その糸の長さを決めるラケシス、その糸を断ち切るアトロポスの三姉妹。ギリシア神話におけるモイラは、ローマ神話におけるパルカエと同一視される。

258 “Ely” は “island of eels”(anguilla) の意。

259 『楽園の喪失』(12. 33) で〈死〉は “the mighty hunter” と表現される。

260 オウィディウスは『イービス』においてトミスに追放中の詩人を傷つけようとする不特定多数の敵を呪い、攻撃している。

かくも悍ましき思いをこころ奥深くに抱きはしなかったし、
　かのギリシアの詩人〔アルキロコス〕による
婚約者ネオブレとその父リュカンベス[261]の
　卑劣な欺きに対する呪詛のことばさえ、それよりもはるかに控えめだった。
おお、しかし！　わたくしが無情にもこのような悪態をついて
　〈死〉に死が下るようにと呪いをかけていると
驚くべきことに、柔らかきそよ風にのって
　このような声が聞こえた気がする。[262]
「盲目の狂気を捨てなさい。ガラスのごとき[263]
　怒りも無駄な脅しも捨てなさい。
不可侵であるばかりか、癇の強い神々を
　愚かにも冒瀆しようというのか。
哀れよのう、きみは欺かれ勘違いしている。
　〈死〉は〈夜〉[264]の暗黒の娘ではない。[265]
〈暗黒〉を父として生まれたのでもなく、また復讐の女神[266]より
　空虚な混沌[267]のもとに生まれたのでもない。
さよう、〈死〉は煌く天より遣わされ、神の
　作物をいたるところで収穫し、
肉体という器に隠された魂を
　光と大気の中へ呼び集めるのだ。

---

261 アルキロコスはネオブレと結婚を約束していたが、娘の父リュカンベスによりそれを反古にされた。アルキロコスはリュカンベスを偽証の罪で訴え、さらに風刺詩で父娘を罵倒した。その詩が父娘を自死へ追い込んだと言われている。

262 27 行目以降はフェルトンの魂による語りとなる。

263 原語 “vitream”(vitreus) は「ガラスのような」(of glass, vitreous) を第一義とし、そこから「明るい、輝かしい」(glassy, clear, bright) の意味でも使用される形容詞である。ショークロス訳では “transparent”、ヒューズ訳とコロンビア版ナップ訳では “gleaming” の訳語が当てられている。

264 Cf.「11 月 5 日に寄せて」(69)。

265 キケロによれば、〈死〉は父〈暗黒〉と母〈夜〉の子である (*De Natura Deorum* 3. 17. 44)。

266 復讐の三柱女神 (the Furies) のこと。ここでは単数で言及されている。Cf.『ラドロー城の仮面劇』(640)、「リシダス」(75)、『楽園の喪失』(2. 596, 671; 6. 859; 10. 560)、『楽園の回復』(4. 422)。

267 本箇所は Chaos(Chao) が擬人化されているのか、状態を示しているのか曖昧 (*A Variorum Commentary* p. 204)。Cf.『楽園の喪失』(2. 891–910)。

〔正義の女神〕テミスとユピテルの娘、
　迅速き（すばや）〈時〉（ホーライ）[268]が〈一日〉を目覚めさせると、
〈死〉は集めた魂を不滅の父の御前（ごぜん）へと導く。
　一方、公正な〈時〉は不信心な人々を
陰鬱な地獄（タルタロス）の悲しみに満ちた領域へ、
　地下の座へと引きずっていく。
わたくしは〈死〉の招集を聞くと嬉しくなり、すぐさま
　卑しき牢獄を離れた。
幸運にも有翼の戦士たちに囲まれ、
　わたくしは高く、星々へと運ばれた。
かの老預言者〔エリヤ〕が、[269] 炎の戦車を馭（ぎょ）して、
　天へと運ばれたときのごとくに。
寒さで身動きの遅い、輝く〈牛飼座〉（うしかい）の荷車が、[270]
　わたくしを脅かしはしなかった。
恐ろしい〈蠍座〉（さそり）の大鋏（おおばさみ）も、
　〈オリオン座〉よ、そなたの剣でさえも。
煌（きら）めく太陽の球（たま）を飛び越え、
　足元はるか彼方に、三相の女神〔ディアナ〕[271]を
見た。女神は黄金（こがね）の手綱で
　竜を抑えておられた。
放浪する星々の隊列を通りぬけ、
　乳の領域（ミルキー・ウエイ）[272]を通ってわたくしは運ばれた。

---

268 ホーライ (Horae) は季節の秩序を司る、植物や花の生長を守護する女神で、人間社会の秩序や平和をも司る。天界と地上を結ぶ雲の門の番人でもある。Cf.「ソネット (一)」(4)、「時間について」(2)、『ラドロー城の仮面劇』(985)、『楽園の喪失』(4. 267; 6. 3)。

269 エリヤ (Elijah) のこと (2 Kings 2. 11)。Cf.「第四エレゲイア」(97)、「火薬陰謀事件に寄せて」(7–8)、『楽園の喪失』(3. 522)、『楽園の回復』(2. 16–17)。

270 51〜54 行目の天空の描写について、『転身物語』における太陽神の戦車を馭するパエトンの逸話 (2. 176–7) を参照されたい。牛飼座は北極星近くにあり、一年を通して北の空に位置する。

271 月の女神のこと。ルナ、ヘカテ、ディアナ、プロセルピナを意味すると考えられるが、諸説ある。

272 天の川のこと。ギリシア神話によれば、ヘラの母乳には飲んだ者の肉体を不死身に変える力がある。その母乳が天の川になったとされ、ラテン語で “Via Lactea”「ミルクの道」と呼ばれた。これが英語の “milky way” の元となった。

しばしば未知の速さにおどろきつつ、
　オリュムポスの輝く門、水晶(クリスタライン)の領域、
そして緑柱石の敷き詰められた
　宮殿にやってきた。[273]
ここで口を閉じるとしよう。
　人間(ひと)の父より生れし者に
この場の喜び[274]が語れようか？　これを享受することで
　わたくしは未来永劫にわたり満ち足りよう。」

20. 自然は時の移ろいに煩わされず（1629 年 9 月頃）[275]

ああ、いかに、人間(ひと)のさ迷う心は衰えることか
執拗に〈誤謬(ごびゅう)〉に追われ、深き暗闇(やみ)に浸されて！
〈暗闇(やみ)〉はオイディプスの夜を人間(ひと)の心へ忍び込ませる。[276]
狂人は大胆にも神々の御業(みわざ)を自らの行いで測り、
不滅の金剛石に刻まれた法を模倣し、
自らの法を作る。[277] 常(とこ)しえに変わらぬ天の計画を

---

273 Cf. 黙示録 (21. 19–21)。野呂有子「*The Faerie Queene* から *A Mask Presented at Ludollow Castle* へ」『〈楽園〉の死と再生』第 2 巻，金星堂 (2017) pp. 220–54 を参考されたい。「水晶」及び「緑柱石」に関する考察は pp. 248–53 に詳しい。

274 Cf. コリント第一 (2. 9)。

275「自然は時の移ろいに煩わされず」と「プラトンのイデアについて」は、1629 年 9 月、名誉学長オーランド伯ヘンリー・リッチ (Henry Rich, Earl of Holland) とフランス大使シャトーヌフ候シャルル・デ・ローベスパイン (Charles de l'Aubespine, marquis de Chateauneuf) の大学訪問に際して開催された哲学討議会に寄せて創作された作品である。クライスト学寮の教官(フェロー)ジョン・フォースター (John Forster) の依頼を受け、ミルトンが代筆創作したもので、1629 年 9 月 24 日付で、印刷され回覧された。この手稿を基に Sarah Knight が上記事実を確認し、2010 年に公表した ("Milton's Student Verses of 1629" 37–9)。Haan もこれを支持している ("The Poemata" cxxi)。また本詩は長短短六歩脚 (dactylic hexameter) で歌われている。

276 オイディプスは「父を殺し、母と結婚する」というアポロンの神託の成就を避けようとするがすべては徒労に終わり、神託は実現する。Cf. ソポクレスのギリシア悲劇『オイディプス王』。「オイデイプスの夜」とは、オイデイプスが精神的・物理的な闇（盲目）の犠牲者となった神話を踏まえて運命に翻弄される人間の弱さと脆さを象徴的に表現していると解釈される。

277 4～7 行目はイザヤ書 (55. 8)「わが思いは、あなたがたの思いとは異なり、わが道は、あなたがたの道とは異なっていると、主は言われる」を受けている。

移ろう時間に縛り付けている。[278]
　ゆえに〈自然〉の顔容(かんばせ)は鋤を入れたような皺で覆(おお)われ、
衰えて然(しか)るべきか？　事物の母〔たる大地〕[279]は
万物を生み出すその子宮を萎(しぼ)ませ、老いて子を産む力を失くして然るべきか？
老齢を自覚し、星を散りばめた頭(こうべ)を揺さぶりつつ
不確かな足取りで歩むことになるのか？　醜(みにく)き老いと、
年を貪(むさぼ)る絶えなき飢餓と不潔と腐敗が
天の星々を苦しめてよいものか？　あるいは、飽くことなき〈時〉が
〈天〉を貪り、父の男根を損なって然るべきか？
ああ、ユピテルにはかくの如き罪業(ざいごう)に対抗すべく
砦を固め、〈時〉の害悪を消滅させ、
永遠(とわ)の円環運動をもたらす賢慮はないのか？
さもなくば、やがてすさまじき音をたてて
天の丸天井は崩落し、衝撃で柱が衝突し合い
轟音を響かせることになるのか。オリュムポス〔ユピテル〕と、ゴルゴン[280]の首を埋め込んだ盾を手にした
畏怖すべきアテナが至高の宮から落下することになるのか。
ユノーの子〔ヘパイストス〕[281]が聖なる天の境界(さかい)より放り投げられて、
エーゲ海に浮かぶレムノス島に落ちたときのごとく。
ポイボスよ、あなたが、戦車ごと真っ逆さまに
墜落したお子〔パエトン〕[282]の悲運をまねて、またたく間に没すれば、
日の光が消えるそばから、〈海〉(ネレウス)が沸騰(ふっとう)し
驚愕(きょうがく)した海はシュー、シューと弔いの呻き声を発するだろう。[283]

---

278 Cf.『楽園の喪失』(7. 173)。
279 ヘシオドスによれば、大地は、天、山々、〈時〉、太陽を含む、多くの原始の神々の母である (*Theo.* 117–52)。Cf.『楽園の喪失』(5. 338)。
280 ゴルゴン (Gorgones) は蛇の頭髪と真鍮の手を持つ三姉妹で、メドゥーサはその一人。英雄ペルセウスが、目を合わせた者を石化させてしまうメドゥーサを討伐し、その首を持ち帰ってアテナに捧げると、アテナはその首を盾(アイギス)にはめ込んだと伝えられている (*Il.* 5. 741)。
281 ヘパイストスのこと。Cf.「第七エレゲイア」(81)、『楽園の喪失』(1. 740)。
282 パエトンのこと。Cf.「第五エレゲイア」(92)。
283 原語 “cibila” は “whisle, hissing” の意。ここでは、熱されたものが海水で冷却される際に発する音と蛇の発する音の両方を指していると解釈される。

屹立するハイモス〔現バルカン山脈〕の裾野が割れ
峰や稜線は瓦解するだろう。深淵の底を襲うは
かの骨肉の戦争(あらそい)で天に逆らって用いられたケラウニアの山、[284]
投げ落とされれば、黄泉(ステュクス)の国の神〔プルト〕を脅かすことになろう。
　だが全能の御父(おんちち)は、星々の位置をしかと定め
万事を見そなわし、[285] 正確な錘(おもり)を用いて
運命の秤の均衡(つりあい)を保ち、個々の事物が
恒久の軌道を維持するよう命じておられる。
ゆえに世界の始動球層[286]は日の定めに従い回転し、
周回する天球層に同調しつつ旋回する。
〈土星(サトゥルヌス)〉は常に遅滞なく、昔も今も凶暴な〈火星(マルス)〉の
紋章のついた冑(かぶと)は赤色(せきしょく)に光る。
精華(はな)の盛りの〈太陽(ポイボス)〉は永遠(とわ)の若さの光を放つも、
下りの斜面(さか)では轅(ながえ)をおさえ、衰弱した大地には
熱を控えつつ、親しみ溢(あふ)れる光をまとい、
力強く、轍(わだち)を導(しる)べに常の道を行く。
同じく見目よき御方(おかた)[287]も芳しきインドの島々から空に昇り、
高らかな声で、夜明けには天の羊の群れを追い放ち、
黄昏(たそがれ)どきには群れを天の牧場(まきば)へと追い込んで、
〈時〉の王国を二色に分かつ。
〈月(デリア)〉[288]は交互に現れる角(つの)とともに満ち欠けを繰り返す。
彼女は変わることなく両の腕(かいな)に蒼き焔を抱く。
四元素が誠を違(だが)えず、常のごとくに轟(とどろ)き
青白き雷(いかづち)は岩を打ち砕き粉々にする。
空漠の地で猛(たけ)り狂うは〈北西風(コロス)〉、いくら抑えても、これより穏やかになどなりえまい。

---

284 ケラウニアは古代ギリシアの一国家エペイロス北西部の海沿いの山脈。

285 Cf.『楽園の喪失』(6. 673)。

286 宮西光雄訳「美しい幼子の死について」(39) では “Primum Mobile” は「始動球層(プライム・モービーリー)」と訳されている。

287 ここでは金星を指す。金星は二つの名前を持つ。すなわち、ルキフェル（明けの明星）とヘスペロス（宵の明星）である。

288 〈月〉(Delia) は、デロス島を生地とする月の女神ディアナのこと。

冷酷な〈北東風（アクウィロ）〉は武装したゲローニの民[289]を常のごとくに恐怖で
震えあがらせ、寒気を吹き込み、雨雲を這わせる。
海の王〔ネプトゥヌス〕[290]はいつものように、シシリーのペロールス〔半島〕[291]の海底を割り、
海の喇叭吹き〔トリトン〕[292]が法螺貝（ほらがい）を吹けば、やかましく
海面に反響する。バレアレス鯨の群れが、その大きさに引けをとらない
巨大なアエガエオン[293]を背に乗せて運んでゆく。
〈大地（テルス）〉よ、あなたもまた古き時代の古（いにしえ）の力を
失ってなどおりますまい。ナルキッソス[294]の香りはいまも芳しく、
あちらの若き精華（はな）も、こちらの若き精華（はな）も相も変わらず美しい、
ポイボスよ、あなたの精華（はな）〔ヒュアキントス〕[295]も、キュプロスよ、あなたの精華（はな）〔アドニス〕も。[296]
罪と知りつつも〈大地（テルス）〉がかくも多量（おお）くの黄金――悪の根源（みなもと）――を山々の下に、
また、かくも多量（おお）くの宝石を海の底に隠したこともついぞなかった。それゆえ、永遠（とわ）に
万物の連なりは至高の定め通りに続こうぞ。
終焉（しゅうえん）の炎が天の支柱と広大な天井を取り囲み
世界を破壊するその時までは。宇宙の骨組みが巨大な
火葬壇の中で燃え尽きるその時までは。[297]

---

289 ゲローニの民とはスキタイ人の一部族のこと。

290 Cf.『楽園の喪失』(1. 232–3)。

291 ペロールス半島はシシリー島の北東端の岬。狭く潮流の荒い難所。Cf.『アエネイス』(3. 410–25)。

292 海神トリトンは、上半身は人間、下半身は魚の姿をして法螺貝を吹鳴らす姿で表現されることが多い。『ラドロー城の仮面劇』(18–23)も参照のこと。

293 アエガエオン(Aegaeon)はアガエウム（エーゲ）の海の神で百腕の巨人。Cf.『神統記』(147)、『転身物語』(2. 9–10)。

294 ナルキッソス(Narcissus)は水面に映る自分の姿に恋をしたが、満たされぬ思いにやつれ死んで水仙に化した。(*Met.* 3. 509–10)。

295 アポロンに愛された美少年ヒュアキントスのこと。かれの流した血からヒヤシンスが咲いたという。Cf.「リシダス」(106)、「美しき幼子の死について」(25–27)。

296 ここではキュプロスはキュプロス島の女神ウェヌスを指す。女神の寵を受けた美少年アドニスの血からアネモネが咲いたという。Cf.『ラドロー城の仮面劇』(999)。

297 ペテロの手紙における神の到来の預言を想起させる(2 Peter 3. 10)。Cf.『楽園の喪失』(11. 900, 12. 547–51)。

21. プラトンのイデアについて──アリストテレスの解釈による（1629年9月頃）[298]

明かし給え、聖なる森を司る女神たちよ。
おお、〈記憶（ムネモシュネ）〉、[299]九柱女神の母にして
いと幸運（さいわい）なる方よ。そして、〈永遠（アエテルニタス）〉、遥（はる）か彼方の
広大な洞窟で、くつろいで横になり
かの記録、ユピテルの不変の法、
天の暦、および神々の日誌（おぼえがき）を預かり守る方よ。
最初の人間（ひと）はだれであったのか？　その似姿から
〈自然〉が巧みな業（わざ）で、永遠にして、
不滅、天の始まりから存在し、
唯一にして普遍的な人類、神の似姿（イマゴ）を形成した。
処女神パラス〔・アテナ〕[300]の双子の兄〔アポロン〕は内なる子として
ユピテルの頭（こうべ）の中に鎮座してはいない。
〔アポロンの〕性質（たち）は、遍（あまね）く広がりながらも
おのおのの流儀にしたがって、自身から離れて存在し
さらに不思議にも、定められた空間に領域ごとに区分けされている。
もしや、その恒久たる星々の友は
天の十層の列[301]をさ迷い
地球に最も近い〔天体〕、月の球に住んでいようか。
あるいは、肉体に戻りゆくのを待つ魂とともに
忘却の泉レテ[302]のほとりで、悄然と座していようか。
あるいは、遥（はる）か世界の果てで
進軍しているのか──〈人間（ひと）の元型（かた）〉たる巨人は。

---

298 創作年については「自然は時の移ろいに煩わされず」に付した注を参照されたい。また本詩は短長三歩脚 (iambic trimeter) で歌われている。

299 〈記憶〉は九柱女神の母とされる (*Theo.* 53–4)。

300 パラス・アテナはゼウスの頭から武装し成熟した姿で生まれたとされる。

301 プトレマイオス的宇宙観によれば、十層の透明な殻が地球を包んでいるという。

302 『アエネイス』によれば、死者の霊は冥界につくとレテの泉の水を飲んで地上の生を忘れ、再生する前にもまたこの水を飲んで冥府で見たことを忘れるという (6. 713–51)。Cf. プラトン『パイドン』(70–72)。

また、その巨大な頭を神々に向けてもたげるのか、
天を背負うアトラス[303]よりも高々と。
かのディルケの預言者〔テレシアス〕[304]──〈盲目〉がさらに深遠なる
眼識を与えた──さえも
深きこころの奥そこで、かの人物〔人間の元型〕を感知しなかった。
静けき夜、プレイオネの有翼の孫〔ヘルメス〕[305]が
賢き預言者の輪の中に、かの人物を見つけることもなかった。
かのアッシリアの司祭でさえも、かの人物のことは知らなかった。
〔この司祭は〕歳月（としふ）経るニノス[306]の長き父祖の列、さらに
始原のベロス[307]と名高きオシリス[308]については語っていたが。
三つの名により三重に偉大なる
ヘルメス〔・トリスメギストス〕[309]は（秘儀の知識を与えても）
イシス[310]の信奉者たちに、かの人物についての知識を残しはしなかった。
とはいえ、かの野の学びの園（アカデミア）の永遠（とわ）の誉（ほまれ）たるおかた〔プラトン〕よ、
（もしもこれら驚異の知識を学び舎（や）に初めにもたらしたなら）
今こそ、さよう、今こそ、詩人たち──あなたが追放した人々──を
呼び戻すことになりましょうぞ。[311] 最も偉大なる物語の語り手たるご自身が、
さもなくば、〔共和国の〕創り主よ、あなたご自身が追放の身となりましょうぞ。

---

303 アトラスが天を背負い支えているといわれている。Cf.『楽園の喪失』(4. 985–9)。

304 テレシアスはテバイの盲目の預言者。Cf.『楽園の喪失』(3. 36)。

305 プレイオネ (Pleione) はアトラスの妻で、7 人の娘（プレイアデス星団）を生む。ヘルメスの祖母にあたる。Cf.「快活の人」(88)。

306 ニノス (Ninos) は古代アッシリアの首都ニネヴェの伝説上の創設者。

307 ベロス (Belos) はアッシリアの伝説の王で、ニノスの父。神として崇められている。『楽園の喪失』(1. 488) においてはバアルと同一視される。

308 オシリス (Osiris) はエジプト神話における冥府の神。

309 ギリシア神話のヘルメス神と、エジプト神話のトト神がヘレニズム時代に融合し、さらにそれらの威光を継ぐ人物としての錬金術師ヘルメスが同一視され、ヘルメス・トリスメギストスと称されるようになった。

310 イシス (Isis) はエジプト神話における冥府の神オシリスの妹で、妻でもある。

311 プラトンは著書『共和国』(*De Republica*) 中で自身の理想とする共和国から詩人を排除・追放している。なお、岩波文庫では『国家』と訳されている。Cf.『共和国』(3. 395–98, 10. 595–607)。

22. 父にあてて（1631～1645年）[312]

訳　野呂有子　注作成　野呂有子　金子千香[313]

願わくは、ピエリアの泉よりわきいづる霊感よ、[314]
怒涛のごとく押し寄せよ、わが胸に。
二峰（ふたみね）の、かの母なる山よりしたたり落ちる乳（すずく）のすべてが、[315]
わが唇からほとばしりでるように。
さすれば、わが詩女神（ムーサ）は稚拙（つた）なき歌忘れ、大胆なる飛翔を試み、[316]
敬愛するわが父に栄誉（ほまれ）をあたえてくれよう。
わが詩女神（ムーサ）が胸に秘めるは、敬慕の的たる父上よ、貧弱なる企てにすぎず、
あなたを満足させるにはほど遠きものなれど、
そもそも、あなたの大恩に報いることは、はなからかなわぬこと。
最大の贈り物をもってしても、結果は同じ。
あなたからわたくしが賜ったものの偉大さは、ささいな、実りなき感謝のことばとは
比ぶべくもないのでありますから。とはいえ、この頁に書きつけた、
わが資産目録をご覧ください。
わが富のすべてはこの紙に書きつけてあります。
というのも、わが富とは、黄金のクリオより譲られた、[317] パルナッソスの山影の、[318]
月桂樹の茂みの蔭の、はるかなる洞窟の夢が結んだ、
聖なる果実にほかならないのでありますから。
願わくは、〔父上よ、〕詩人の業（わざ）たる、神性を宿す詩歌を軽んずることのなきように。
詩歌こそは、プロメテウスの火炎の花を内に秘め、[319] 天よりいずる人間（ひと）の精神（たましい）の

---

312 創作年代に関して諸説あるが、1637年末から1638年初めにかけて創作された可能性が高いとされる。また本詩は長短短六歩脚 (dactylic hexameter) で歌われている。

313 本訳詩は『東京成徳短期大学 紀要』第26号 (1993) 所収の英語論文 “Milton's *Ad Patrem*, *De Idea Platonica*, and *Naturam non pati senium*—From Praise to Exhortation—”(pp. 41–65)（D. L. Blankenとの共同執筆）に付した野呂有子の訳 (pp. 219–23) を転載したものである。なお、この度の再版に際し、註加筆あり。

314 ムーサのすみかの一つとされる。Cf.「第四エレゲイア」(29–32)。

315 パルナッソス山のこと。

316 Cf.『楽園の喪失』(1. 13–15)。

317 歴史をつかさどるムーサ。ときに叙事詩をつかさどるカリオペと同一視される。Cf.「マンソウ」(24)。

318 Cf.「第四エレゲイア」(30)。

比類なき精華（はな）。人間（ひと）が天上に生まれ、天より降（くだ）ってきたことのまぎれもなき証（あかし）。
高きにましますす神がみが愛（め）でた詩歌こそは、[320]
かの恐ろしきタルタロスの深淵を揺り動かし、
三重のアダマントで、[321] 猛々（たけだけ）しき影を縛ったのであります。
詩歌によって、ポイボス[322]の巫女たちと、震えるシヴィルは、[323] 青ざめた面もちで
はるかなる未来の秘事を予言したのであります。
詩歌は、祭壇で燔祭を捧げる祭司により創造（つく）られました。
金メッキした角を振り上げる雄牛を屠殺（ほふ）るときにも、
また、湯気の立つ肉のうちに眼光鋭く運命の秘密を見据え、
温かき内臓のうちに運命を読むときにも。
やがて、われわれが故郷（ふるさと）のオリュムポス山にもどり、[324]
未来永劫に変わらぬ永遠の時代が確立されるとき、
黄金の冠を頂いたわれわれは天の寺院をぬけて歩きながら、[325]
竪琴の妙なる調べに合わせ、甘美なる詩歌を歌うでありましょう。
すると星ぼしがこれに唱和して、天空は極から極まで響きわたるのであります。
いまもなお、速やかに回転する天球層を天翔（あまがけ）る、[326] 火炎のごときわが精神（たましい）は、
星ぼしの合唱に和して、不滅の旋律を奏で、
えもいわれぬ詩歌を歌うのであります。[327]
一方で、輝く蛇座は火の息をひそめ、
荒ぶるオリオンは心和（やわ）らぎ、剣（つるぎ）を落とし、
モーリタニアのアトラスはもはや天を重荷とは感じないのであります。[328]

---

319 プロメテウスの名は「先を見通す者」を意味する。彼は、天の火を大茴香（ダイウイキョウ）に入れて盗み、人間に与えた (*Theo.* 565)。Cf.『楽園の喪失』(4. 714–19)。
320 Cf.「快活の人」(145–50)、「第六エレゲイア」(14)。
321 なにものにも侵されない堅い物質。ダイアモンドと同一視された。ゼウスがタイタンを幽閉したところ。
322 太陽神アポロの別名。
323 アポロに仕えた巫女の名。
324 キリスト教的天上世界の描写。Cf.「リシダス」(174–81)、「ダモンの墓碑銘」(203–7)。
325 この詩の “implied author” たる “hero” は「パルナッソスの山を登っていく」イメージで提示されている。以下、邦訳、15行、74行、90行～91行、104行、109行、110行を参照されたい。
326 各層が回転し、触れ合って妙なる調べを奏でると考えられた。
327 Cf.「リシダス」(176)。
328 アトラスは、双肩で天空を支える巨人神。

いまだ奢侈と底無しの貪欲が知られてはいなかったころ、
詩歌は国王の食卓に精華（はな）を添えるのを常としたのでありますが、
そのときリュアイオスは、[329] 宴の節度ある杯のなかで
きらめきを放っていたのであります。
すると詩人は陽気な宴の輪に座して、長髪に樫の葉の冠を頂き、
英雄たちの勲（いさおし）と比類なき功績や、混沌や、地球を支える広い礎（いしずえ）について、[330]
また、神がみの糧を求めて地をはって木の実を捜したこと、
主神（ジョーブ）の雷電（いかづち）がいまだエトナの火口の深みから捜し出されていなかったこと
などについて歌うのを常としていたのでありました。結局のところ、
ことばも意味も雄弁の調子ももたぬ虚（うつ）ろな響きの旋律に
喜びが見いだせましょうか？　そのような音楽は
森のなかの合奏にこそふさわしきもの。なれど、木琴（キターラ）の力ではなく、
詩歌の力で川の流れをあやつり、樫の木ぎを動かし、その歌声で、
黄泉（よみ）の国の死者たちを奮い立たせ、涙させたオルフェウスには[331]
ふさわしきものではない。詩歌こそかれの栄誉（ほまれ）のよりどころなのであります。
願わくは、父上よ、聖なる女神（ムーサ）たちを軽蔑（あなど）ることのなきように。
不毛な、価値のなきものと考えることのなきように。女神（ムーサ）たちがあなたに
幾千もの音を調和させ、軽妙なる旋律を創造（つく）だし、様ざまな抑揚で
歌の調べを変化させる才能を与えたがために、あなたはアリオンの名の、[332]
正統なる後継者となったのでありますから。
わたくしは生まれたときから詩人となるべき定めにあったのでありますから、
血という縁（えにし）によってかくも堅く結びつけられたわれわれが、〔詩歌と音楽という〕姉妹の
芸術、同族の趣味を追及したとてなんの不思議もないではありませんか。[333]
ポイボスみずからが自分を二つに分けて、[332] われわれ二人のうちに入りたいと望み、

---

329 酒神バッコスの別名。

330 ミルトンの将来の叙事詩の主題に関する言及。Cf.「マンソウ」(78–84)、「ダモンの墓碑銘」(162–8)。

331 Cf.「快活の人」(145–50)。

332 ヘロドトスは、詩人アリオンが海でイルカに救助されたのは、イルカが七弦の竪琴の音に魅せられたからだとしている。

333 Cf.「荘厳な音楽を聞いて」(2)。

334 ポイボスの性格は多様であるが、文芸の守護神で、ことに詩歌と音楽をつかさどる。ミルトンの父、John Milton Senior (1562–1647) は公証人としての地位を築くかたわら、作曲家と

才能のいくぶんかをわたくしに、また別の才能をあなたに与えたのでありますから、
われわれ父と子は、分かたれた神の財産を分け合って所有しているのであります。
父上よ、あなたは、艶やかな女神たちを嫌うふりをなさるかもしれない。
だが、わたくしには、あなたが心底嫌っているとは信じがたいのであります。
なぜなら、あなたは、容易に金儲けができる道が大きく広がっているところや、
大金をつかみたいという黄金への渇望が照り輝き、その渇望が満たされるところへは
進めとは命じなかったし、国法が蔑ろにされる法曹界に行けとも強要しなかったし、[335]
わが耳を不合理な騒々しさで悩ませることもなかったのであります。
そのかわり、慈しみ育ててくださったわが精神がいっそう豊かにはぐくまれるようにと[336]
市街の喧騒からは遠い、アオニアの流れのほとり、[337] 高き隠れ家の
喜ばしき余暇の生活へと導いてくださったのであります。そして至福を受けた
話し相手としてわたくしがポイボスの傍らを歩く許可を与えてくださいました。
わたくしは父親の〔子にたいする〕常の務めについて語るつもりはありません。
というのも、いっそう偉大な仕事がわたくしには課せられているからであります。[338]
敬愛する父上よ、あなたは、わたくしがロムルスの言語・ラテン語の優美さと、
ジョーヴの唇にこそふさわしき、雄大なギリシア語の高雅な話法を修得した後も、
さらに、フランス語の誇りとする麗しき精華を究め、
現代イタリア語の堕落した口から流れでる雄弁さ――その口調は
野蛮な戦争を有利に運ぶのに役立ったが――を究め、
パレスティナの予言者が〔ユダヤ語で〕語る神秘を究めるようにと励まし、
そのための援助は惜しまないと、説き勧めてくださったのであります。
そして、いま、寛大にもあなたは、わたくしが望みさえするなら、
われらを生んだ天と地のすべて、空の下、天地の間を流れる空気、
流れ、そして波立つ海の表面が覆いつくす、すべてのものを知るすべを、

してその名を残している。

335 法曹界および宮廷に対するミルトンの私見。Cf.「第一エレゲイア」(31–2)。

336 73 ～ 76 行目については、『イングランド国民のための第二弁護論』(82–3) を参照のこと。

337 ムーサとアポロのすみかの一つとされる。Cf.「第四エレゲイア」(29–32)。

338 この行は、「フェアファックスへのソネット」(1648) と「クロムウェルへのソネット」(1652) の後半、賞賛から勧告に転調した六行連句の冒頭の部分、及び『イングランド国民のための第一弁護論』(1651) のイングランド国民にたいする勧告の部分を想起させる。神からの贈り物たる「内なる神性」を世のために役立てようと、常に、より一層の努力を重ねようと志向する、ピューリタン詩人ミルトンの「英雄像」の内実が示されている。

わたくしに与えてくださるというのであります。
雲間から、いま、〈知識〉の女神が裸体のままで現れて、接吻を受けようと[339]
わたくしにむかって身をかがめるのであります。わたくしが
彼女のさしだす快楽を厭い、逃げだしてしまわぬように。
ならば、行って、富を集めるがよい。なんじら、古代のオーストリアの秘宝や[340]
ペルーの黄金を渇望してやまぬ金の亡者どもよ、
父が、いや、ユピテルその人が、すべてを──天界を唯一の例外として──
与えてくれるというのに、これ以上に偉大な贈り物を望むことなどありえようか？
若き息子に公共の光──すなわち、ヒュペリオンの戦車、[341] 昼の手綱と、
栄光の輝きがほとばしりでる光輪を──与えた主神は（これらが無害の
贈り物だったとしても）これ以上、偉大な贈り物を与えはしなかったのである。
ならば、学識ある人びとのなかで、いまわたくしの占める位置が
いかに低いものであるにせよ、わたくしは必ずや、
勝者の徴たる蔦と月桂樹の冠をかぶって座すことになろうぞ。
もはや、わたくしは、烏合の衆に混じって無名のままでいることはなく、[342]
汚らわしい人の目を避けて、一人、歩を進めることになろうぞ。
去るがよい、なんじら、眠りを知らぬ〈妄想〉と〈不満〉よ。
山羊のごとく流し目で見る、ねじれた〈嫉妬〉のまなざしよ。
口を開けるな、大蛇のごとき〈中傷〉よ。忌むべき群れよ、
なんじらにわたくしを傷つける力などありはしない。なんじらの
支配など受けない。なんじらの吐く毒息の届かぬ高みに引き上げられて
わたくしは心安らかに歩を進めることになろう。
だが、親愛なる父上よ、わたくしの力ではいかなる褒美をもってしても
あなたの勲功に報いることはできず、いかなる行ないもあなたの贈り物に
匹敵することはないのでありますから、願わくは、わたくしが、いつも変わらぬ
あなたの寛大さを感謝をこめて思い起こし、語り、忠誠をこめて書き記すことで
ご満足いただけますように。

339 艶やかな〈知識〉の描写について、「第五エレゲイア」(55–60) を参照のこと。
340 「オーストリアの秘宝」(Austriaci gazas) は神聖ローマ帝国の富のこと。
341 ヒュペリオンは太陽神アポロと同一視される。
342 原語は “populo . . . inerti” 。後にミルトンは『イングランド国民のための第一弁護論』において “vulgus” と “populus” を厳密に区別するに到る。

そして、そなたたち、わが喜びたる稚拙なき詩歌よ。もしも一途に、不滅の生命を
望むなら、主人〔たるわたくし〕の葬儀の積み薪のかなたに、一日、光を見たい
と望むなら、もしも忘却の暗闇がそなたたちを黄泉の群衆のなかに払い落とさなければ、
この賛歌は残り、わが詩歌が寿ぐ父の名は、はるか後世にいたるまで、
範例としてとどまることになるであろう。

23. 病床に伏すサルツィリ殿にあてて（1638年）[343]

跛行短長格詩

おお、詩女神よ、たどたどしき足取り[344]に快く調子を合わせ、
ウルカヌス[345]のごとき、おそき歩みにも喜んでくださるお方。
亜麻色の髪のデイオペイア[346]が均整のとれたふくらはぎを交差させたりしながら
ユノーの黄金の寝椅子の前で踊ったときにも劣らず、
これを喜ばしいと思ってくださるお方よ。
おいでください、願わくは、サルツィリに言葉少なに
お伝えください。わが詩を心から歓迎し、畏れ多くも、
かの偉大な詩の神々の作品よりも好んでくださったお方へ。[347]
従いまして、以下は、かの養い子、ロンドン育ちのミルトンの語りにございます。
つい先ごろ、かれは住まい、北極星のつかさどる領域を

---

343 ジョバンニ・サルツィリ (Giovanni Salzilli)、イタリアの詩人。ミルトンが大陸旅行 (1638–39) の最中に訪ねたイタリア学芸会のメンバーである。サルツィリより贈られた四行連句は『1645年版詩集』及び『1673年版詩集』「賛辞」に掲載されている。

344「サルツィリ殿にあてて」は、跛行短長格 (the scazontic meter / limping iambus)、短長六歩格の最終詩脚が長長または長短で終わる詩形で書かれている。ラテン語詩では韻律を母音の短音と長音によって、英詩では母音の弱音と強音によって表す。

345 ウルカヌスはギリシア神話のヘパイストスに相当する。ユピテルとユノー（ギリシア神話では、ゼウスとヘラ）の子で、足が不自由とされる。

346 デイオペイア (Deiopea) は、ユノーに仕える14人のニンフの一人で、最も容姿に優れている (*Aen.* 1. 72)。

347 サルツィリは、各時代を代表する叙事詩人——ホメロス、ウェルギリウス、タッソー——と比較しつつ、ミルトンを称賛した。ここでミルトンは偉大な詩人たちの作品よりも自分の詩を高く評価してくれたことに言及している。

離れ（そこは風が、最も酷く吹きすさび、
抑えのきかぬ肺を猛り狂わせ、
大神ユピテルの支配のもと、あえぐように突風が起こるところ）
一人イタリアの肥沃な大地へと参じたのでありました。
誇り高き名声で知られる街々を観光し、
人々と教養ある若き才能に出会うために。
サルツィリよ、あのミルトンがあなたのご多幸と、
やつれたお身体がすっかりとご回復されますようお祈り申し上げます。
今は、過剰な胆汁が腎臓を傷つけ、
しかと付着し、心(しん)の腑(ふ)に毒を放っています。
病魔は温情を示しはしまい。たとえあなたが
いかに教養豊かで、ラテン語でレスボス島の旋律を伝えようとも。[348]
おお、甘美な神授の賜物、おお、〔青春の女神〕ヘベ[349]の姉妹たる
〈健康〉(サルース)よ！　ポイボスよ、病の恐れたる者、
大蛇(ピュトン)の打倒者、あるいは、このように呼ばれるのを好みますならば、
医神(パイエオン)よ。[350] このお方は、あなたの祭司でありますぞ。
ファウヌス[351]の樫の森、葡萄酒の露に潤う
肥沃な山々、優しきエウアンドロス[352]のおわすところ、
もし健康に良い薬草があなたの谷に生えているなら、
病に苦しむ詩人に急いで安らぎをもたらしてください。

---

348 サルツィリは、アルカイオスとサッポーの抒情詩を模倣した作品を書いた。サッポーはレスボス島生まれで古代ギリシア第一の女性詩人。貴族の娘たちを集め音楽と詩歌を教える一方で、彼女たちを主題とした官能的な詩を歌った。女性の同性愛を意味する「サフィズム」や「レズビアニズム」の語はこれに由来する。アルカイオスは、サッポーと同郷同時代の詩人で、政争に巻き込まれて流転の生涯を送りつつ、富、酒、恋と戦争を情熱的に歌った。

349 Cf.「快活の人」(29)、『ラドロー城の仮面劇』(289)。

350 ホメロスの作品中、神々の医者として活躍する医療の神パイエオン (Paean) は後にアポロンと混同され、アポロンの別称としてその名を遺している。アポロンの大蛇ピュトン退治は「第七エレゲイア」(31) でも言及される。

351 ファウヌスは、牧人と家畜の守護神。のちに牧神パンと同一視される。Cf.『ラドロー城の仮面劇』(268)、「第五エレゲイア」(127)、「ダモンの墓碑銘」(32)。

352 エウアンドロス (Euandrus) は、ヘルメスとアルカディアのラドン川の水の妖精(ニンフ)の間に生まれた英雄。ギリシアからラティウムに移住して、のちにローマの中心となるパラティヌス丘の上にパランテウム市を築き、王として治めた。アエネイアスが戦に敗れラティウムに逃れたとき、あたたかく迎えて同盟を結び、援助を惜しまなかったという (*Aen*. viii. 51–4)。

かくて、サルツィリがふたたび愛しき詩女神(ムーサイ)のもとへ戻れば
周囲の牧場(まきば)を甘美な詩で喜ばせるでしょう。
暗き森では、ヌマ[353]も感嘆するでしょう、
そこでヌマはくつろいで、永遠(とわ)に続く至福の余暇を楽しみつつ、
いつも〔泉の女神〕エゲリアに思いを巡らせて過ごしているのですが。
水量を増すテベレ川も、〔彼の詩(うた)に〕なだめられ
農夫たちの抱くその年の期待に応えるでしょう。
左岸を鞭打たれて、過度に広がりすぎることも
墓所(はか)に眠る王たちを押し流すこともないでしょう。
〔海港の守護神〕ポルトゥヌスの治める湾曲した、塩のきいた領域[354]に至るまでも
波の手綱を巧みに押えることとなりましょうぞ。

24. マンソウ（1638年12月）

訳　野呂有子　注作成　金子千香[355]

ヨアネス・バプティスタ・マンソウ[356]はヴィラの公爵でイタリアの主だった人びとのなかでも、ひときわすぐれた知性をもち、文武両道に秀でた誉(ほま)れ高き人物として知られております。トルクアート・タッソーがマンソウに捧げた『友情について』と題する対話が現存するのでありますが、それは二人が無二の親友だった証(あかし)であります。タッソーは『エルサレムの解放』第二十巻において、イタリアの君主たちのなかでもとりわけすぐれた人物としてマンソウを賞賛しているのであります。

353　ヌマ・ポンピリウス (Numa Pompilius) は伝説上のローマ第二代の王。伝説によれば、泉の女神エゲリア (Ægeria) に愛され、知恵を授かったという。なお、エゲリアは詩女神と同一視されることもあり、その名は「女性助言者」を意味する。Cf.『妖精の女王』(2. 10. 42. 8)。

354　原語は “salsa regna” 。海のことを洒落て表現している。

355　本訳詩は『東京成徳短期大学　紀要』第28号 (1994) 所収の英語論文 “Milton's *Mansus*: From Illegitimate to Legitimate” (pp. 41–65)（D. L. Blanken との共同執筆）に付した野呂有子の訳 (pp. 61–64) を転載したものである。なお、この度の再版に際し、註加筆あり。

356　ヴィラ公爵マンソウ (Giovan Battista Manso, 1560?–1645) はイタリアの叙事詩人トルクアート・タッソーをはじめとする芸術家の庇護者(パトロン)として有名。ミルトンは大陸旅行(グランド・ツアー)中にマンソウを訪ね、彼を介して、文芸界(アカデミア)に紹介された。Cf.『第二弁護論』(*Works* 8 122–4)。

心寛やかにして，風雅やかな騎馬武者のなかでも
マンソウはひときわ輝きを放つ

侯爵閣下は、詩人〔ミルトン〕がナポリ滞在中にこの上なき慈愛をこめて歓待してくださったばかりでなく、多くの細やかで、節度ある心遣いをお示しくださいました。したがって、ナポリを出立するにあたって詩人は、忘恩の徒と思われぬよう、この詩を閣下に捧げたのであります。

マンソウよ、この詩歌もまた、あなたのために詩女神たち[357]が唱詠っている賛歌なのでありますさよう、あなたを賞賛える賛歌なのであります——詩神ポイボス（輝ける者）の合唱隊にはあなたを知るものは多いのであります。と申すのも、ガルス[358]とエトルリアのマエケナス[359]が世を去ってからというもの、あなたほどに太陽神から栄誉を授けられた人物は他にはいないのでありますから。わが詩女神の息がじゅうぶんに続くなら、かならずや、あなたもまた勝利の徴たる月桂樹[360]と蔦の冠をいただいた人々のあいだに席を占めることになりましょうぞ。

かつてあなたは幸福な友情の絆で偉大なタッソーと結びあわされ、お二人の名は不滅の記録簿にしるされているのであります。それからほどなく、思慮ぶかき詩女神はあなたの手に甘美なる声のマリーノ[361]を委ねたのであります。そしてマリーノがアッシリアの神がみの愛についての長大な詩歌を書き、イタリア中の乙女たちを詩歌のやさしき魔力で捕虜にしたとき、マリーノはあなたの養い子と呼ばれるのを喜んだのでありました。それゆえマリーノ

---

357 Cf.「第四エレゲイア」(31)、「父にあてて」(1)。

358 ガルス (Cornelius Gallus, 69–26 B.C.) は、ローマの詩人で政治家。ウェルギリウスやオウィディウスとも親交があった。ローマのエレゲイア詩形（英語エレジーに相当）の創始者。凡例十を参照のこと。

359 マエケナス (Gaius Maecenas, 70–8 B.C.) は、アウグストゥス帝の右腕とも言われるローマの政治家で、エトルリア人を祖先とする。富豪で、多くの文人の庇護者として有名。例えば、ウェルギリウスは『農耕詩』を、ホラティウスも頌詩をマエケナスに捧げている。その他、プロペルティウスやウァリウスも彼の庇護を受けた。

360 月桂樹はポイボスの聖樹である。古来、競技の勝利者にその枝葉でつくった冠を贈る習慣があり、最高の名誉を象徴する。Cf.「父にあてて」(102)、「リシダス」(1)。

361 マリーノ (Giambattista Marino, 1569–1625) はイタリアの詩人で、長編叙事詩『アドーネ』(*Adone*, 1623) を著す。アドニスはアッシリアの太陽神である。本詩 12 行目の「アウソニア」(Ausonias) は、イタリアの雅称。

がいまわの際（きわ）に己が身体をあなたに、最期の望みをあなただけに託したのは、当然のことでありました。友愛の情に溢れたあなたが、つつがなく慰霊の務めを果たしたことは、ブロンズ像に刻まれた、かの詩人〔マリーノ〕の微笑（ほほえみ）が証（あかし）するのであります。だが、それだけではあなたは満足されなかった。その献身的友愛は墓地でとどまることはなかったのであります。あなたはあらゆる手立てをつくし、二人の親友（とも）を黄泉（よみ）の国から無傷のままで取り返し、容赦なき運命の定めを出し抜こうとするのであります。そこで二人の出自、その生涯の浮き沈み、人となり、ミネルヴァの賜物〔たる知力〕について記録するのであります。[362] かくしてあなたは、イオルスのホメロスの生涯を記述したかの雄弁の人〔ヘロドトス〕、崇高なるミュカレの息子[363]の好敵手となるのであります。それゆえ、父なるマンソウよ、わたくしは北国の空[364]より使わされた異邦の若輩者ではありますが、〔歴史の女神（ムーサ）〕クレイオー[365]と偉大なるポイボスの名においてあなたの健康と長寿とを祈りまつるものであります。善良なるあなたは、最果ての国からやって来た詩女神（ムーサ）を侮ることはなさるまい。[366] 彼女は凍てついた熊〔座〕のもとで細々と養育された身でありながら、ごく最近、イタリアの都市から都市へと大胆な飛翔を試みてきたのであります。わたくしもまた、故国（ふるさと）の川で、夜半（よわ）の闇（やみ）の影で、白鳥（しらとり）が歌うのを確かに聞いたように思うのであります。そこでは白銀（しろがね）のテムズが房なす翡翠（みどり）の髪を、輝く壺から解き流し、大海のさか巻く渦へと押し広げるのであります。ほうら、われらがティテュロス〔チョーサー〕[367]もあなたのお国を訪ねているのですぞ。

だが、七つ星の馬車が耕す、[368] かの土地で、いくたもの長き夜、霜枯れの牛飼い〔座〕に耐えねばならぬとはいえ、われわれはけして無教養でもないし、ポイボスの務めをはたせぬわけでもありません。あなたがたと同様、われわれもポイボスを礼拝いたします。黄金（こがね）色の麦の穂や、幾籠（いくかご）もの炎（ほのお）の色（いろ）の林檎、そして（古（いにしえ）の習わしが単なる絵空事でないなら）芳（かぐわ）

---

362 マンソウがタッソーの伝記を著したことは知られているが、マリーノの伝記に関してはその他の証拠は示されていない。

363 ミュカレ (Mycale) 岬は、ヘロドトスの生地ハリカルナッソス北部に位置する。

364 「北の」(Hayperborean) は、イングランドの方角をさす。Cf.「11 月 5 日に寄せて」(95)、『楽園の喪失』(9. 44–45)。

365 Cf.「父にあてて」(14, 64)。

366 Cf.「サルツィリ殿にあてて」(11–14)。

367 Cf. スペンサーは、『羊飼いの暦』「2 月」(92)、「6 月」(81)、「12 月」(4) で、チョーサーを謳っている。

368 「七つ星」(Trione) は、北天にある大熊座の七つの星、北斗七星のこと。Cf.「イーリー主教殿の死に寄せて」(51)。

しきクロッカス、また、選りすぐりのドゥルイド[369]の合唱歌をポイボスの祭壇に捧てきたのであります。由緒あるドゥルイドの人びとは、神がみの儀式に精通し、英雄たちとその範例たる功績を賞賛えて唱詠うのを常としておりました。それゆえ、ギリシアの乙女たちが祝日の習わしとして、草深きデロスの神殿で、[370]祝歌を唱詠いながら、祭壇の回りをめぐり踊るときはいつも、幸いなる詩歌はコルリネウス[371]の娘ロクソ[372]や予言をするウピス、そして金髪のヘカエルゲ――はだけた胸をカレドニア産の大青で染めた乙女たち――を寿ぐのであります。

幸運なる翁よ！[373]

トルクアートの栄光と力強きその名が賞賛えられるところ、[374]また、不滅のマリーノの栄誉がとどろき渡るところならいずこなりと、かならずや、あなたの名と誉れとが、ともに人びとの口の端にのぼるでありましょうぞ。そして、二人にいささかの遅れをとることもなく、あなたもまた迅速に不滅への道を飛翔するのであります。聞くところでは、アポロン[375]みずからがあなたの家を住まいと定め、その扉には詩女神たちが、しもべのごとくにおりきたったという。しかしながら、そのアポロンも天から追放されたとき、[376]いやいやアドメートスの農場を訪れたのでありました。アドメートスといえば、かつて、かのアルケイデス〔ヘラクレス〕[377]をも客人として迎えたほどの国王でありますのに。農夫らの喧騒を避けたいと望んだアポロンは、ペネウス河畔の湿潤なる草地のはざま、緑なす木影の、優しきケイロン[378]の住まう

---

369 ドゥルイドは、ガリアやブリテン島に定着した古代ケルト人の宗教である。ドゥルイドと呼ばれる神官を中心に、占いや天文の知識、聖樹崇拝を重視し、霊魂不滅、輪廻の教義を説いた。神官は、祭司であり詩人でもあった。Cf.「リシダス」(53)。

370 デロスは、詩神ポイボスおよびその姉妹ディアナの聖地。

371 「コルリネウス」(Corineïda) は、ブリテン島の伝説上の英雄である。巨人ゴエマゴットを倒して、その支配地イングランド南西部を手に入れた。ここでは、英国を指して用いられている。コルリネウスとロクソの父娘関係は、ミルトンの独創とみなされている。

372 ロクソ及びウピス、ヘカエルゲは、いずれもディアナの別称である。カリマコスによれば、上記の女神たちが、北地よりデロス島に恩恵をもたらした (*Hymn to Delos* 291–4)。

373 Cf. ウェルギリウス『牧歌』(1. 46)。

374 トルクアート・タッソーのこと。Cf.「マンソウ」(headnote)、「同じ歌姫にあてて〔一〕」(1)。

375 「アポロン」の原語は “Cynthius” で、彼の生地であるデロス島のキュンティオス山に由来する別称。

376 アポロンの追放（天を追われ、テッサリア地方南東部の町ペライを治めるアドメートス王に仕えた）に関する逸話は、ピンダロス『ピュティア祝勝歌』(9. 112–14) およびアポロドーロス『ギリシア神話』(3. 10. 4) を参照のこと。

377 アドメートスによるヘラクレス歓待に関する逸話は、エウリピデス『アルケスティス』を参照のこと。Cf.「ソネット（二三）」(“Arcestis” 2)。

名高き洞窟を隠れ家としたのであります。そして、盟友の柔和なる願いを聞きいれ、ひいらぎの木蔭で木琴の音に合わせて詩歌唱詠い、おのが憂き身のなぐさめとしたのであります。すると，岸辺も巌もうち震え、トラキースの断崖〔オイテー山〕も調べに合わせて頭を揺らし、背に負う巨大な森の木ぎさえ、もはや、重荷とは感じなかったのであります。妙なる調べに聞きほれて、動き出した木ぎは尾根を走りおり、斑のあるヤマネコたちは牙爪をそっと隠すのでありました。神がみの寵児たる翁よ！　この世に生をうけたその時から、あなたは大神ユピテルに気に入られ、ポイボスとアトラスの孫[379]の光を一身に浴びて育ったにちがいない。と申すのも、誕生の時から天の神がみの慈しみを受ける者だけが、偉大なる詩人と交友を結ぶ機会に恵まれるのであります。それゆえ、あなたの老境は、なお常春の花と緑に彩られ、頑健で活力に満ち、アイソン[380]のつむを集積しているのであります。容貌は衰えず、精気に溢れ、精神には力が漲っているのであります。

わが人生にあなたのごとき盟友が授かるようにと祈りまつる！　ポイボスの使徒に、栄誉を与えることの重大さを熟知している盟友が授かりますように！　かりにわたくしが、わが国の王たちと黄泉の国で戦うアーサー王とを詩歌のなかに呼びもどし、円卓に集う雅量な英雄たち――その堅き盟約のゆえに無敵の強さを誇った騎士たち――について語り、[381]（ああ、精神よ、わがもとにあれかし！）ブリトンのマルスの指揮のもとでサクソンの密集軍団を粉砕することになるとしたら！　そして，わたくしが詩歌の道に邁進して年齢を重ね、ついに最期を迎えるとき、ついに土塊にもどるとき、涙を浮かべてかたわらに立つ盟友に「後はよろしく」といえたなら、もはや思い残すことはないでありましょう。青白い死がわたくしから力をぬき去ったとき、わたくしの身体がそっと小壺におさめられるよう、盟友はとりはからってくれるのであります。盟友はわたくしの顔を大理石に彫り刻ませ、髪をパポス産のぎんばいか[382]とパルナッサス山の月桂樹[383]の冠でかざってくれるかもしれません。すると、

378　ホメロスは、ケイロンを “the most righteous of the centaurs” (*Il*. 11. 831) と称賛した。アポロンは、自身の息子アイスクラピオスの養育をケイロンに託した (*Met*. 2. 630)。

379　ゼウスとアトラスの娘マイアの子、ヘルメスのこと。竪琴の発明者。

380　アイソンは一度死すも、テッサリアの薬草を用いて生き返った。Cf.「第二エレゲイア」(8)。

381　Cf.『楽園の喪失』(1. 581)、「ダモンの墓碑銘」(162–71)。ミルトンは、当初、叙事詩の主題としてアーサー王に関する物語を考えていた。

382　パポスはウェヌスの聖地。ぎんばいか (Myrti) は、白く芳香のある花を咲かせ、愛の象徴として古くウェヌスの神木と見なされた。Cf.『楽園の喪失』(4. 262)。

383　パルナッソスは詩女神の住みかの一つで、月桂樹は詩神ポイボスの聖木。Cf.「第四エレゲイア」(29–32)、「第五エレゲイア」(13)。

わたくしは──信仰があり、正しきものに褒美があたえられるものなら──勤労と、まじりけなき精神と熱意に満ちた徳の導くところ、はるかかなたの、天上に住まう神がみの、天空のふるさとの、運命にふりあてられた、どこかかなたの一角(ひとすみ)から、地上とそこで行われるできごとを見おろすことでありましょう。精神(こころ)は穏やかに澄みきり、ばら色に光り輝く顔には微笑(ほほえみ)を浮かべて、わたくしは天上のオリムポスで自分に祝詞を述べるでありましょう。

25. ダモンの墓碑銘（1639 年秋頃）[384]

訳　野呂有子　注作成　金子千香[385]

議論

テュルシスとダモン[386]とは近隣の羊飼い同士で、共通の目的に向かって切磋琢磨し合う竹馬の友であった。テュルシスが異国の地に遊学しているときに、ダモンの死の報せを受け取った。[387] この後、帰国したテュルシスは報せが真実であったと知って、己が身の不運と寂寥(せきりょう)を嘆ち(かこ)、これをこの詩歌(うた)に託した。ダモンとはチャールズ・ディオダティを指す。父方はルッカのトスカーナを出自としているが、それ以外はあらゆる点において生粋のイングランド人そのものであった。ダモンは生前、天賦の才に恵まれ、学問に秀で、およそ範例となるあらゆる種類の才能に恵まれた若者であった。

ヒメイラ[388]の妖精(ニンフ)よ、そなたは長い間、人びとの哀悼のまとであったダプニス[389]とヒュラー

---

384 本詩は一般に牧歌的哀悼詩 (pastoral elegy) と呼ばれることが多いが、叙事詩の韻律である長短短六歩脚 (dactylic hexameter) で歌われている。本訳書「解説」も参照されたい。

385 本訳詩は『東京成徳短期大学 紀要』第 28 号 (1995) 所収の英語論文 “Milton's *Epitaphium Damonis*: Two Views of its Principles of De-Pastoralization” (pp. 105–29)（D. L. Blanken との共同執筆）に付した野呂有子の訳 (pp. 124–29) を転載したものである。なお、この度の再版に際し、註加筆あり。

386 ここで、テュルシスはミルトン自身、ダモンはミルトンの親友チャールズ・ディオダティ（Cf.「第一エレゲイア」）を指す。

387 ディオダティは、1638 年に没し、その年の 8 月 27 日にロンドンの聖アン・ブラックフライヤーズ教会に埋葬された。ミルトンは、大陸旅行の最中に友の訃報に接したと言われ、帰国後、彼の追悼歌である本詩を創作した。テオクリトス、ビオン、モスコスをはじめとするギリシアのエレゲイアや田園詩の伝統に倣い、さらにウェルギリウス『牧歌』の詩句を反響(リフレイン)させつつ、次第に「脱牧歌」(“de-pastoralization”) を目指す構図をとる。ちなみに “de-pastoralization” は、野呂による造語である。詳細は “Milton's *Epitaphium Damonis*” を参照のこと。

388 ヒメイラは、シシリー島北岸の古代ギリシアの植民市。

ス、[390] そしてビオン[391]の悲しき運命の記憶もまだ新たにしていよう。さあ、テムズ河畔の町まちを巡り、シシリアの詩歌を詠唱うがよい。悲嘆にくれるテュルシスの呻吟する様を詠唱うがよい。時満たずして奪い取られたダモンを偲ぶテュルシスの絶え間なき嘆きの声は、洞窟や小川、迷走するせせらぎや森影の谷間の静謐をかき乱す。かれは寂寞たる草地を彷徨い、夜の間隙を嘆きの声で埋め尽くす。最期の時が一吹きでダモンを黄泉の影の中へなぎ倒してからは、すでに二度、茎は種から緑のノギを突き出し、穀倉地帯は黄金の収穫を二度数えたが、[392] それでもなおテュルシスはダモンの死を嘆っていた。詩女神の甘美なる愛がテュルシスをトスカーナの町[393]に留めた。しかし、異郷の地で十分見聞を広めたとき、故郷に残した羊の群れへの思いが彼を呼び戻した。テュルシスは慣れ親しんだ楡の木蔭に座った。そして……、そしてついに、親友を亡くした痛みを感じ、以下のことばをもって、大きな悲嘆の重荷を憂いた。

子羊たちよ、満たされぬままに戻るがよい。[394] 主人は悲嘆の余り、なんじらを慮る余裕がないのだ。〔リフレイン 1〕[395] ああ、ダモンよ、呵責なき死がいまそなたを掴み取ってしまったからには、いったい天と地のいかなる力を神性と呼べようか？　こんなふうにして、そなたはわたくしを置き去りにするのか？　そなたの徳は跡形もなく消えうせ、名もなき死者と混ざり合ってしまうのか。いや、断じてそうはさせまい！　黄金の杖を振るって死者の位置を定めるあの方[396]がそのようなことをお許しにならぬように、と祈り奉る。あのお方が相応しき仲間たちのもとへとそなたを導いて下さるように、そして、その名が再び聞かれることもない価

---

389 ダプニスはシシリー島の羊飼いで、その美貌から周囲の寵愛を得た。テオクリトス『牧歌』第一歌によれば、アプロディテの怒りを受けて死に、神々やニンフ、野の獣たちまでがその死を悲しんだ。

390 ヒュラースはテッサリアの王子。ニンフたちにその美貌をみそめられ、水中に攫われた。Cf.『楽園の回復』(2. 353)。

391 ビオンは、前 100 年頃活躍したギリシアの牧歌詩人。テオクリトスを模倣した『牧歌』(*Bukolika*) を著した。

392 9～11 行目は、1638 年 8 月のディオダティの死から数えて、春と夏が二度過ぎたことを意味する。これにより本詩は、1639 年夏以降の作品と推測される。

393 トスカーナの町とはフィレンツェのこと。ミルトンは、1639 年 3 月から 4 月にかけてこの町で過ごした。

394 この詩句 (“Ite domum impasti, domino iam non vacat, agni”) は本詩において 17 回繰り返される。ウェルギリウスの “Ite domum pasti, siquis pudor, ite iuvenci” (*Eclogue* 7. 44) を踏まえている。

395 読みやすさを考慮して各リフレインの直後に〔リフレイン番号〕を付した。

396 死者の魂の先導者メルキュリウスのこと。Cf.『アエネーイス』(4. 242–5)。

値なき者どもを押さえ制するようにと。

子羊たちよ、満たされぬままに戻るがよい。主人は悲嘆の余り、なんじらを慮る余裕がないのだ。〔リフレイン 2〕 何が起ころうとも、これだけは確かぞ。わたくしが初めに狼に見つからなければ、[397] そなたが哀悼のことばもかけられずに、崩おれて塵になることはけっしてあるまい。そなた亡き後も栄誉は残るであろう。これからの長い年月、そなたの栄誉は羊飼いたちの口の端にのぼることであろう。パレース[398]やファウヌス[399]が田舎を愛で続けるかぎり、羊飼いたちは、ダプニスにのみ嗣ぐ者としてそなたに誓いを立て、[400] ダプニスの賞賛にのみ嗣ぐ賞賛をそなたに与えて詩歌詠唱うのを喜びとするであろう。人間が父祖たちの信仰を守り、正義を守り、パラス〔・アテナ〕の文芸を磨き、詩人を親友とし続けることが無用のことでないなら、かならずや、そうなるはず。

子羊たちよ、満たされぬままに戻るがよい。主人は悲嘆の余り、なんじらを慮る余裕がないのだ。〔リフレイン 3〕 ダモンよ、わが言葉を楽しみにするがよい、これはそなたの報酬なればこそ。だが、これからわたくしはどうなるのか？　いったいだれが、かつてのそなたのごとく忠実なる親友として、わが傍らに侍ってくれるというのか。霜枯れの冬の日も、旱魃の夏の日も、われらの務めが、成熟したライオンの後を付けて行くことにせよ、高き羊檻から飢えた狼を追い払うことにせよ。[401] いま、だれが昼の労働の時間を、語らいと詩歌とで慰めてくれるというのか？

子羊たちよ、満たされぬままに戻るがよい。主人は悲嘆の余り、なんじらを慮る余裕がないのだ。〔リフレイン 4〕 わが心をだれに打ち明ければよいのか。子羊の世話を思いわずらわぬよう、長き夜の憂さを快き会話で紛らわすようだれが教えてくれるのか？　心暖まる火の前で熟れた梨がぐつぐつと煮え、炉辺では木の実がはじけ、屋外では荒あらしい南風がすべてを吹きとばし、楡の梢を轟ごうと吹きぬけるときに。

---

397 人間が狼に気が付く前に、狼の視界に入ってしまった場合、その人間は盲目となると言われている (*Eclogue* 9. 53)。

398 パレースは牧羊の女神。Cf.『楽園の喪失』(9. 393)。

399 ファウヌスは古い森の神で、牧畜・収穫の守護神。ギリシア神話の牧神パンと同一視される。Cf.「サルツィリ殿にあてて」(27)、「第五エレゲイア」(127)。

400 ダプニスはシシリー島の羊飼い。30～32 行目は『牧歌』(5. 76–80) を参照のこと。

401 Cf.「リシダス」(128–9)。

子羊たちよ、満たされぬままに戻るがよい。主人（おさ）は悲嘆の余り、なんじらを慮（おもんぱか）る余裕がないのだ。〔リフレイン 5〕また、夏の日の真昼に樫の木蔭に隠れて牧神（パン）が眠り、[402] ニンフたちが水底の住処に戻り、羊飼いたちが日差しを避け、野良で働くものたちが生垣の下で鼾（いびき）をかくとき、そなたの話の魅力を再びもたらしてくれるのはだれか。その笑い声、そのアッティカ風の機知の閃（ひらめ）き、[403] 洗練されたユーモアをだれが再びもたらしてくれるというのか。

子羊たちよ、満たされぬままに戻るがよい。主人（おさ）は悲嘆の余り、なんじらを慮（おもんぱか）る余裕がないのだ。〔リフレイン 6〕しかしいま、わたくしはただひとり牧草地や牧場を彷徨（さまよ）い、枝影が濃く暗い谷間で夕暮れを待つ。頭上には、風の吹きすさぶ森の、休息（やすみ）なき薄明りの中で雨まじりの東南風が悲しみの音をたてる。

子羊たちよ、満たされぬままに戻るがよい。主人（おさ）は悲嘆の余り、なんじらを慮（おもんぱか）る余裕がないのだ。〔リフレイン 7〕ああ、かつては、刈り込まれていたわが牧草地も、はびこった雑草でなんとむせかえっていることか！　背の高い穀物さえうどん粉病でぶよぶよになり、支え手のないぶどうの蔓は朽ち果て、[404] たわわになった実は摘む人もなく打ち捨てられ、ぎんばいかの木立も侘しい。自分の子羊の群れにさえ倦んだわたくしに、子羊たちは咎（とが）めの眼差しを向ける。

子羊たちよ、満たされぬままに戻るがよい。主人（おさ）は悲嘆の余り、なんじらを慮（おもんぱか）る余裕がないのだ。〔リフレイン 8〕テトラス[405]が榛（はしばみ）の木へとわたくしを誘い、アルペシボエトがトネリコの木へ、アエーゴーンが柳の木へ、愛らしきアミュミンタスが流れへとわたくしを呼んでいる──「ここに清澄な泉が湧いている」、「ここは芝におおわれている」、「ここはそよ風がふいている」、「ここでは野いちごがせせらぎとささやきかわしている。」かれらの歌声もわたくしの耳には届かない。わたくしはかろうじて茂みにたどりつき、身を隠す。

402　牧神（パン）の昼寝に関して、テオクリトス『牧歌』(1. 15–17) を参照のこと。Cf.「第五エレゲイア」(125)。

403　「アッティカ風の機知の閃き」(Cecropiosque sales) の英訳にあたる “Attic salt” は、上品な笑いを意味する定型句。

404　ぶどう蔦が木に巻き付き生育することから、古来よりぶどう蔦は木と「結婚している」(wedded) と表現する。ホラティウスはこれを茶化して、ぶどう蔦の巻き付いていない木を「独身者」(*Odes* 2. 15. 4) や「未亡人」(*Odes* 4. 5. 30) と呼んでいる。Cf.『楽園の喪失』(5. 215–19)。

405　テトラス、アミュミンタス、アエーゴーンはそれぞれテオクリトス『牧歌』に登場する牛飼いである。ミルトンはここにアルペシボエトを加えている。

子羊たちよ、満たされぬままに戻るがよい。主人(おさ)は悲嘆の余り、なんじらを慮(おもんばか)る余裕がないのだ。〔リフレイン 9〕星を読み、鳥のことばを解するモプソス[406]もわたくしが走りさるのを見とがめて声をかけた――「なにが起こったのだ、テュルシスよ？　なんという憂鬱(メランコリー)の発作がそなたを苦しめているのか？　恋のためにやつれはてたか、なにか有害な星の虜(とりこ)となってしまったのか。土星(サターン)[407]はしばしば羊飼いの破滅のもととなってきた。その斜めの鉛の矢で羊飼いたちの心の臓(ぞう)を射抜くのだ。」

子羊たちよ、満たされぬままに戻るがよい。主人(おさ)は悲嘆の余り、なんじらを慮(おもんばか)る余裕がないのだ。〔リフレイン 10〕ニンフたちは驚き叫ぶ「なにがあったの、テュルシス？　いったいどういうことなの？　若者の額はふつうそのように曇りはしない。若者の瞳や眼差しはそのように厳しくはない。若者の特権は歌と陽気な騒ぎと、遊戯と恋愛にこそあり、いつも恋をするもの。年老いて恋する者は悲嘆も二重になってしまう。」

子羊たちよ、満たされぬままに戻るがよい。主人(おさ)は悲嘆の余り、なんじらを慮(おもんばか)る余裕がないのだ。〔リフレイン 11〕ヒュアース[408]がやって来る、そしてドリュオペー、バウキスの娘アエグレ（賢しき楽人、竪琴(リュート)の名手であるが、その高慢さにより低められる)、イドゥマニアの川岸に住むクローリスがやって来る。[409]　いずれにも心魅かれず、どのような言葉も慰めとはならぬ。かれらにできることはなく、未来の希望もわたくしにはなんの意味ももたぬ。

子羊たちよ、満たされぬままに戻るがよい。主人(おさ)は悲嘆の余り、なんじらを慮(おもんばか)る余裕がないのだ。〔リフレイン 12〕牧草地を跳ねまわる若い雄牛たちは互いになんと似て見えることか。かれらは皆が親しく心はひとつ。群の中から一頭を選び特別の友とすることはない。狼も同じ。群をなして獲物を追う。毛深き野生のロバは交互につがう。海の法(おきて)も同じ。プローテウス[410]は荒漠たる岸辺で一群のアザラシを数える。鳥の中でもっとも卑しき雀(すずめ)はいつもすべての麦藁山(むぎわらやま)の回りを伴(つれ)と楽しげに飛びかう。そしてたまたま死が伴(つれ)を奪い去るな

406　モプソスはアポロンの子で、鳥のことばを解する予言者。

407　土星は古来、疫病の兆しとされた。また錬金術では、この語は鉛を意味する。Cf. チョーサー「騎士の物語」(2467–2469)。Cf.「沈思の人」(43)。

408　ヒュアース、ドリュオペー、バウキス、アエグレ、クロリースはそれぞれ『転身物語』(8. 630–724) に登場する。

409　ホラティウス『オード』(3. 9) に登場するトラキアのクローリスを参照のこと。クローリスもアエグレ同様に、竪琴の名手。

410　プローテウスは海獣の番人で、スペンサーは彼を "Shepherd of the Sea" と呼んでいる (*F.*

ら、また、鉤づめのくちばしの鳶がそののどを切り裂いたり、農夫が弓矢で伴を地上に射落とすなら、そのときその場でかれは飛び去り、ともに飛び回るために別の伴を捜す。だが、われら人間とは難しき種。過酷な運命にもてあそばれる。心は通い合わず、精神は響き合わぬ。ひとりの人間がいく千もの仲間の内からただひとりの霊魂の通い合う伴侶を捜しあてるのは至難の業。かりにわれらの祈りにほだされて運命がひとりの者を与えてくれたとしても、予想だにせぬ日、望みもせぬ時間がかれを奪い去り、後に残るは永遠の空虚。

子羊たちよ、満たされぬままに戻るがよい。主人は悲嘆の余り、なんじらを慮る余裕がないのだ。〔リフレイン13〕ああ、なんという流浪への衝動が、アルプスの雪を頂いた天の峰みねを越えて、異郷の岸辺までわたくしを駆り立てたのか。埋もれたローマを見ることはわたくしにとってそれほどまでに重大なことであったろうか。たとえローマが、あたかもティテュロス〔ウェルギリウス〕その人が羊の群と牧場とを打ち捨てて見にいったその時のままに見えたとても。かくも甘美なる友との語らいをうち捨て、かくも多くの山や森、岩や急流が二人を遠避けるのも止むなしとするほどにまで重要なことであったろうか。ああ、せめて、臨終のそなたの手を握り、やさしくそなたの瞼を閉じて、安らかに死を迎えさせ、「さらば、星ぼしへと飛翔しつつもわたくしを忘れることのなきように」といえていたなら！

子羊たちよ、満たされぬままに戻るがよい。主人は悲嘆の余り、なんじらを慮る余裕がないのだ。〔リフレイン14〕だが、トスカーナの羊飼いたちよ、詩女神に仕えるそなたたち若人を思い起こすにつけても、悔やみはしまい。優美と風雅とがそなたたちとともに住まわっていた。ダモンよ、そなたもまたトスカーナ人、古の都ルッカの出自。おお、涼やかなアルノーのせせらぎのほとり、[411] ポプラの木蔭の芝草にねころび、菫やぎんばいかを摘み取り、メナクラスとリシダスの詩歌比べに耳傾けながら、[412] なんと誇らしく感じたことか。わたくしは大胆にも詩歌比べに加わり、なかなかの評判を勝ち得ることができた。なぜならいまでもわたくしは、そなたらからの贈り物、[413] 灯心草の籠や柳の籠、蜜蝋で留めた笛をもっている

Q. 3. 8. 30. 1)。Cf.「第三エレゲイア」(26)、『楽園の喪失』(3. 604)。

411 1638年9月10日付 Benedict Bonmatthei 宛ての書簡で、ミルトンは、アルノー川流れる、フィレンツェ郊外の古都フィエーゾレに言及している。

412 テオクリトス『牧歌』第七歌に描かれるマエケナスの詩歌の競演にたとえて、ミルトンは、フィレンツェの the Gaddian Academy について述べている。

413 この贈り物は本、もしくは『1645年版詩集』「賛辞」に掲げられている Antonio Francini より贈られたオードのような詩歌であると考えられている。

から。それればかりか、高名な詩人にして学者たるリディア[414]生まれのダティとフランチーニは故郷のぶなの木ぎをわたくしの名で鳴り響かせたのであった。

子羊たちよ、満たされぬままに戻るがよい。主人(おさ)は悲嘆の余り、なんじらを慮(おもんばか)る余裕がないのだ。〔リフレイン 15〕ひとり心安らかにわが柔和なる子羊たちを編み枝の囲いに追い込みながら、露帯びた月がこれらのことばをわたくしにささやいたものであった。ああ、なんとしばしばわたくしは言ったことか、（じっさいには黒き死の灰がそなたを浚(さら)っていったときに、）「いま、ダモンは歌っているか、野うさぎを捕らえる網を広げているか、さまざまに用だてるために柳の籠を編んでいる」と。つゆほども疑うことなく、かくも待ち望む将来の光景をおお急ぎで捕まえ、現在のこととして想像していた。「やあ、ここにいたの！　なにをしているの？　用事がなければ、コウルニーの流れ[415]のほとりか、カッシベラウノス[416]の地所の碁盤模様(チェッカー)の木蔭に行き、少しのあいだ横になろう。そしてそなたは、薬草と香料の調合リストに目を通せばよい。[417] ヘレボア、慎ましきクロッカス、水仙の葉、沼地に生えるすべての薬草(ハーブ)とあらゆる医術を。おお！　すべての医学の業は、その主人を救えなかったのであるから、死滅してしまえばよい。そしてわたくしは、この十一夜と一日の間、わが牧笛の吹き鳴らしていたのが、どのように気高い詩歌(うた)の調べであったかを知らない。そして、たまたまわたくしが新しい牧笛にくちびるをあてたとき、もはや荘重なる調べに耐ええず、[418] 留め具ははずれ、ばらばらになった。頭が虚ろになるのではないかとわたくしは恐れる。だがそれでも、わたくしはかの詩歌(うた)について語ろう。[419] 森よ、道を開けるがよい。[420]

子羊たちよ、満たされぬままに戻るがよい。主人(おさ)は悲嘆の余り、なんじらを慮(おもんばか)る余裕がないのだ。〔リフレイン 16〕わたくしはトロイアの船の竜骨がケントの港から海の波を切って進むさまを語ろう。パンダロスの娘・イノジーンの古の王国、国王ブレナスとアーヴィレッジ、古(いにしえ)のベリナス、アルモリカ〔ブリタニー〕への植民者――ついにはイングランドの法に従属

414 リディア人は、エトルリア山脈に住む、戦の誉高い民族 (*Aen*. 8. 479)。
415 コウルニー川は、ケンブリッジで修士課程をおさめた後ミルトンが隠棲していたホートンの近くを流れる。
416 カッシベラウノスは、カエサルの第二回ブリテン島侵入に抗して戦ったブリトン人の王。
417 ディオダティは、医師の家庭に生まれ、オクスフォードで医学を修めた。
418 詩の分野において、叙事詩は悲劇と共に最高位に位置づけられ、牧歌より高次の文学形式とみなされている。Cf.「リシダス」(87)。
419 ミルトンが将来創作すると考える叙事詩の主題に関する言及。Cf.「マンソウ」(78–84)。
420 Cf.「リシダス」(195)。

した者たち、そして、致死の謀略に陥りアーサー王を身籠ったイグレイン、ゴルロイスの容貌と武具とを偽造したマーリンの背信[421]について語ろう。ああ、わたくしに余命があるなら、わが牧笛よ、そなたは遥か彼方の老松の枝にかかったまま忘れ去られることだろう。[422] さもなくば、故国の詩女神の手で姿を変えられ、イングランドの主題を奏でることになるかもしれぬ。だが、結局のところ、一人の人間にすべてが可能なわけはなく、そう望むことさえかなわぬ。かりに外の世界には永遠に栄誉もなく、無名のままであるとしても、黄金の髪のウーズ[423]や、アラン川と渦巻くハンバーの流れから水を飲む者が、そしてトレントのほとりのすべての森が、なにはさておき、わが故郷のテムズの流れと、鉱物を含んで変色したタマーの流れが、[424] わが詩歌を朗詠うなら、また、遙けきオークニーの島じまがわが詩歌を知るなら、わたくしは充分に報われ、こよなき栄誉としよう。

子羊たちよ、満たされぬままに戻るがよい。主人は悲嘆の余り、なんじらを慮る余裕がないのだ。〔リフレイン 17〕 これらのことすべてを、わたくしはそなたのために堅固な月桂樹の皮に包んでおこう。これらと、より多くのものと、そしてマンソウ[425]から送られた二つの杯を。[426] マンソウはカルキディア[427]の岸辺のこよなき名誉。杯はたぐい稀なる作品にしてマンソウはたぐい稀なる人。その回りには二重の主題が彫り込まれている。中央には紅海の波紋と香り馥郁たる春、アラビアの幅広の岸辺や芳香樹脂したたる森が描かれている。そこには地上にただ一羽のみの神鳥・不死鳥が色様ざまな羽を広げ緑青色の輝きを放ち、暁の女神が透明の海から立ち上がるのを眺めている。模様の別の部分には無限の空と偉大なるオリンポスが描かれ、ここには――だれが予想したであろうか――雲に取り巻かれて輝く色の矢筒と、きらめく武器、松明と青銅に輝く矢を持ったクピドー[428]がいる。その高みからかれは烏合の衆の卑俗な霊魂や卑しき心を狙うことはない。燃える目で隈なくあたりを見

421　ウーサー・ペンドラゴンは、マーリンの魔法によって、イグレインの夫に姿を変えて、王妃と一夜を共にした。その時、イグレインはアーサーを身ごもった。

422　牧笛 (fistula) は、牧歌の象徴。

423　ウーズ川は、イングランド中部・東部を流れ、ウォッシュ湾に注ぐ。

424　タマー渓谷は、かつて鉱石の産出で有名だった。

425　ヴィラの侯爵 Giovan Battista Manso のこと。Cf.「マンソウ」。

426　「二つの杯」は、マンソウから贈られた実際の盃あるいは二冊の詩集を指すと考えられる。

427　カルキディケは、ギリシア北部、エーゲ海に突出する半島。ナポリを指す。Cf.「同じ歌姫にあてて〔二〕」(6)。

428　ここでのクピドーは、プラトンが『饗宴』(180d-182a) で一般的な愛と区別して示した天上の愛を意味する。Cf.『ラドロー城の仮面劇』(1004–11)、『離婚論』(1, 6)。

回し、飽くことなく狙いを定め、いつも上方の天球層に向かって矢を放つ。けっして下方を狙うことはない。これらの矢は神聖な精神と神がみの精髄それ自体を燃え立たせる。そなたもまた神がみに仲間入りする——不確かな希望に惑わされて言うのではない、ダモンよ——そなたは疑いなく神がみの仲間入りをしている。なぜなら、そなたの甘美にして神聖なる無邪気さ、白雪のごとき徳が他のどこへ行くというのか。レーテー[429]のオルクスにそなたを捜し求めるのは誤り、そなたのために嘆くのは見当違いというもの。それゆえわたくしはもう嘆くことはしまい。さらば、涙よ。いまやダモンは純潔なる天空に住んでいる。そなたが純潔なればこそそこに住まうことができる。かれの足は虹をけり、英雄の霊や不滅の神がみに交じって天の息吹を吸い、神聖なくちびるで喜びを飲み干す。いまやそなたは天でしかるべき報酬(むくい)を得ているのであるから、わが傍らに立ち、わたくしを優しく守護せよ。いまやその名がなんと呼ばれようとも。ダモンにせよ、ディオダティ——その神々しい名[430]によりそなたは天の住人に知られているが——を好むにせよ、森の中ではダモンの名を留めるであろう。そなたは慎みのばら色と汚点(しみ)なき若さを愛し、婚姻の床の喜びを味わうことはなかったのであるから、見るがよい、純潔の栄誉(ほまれ)がそなたのためにとってある。[431] 光栄(はえ)あるその頭に輝く王冠(ティアラ)をいただき、[432] 喜ばしく蔭濃き棕櫚の葉を手に持ち、[433] そなたは不滅の婚姻の儀式に永遠に加わるであろう。そこでは法悦(エクスタシー)の内に歌声と竪琴(リラ)の音(ね)が祝福された舞踏(ダンス)と混淆(とけあっ)て、祭の酒宴は天の尺杖(ティルソス)の下で、いま熱狂の渦になる。

---

429 レーテーは、黄泉の国にある忘却の泉。Cf.「11月5日に寄せて」(132)。

430 ディオダティのギリシア語名はTheodoreで、「神の賜物」"gift of God"を意味する。

431「彼らは女によって汚されたことのない人々である。彼らは童貞なのである」(Rev. 14. 4)。

432「大牧者が現れるときに、あなたがたは、しぼむことのない栄光の冠を受けるのです」(1 Peter 5. 4)。

433「しゅろの枝を手に持って」(Rev. 7. 9)、「小羊の婚姻」(Rev. 19. 7)。Cf.「リシダス」(176–7)。

『1673年版詩集』追加掲載のラテン語詩

26. イソップ寓話――農夫と領主[434]（1624年頃？）[435]

農夫は林檎の木から無上の佳味なる果実を、毎年
　収穫し、町に住む主人に選りすぐりの果実を献上した。
主人は、果実の信じられないほどの甘美な味の虜となり
　林檎の木を自らの庭に移植した。
木はこれまで豊かに実っていたが、慣れた土地から移されると
　弱り衰え、たちまち枯れて役に立たなくなった。
ついに主人は〈空しい希望〉に欺かれていたことに気づき、
　自らの破滅の原因となった軽率な手を呪った。
主人曰く「ああ、農夫が敬愛の心を込めた贈り物で
　（たとえ少量だったとて）満足していれば良かったものを！
欲望と貪欲な胃の腑を抑えることができたなら。
　今や、果実もその根源もすべて取り上げられてしまった。」

27. 1646年1月23日付、オクスフォード大学図書館司書ジョン・ラウズ殿にあてて[436]

失われた詩集についての頌詩――再送するように求められたので、公共図書館に他のわが著作たちとともに、再配架されることになるだろう。[437]

---

434 領主の原語は“herus”である。ミルトンは“erus”でなく“herus”のスペリングを採用。

435 本詩作品は、セント・ポール学院在学中に学習課題として創作され、のちに作者ミルトンによる校訂を経て『1673年版詩集』に掲載されたと考えられる。

436 ユリウス暦（旧暦）における1646年1月23日は、グレゴリウス暦（新暦）における1647年2月2日に相当。

437「失われた詩集」は、ミルトンが既出版の散文パンフレットとともに寄贈し、ボードレイアン図書館に所蔵されていた『1645年版詩集』のことである。ミルトンは、本頌詩の手書き原稿を『詩集』のページに挟み、再度、寄贈した。後に、本頌詩は『1673年版詩集』に収録され出版された。手書き原稿は、当該詩集とともに、ボードレイアン図書館に保管されている。

第一連[438]

双子の本[439]は、一つの装丁にくるまれて喜ぶも、
双葉を備えている。
伸びやかに、優雅に輝くは、
かつて若かりし手が
試みたもの、
熱意に満ちた、だが、一人前の詩人の手とはまだ言えない。
あの頃は気ままに、ある時はアウソニア[440]の木蔭に
またある時はブリテンの緑地に憩(いこ)い
人里から遠き地で、世事を離れて、父祖の笛に
耽(ひた)り、同じ気ままさをもって、ダウニア[441]の竪琴で
外(と)つ国の音(ね)をあたりに
響かせ、地に足をつけることはほとんどなかった。

応答詩連

いったいだれが、小さき本よ、そなたをほかの
兄弟たちから、悪意を抱いて引き離したのか?
そなたは、学識ある友の再三の懇願に応じ、
町から発送され
輝く道を進んでいったのか?
〈テムズ〉[442]を、その生誕の地〔オクスフォード〕の、

---

438 strophe と antistrophe は、ギリシア合唱歌 (chorus) や抒情歌 (lyric ode) を構成する歌章を指す。strophe は節／連と呼ばれる。strophe に続く antistrophe は、応答詩節／応答詩連と呼ばれる。これらに続く最終歌章、終結部が epodos である。

439 『1645年版詩集』のタイトルは *The Poems of John Milton, both English and Latin composed at several times* で、前半は英詩群（イタリア語詩を含む）、後半はラテン語詩群（ギリシア語詩を含む）から成る二部構造をなす。

440 アウソニア (Ausonia) はイタリアの古称。

441 ダウニア (Daunia) は、プーリア（イタリア南東部、アドリア海に面する州）のこと。

442 テムズ川は、オクスフォード市を流れ、ロンドンを通って海に注ぐ。

かの青き父なる河をめざして。
そこで見いだされるのは、清らな泉水、
そこは、アオニアの乙女たちの住まう泉、[443] さらには、聖なるテュイアスの巫女[444]の
一団が群れ集う泉、
それは、はかり知れぬ時を経(へ)めぐり、世界中に知れわたっており、
回転する天のもとで、
さよう、永遠(とわ)の栄光を約束されているのだが。

第二連

神か、神より生まれし気高きものが
人間(ひと)の原始の性質を憐れみ
（もしわれらが過去の罪と、臆病ゆえの傲慢さから生じる
卑しき怠惰をしかと償うなら）
忌まわしき内乱(キウィウム・トゥムルトゥス)を取り除き、
聖なるものが、糧となる学問と
座す場なき詩女神(ムーサイ)を呼び戻してくださるように。
詩女神たちは、今やイングランドの全域から追放されたといってよいのだが。
鉤爪でわれらを脅かす
邪悪な鳥(ハルピュイア)[445]を
アポロンの矢で射落とし、
ピネウス[446]の苦しみをペガソスの流れ[447]で拭い去ってくれるようにと祈りまつる。

---

443 アオニアの泉はヘリコン山のふもとにある詩的霊泉。アオニアの乙女は芸術の九柱女神ムーサイを指す。

444 テュイアス (Thyias) は酒神バッカスの祭りに参加して乱飲乱舞する女。

445 ハルピュイア (Harpyiae) は「掠め取る女」を意味し、子どもや魂を盗むとされている。一般に、巻き髪で有翼の女性の姿で表されたり、女性の頭部に鳥の身体と鉤爪のついた脚を備えている姿で表されたりする。

446 ピネウス (Phineius) はトラキアの王で、神の怒りに触れて盲目にされ、食物をハルピュイアに奪われるという罰を受けた。

447 ミルトンはここでテムズ川をペガソスの川と呼んでいる。ペガソスは、宇宙的知識や自然を制御する力を象徴する。つまり、ミルトンはテムズの水源に近いオクスフォードを精神の力の根源とみなしていると考えられる。

応答詩連

小さき本よ、使者の邪(よこしま)な心、
あるいは怠慢によってかは知らないが、
一度(ひとたび)、兄弟の一団を離れ、彷徨(さまよ)っている。
そなたをいかなる洞穴が、あるいは、
いかなる潜窟が捕らえていようと、その場所へ、卑しく
節くれだった手の下品な商人によって盗まれていったのだろう。
喜べ、幸いなる者よ、見よ、再び
新たな希望が輝き出ずる。深き〔忘却の湖〕レテを
逃れ、ユピテルの至高の宮へ
翼を櫂のように漕ぎつつ、運ばれるだろう。

第三連

というのも、ラウズ殿が、そなたをわがものにと
所望している。正当な権利を有する蔵書に
約束されたはずのそなたの不在を嘆き、
そなたの帰還を求めている。その方の保護は
人類の偉大な記念碑(モニュメンタ)に与えられる。
そなたを聖なる内殿に
取り戻したいと望まれている。不滅の作品の
信頼厚き管理人、財宝の審問官(クラエストル)ご自身が
司る聖域ぞ。その財宝は
イオン[448]——〔アテナイ王〕エレクテウスの誉れ高き子孫——が
父なる神〔アポロン〕の豪華絢爛たる神殿で
管理する財宝よりも貴重である。

---

448 イオン (Ion) は、アテナイ王エレクテウスの娘クレウサとアポロンの子。アポロンを奉るデルポイ神殿で養育された。

黄金（こがね）の祭　壇（トライポッド）[449]とデルポイの進物（しんもつ）を
管理する者こそ、イオン──アクテ[450]のクレウサの息子──なり。

応答詩連

だから、見に行（ゆ）こう。
詩女神（ムーサイ）の喜悦（よろこび）の森を、
再訪しよう、詩神（ポイボス）の聖地を、
オクスフォードの谷を──詩神が〔生地〕デロスと
〔聖地〕双峰（ふたみね）のパルナッソスに劣らず尊び、
住まうところを。
さあ行こう、誉高き
そなたは比類なき運命をも手にし、
幸運な友の請願の祈りに応じて、飛び立つのだから。
そこで、そなたは、名高き創作者（オウクトールム）、
ギリシアとラテンの人々の古（いにしえ）の光明と真（まこと）の栄光のなかで
読まれることになるだろう。

最終連

ついに、わが勤労も無駄とならずにすんだ、
たとえわが知性が不十分な実りしかもたらさぬものであったとしても。
いま、遅くなりはしたが、わたくしは命じよう。嫉（そね）みから
解放され、安寧と、至福の座を求めよ、と。
それは善きヘルメス[451]と、

449 デルポイの巫女が、坐して神託を述べる際に使用した青銅の祭壇をトライポッド (tripod) という。
450 アクテ (Acte) は、アッティカ (Atttica)（アテナイ）の古称。
451 ヘルメス (Hermes) は、神々の使者で商業・科学・奸智・弁舌・窃盗の神。

ラウズ殿の円熟した保護の手から賜った座である
そこには烏合の衆の傲慢な言葉など一切届かず、
堕落した読み手連中も遠く退くことになる。
だが、時代の最先端を行く子孫たちと
より賢明な時代が到来して
物事はより公正に判断されることになるだろう、
偏見なき心があれば。
しからば、〈嫉み（そね）〉は埋葬され、
われらの真価を健全な子孫たちは知ることになるだろう、それも
ラウズ殿のご援助があればこそ。

本頌詩は、三つの連（ストロフェ）と三つの応答詩連（アンティ・ストロフェ）で構成され、最終連（エポード）で締めくられる。だが各連が、詩の韻律や定められた分節（コロン）[452]において、厳密に呼応しているわけではない。このように分節を置いたのは、古典の作詩法に則るというよりもむしろ、読者の理解を促進するためである。いずれにせよ、この類の詩は、より正確に言えば「単律詩（モノ・ストロフェ）」[453]と呼べるだろう。韻律は、作詩法に基づいている (κατα σχεσιν [kata schesin / according to the system]) 場合もあれば、単律 (απολελυμενα [apolelumena / monostrophe]) の場合もある。三格目に長長格を含むパラエコス風詩行が二行ある。[454] これについては、二格目に長長格を含ませるという、同様の試みをカトゥッルス[455]も比較的自由に取り入れている。

---

452 コロンは古典韻律上、主揚音によって結合された2～6詩格からなる詩行のリズムのこと。

453 単律詩は、各連が同一の韻律からなる詩のこと。

454 Phaleucus（パラエコス風詩行）はギリシア・ローマの詩人が用いた詩体。Hendecasyllabics（11音節語詩行）とも呼ばれる。1詩行の第1詩格が、spondee（長長）、第2詩格が dactyl（長短短）、続く3つの trochee（長短）の五格からなる。ギリシア詩人パラエコスが愛用したことで知られる。

455 カトゥッルス (Catullus) はローマの抒情詩人で、ローマの恋愛詩エレゲイア詩の先駆者。

補遺 1: 生前未出版のラテン語詩

28.〔エレゲイア調の歌〕(1620 年頃?)[456]

起きよ、さあ、立ち上がれ！　今こそ、微睡を振り払うとき。
　光が射してきた。眠気を誘う寝床を離れよ。
さあ、〔時の〕番人たる雄鶏よ、歌え。太陽の到来を告げる不眠の鳥が
　己の務めをせよと、みなに招集をかける。
燃ゆるティタン[457]が東の海から頭をもたげ、
　喜びの野に壮麗な輝きを振りまく。
夜の鳥(ダウリス)[458]は樫の木から旋律の美しい歌を謡い、
　育ちの良い雲雀(ひばり)は見事な調べを歌う。
いま、〔一輪の〕野ばらは良き芳香を放ち、
　いま、すみれは甘美に香り、穀物は繁茂する。
見よ、豊作をもたらす〈西風(ゼピュロス)〉の妻〔クロリス〕が野に新緑の衣を
　纏(まと)わせれば、大地は草露にそぼ濡れる。
無精者(ぶしょうもの)よ、柔らかき寝床にいては、このような楽しみを目にすることもなかろう、
　静かな眠りがその疲れた眼に重く圧(の)し掛かるのだから。
そこでは、夢が気怠(けだる)げな微睡に分け入り、
　多くの悲しみがあなたの精神を掻き乱す。
そこでは、すべてを喰らう病の種が芽を出す。
　惰眠を貪る人間(ひと)に何ができようか。
起きよ、さあ、立ち上がれ！　今こそ、微睡を振り払うとき。
　光が射してきた。眠気を誘う寝床を離れよ。

---

456 セント・ポール学院時代、詩人が 15 歳もしくは 16 歳頃の演習作品と考えられている。本詩作品は 1874 年 A. J. Horwood により *The Commonplace Book* とともに発見されたラテン語詩である。紙切れの裏面に、少壮気鋭を主題とした散文と二篇のラテン語詩が書き残されており、そのうちの一篇が本作品である。これはミルトンの生涯を通じて出版されることはなかった。

457 ティタン族の一柱、ヒュペリオン (Hyperion) を指す。ここでは太陽と同一視されている。

458 ダウリスはピロメラに関する伝説の舞台となった場所 (*Met.* 6. 668–74)。ナイチンゲールの詩的別称。

29.〔怠惰な眠り〕（1620 年頃?　未完）[459]

怠惰な〈眠り（ソムヌス）〉は名高き統治者にはふさわしからず、
数多（あまた）の国民を統治するお方には。
老年ダウヌスの武装した息子〔トゥルヌス〕[460]が
紫色[461]の寝椅子（カウチ）に横臥（おうが）している間に、
大胆不敵なエウリュアロスと精力的なニススは
狡猾にも悍（おぞ）ましい〈夜〉の支配のもと
眠りに落ちたルトゥリ族とウォルスキ族の野営地を襲撃した。
かくして虐殺が起こり、身の毛もよだつ叫びが

---

459 本詩作品は、一行が長長 (spondee)、長短短長 (choriambus)、および短長 (iambus) から成る詩形、アスクレピアデス格で書かれている。

460 トゥルヌス (Turnus) はルトゥリ族の王で、イタリアにおけるアエネイアスの宿敵。ある夜、酒に酔って寝ているところを、アエネイアスの従者エウリュアロス (Euryalus) とその盟友ニスス (Nisus) に襲撃され刺殺される (*Aen*. 9. 314–66)。

461 紫は、王権や高位聖職者の権力、真実、正義、節制を象徴する色である (クーパー『世界シンボル辞典』60)。

補遺 2: 散文作品内に認められるラテン語詩

訳　野呂有子

30.『イングランド国民のための第一弁護論』(1651) 中のラテン語詩

サルマシウスに金貨百枚を与えて
このかささぎめにわが国のことばをまくしたてることを教えたのはだれか。
その師と仰ぐはおのが胃袋と金貨百枚、
そは放逐された王のなけなしの財産。
その金が偽りの光を放つなら、
この男、反キリストの名のもとに教皇の
首位権を一吹で吹き飛ばすと豪語したかと思いきや、
枢機卿そこのけの教皇礼賛の音頭取りをしゃしゃりでる。

31.『イングランド国民のための第二弁護論』(1654) 中のラテン語詩〔一〕[462]

ポンティアよ、あのガリア生まれの情夫モアにより孕まされたお前が、
身持ちも気立てもよいことをだれが否定しようか。[463]

32.『イングランド国民のための第二弁護論』中のラテン語詩〔二〕

にしんたちよ、海にすむすべての魚たちよ、
凍てつく海溝（ふち）で冬をすごすものたちよ、

---

462 本詩作品および 31、32 の詩作品の日本語訳は、新井明・野呂有子共訳『イングランド国民のための第一弁護論および第二弁護論』(聖学院大学出版界, 2003) 所収の訳 (pp. 224–25, 352, 361–62) を転載したものである。

463 本詩作品は一部の修正・変更をのぞいてミルトンの創作ではないと言われている (上掲書、p. 463 註 35)。

喜ぶがよいぞ。心寛やかなる騎士、
サルマシウスどのは、なんじらの裸を
紙の衣でくるんでくださるとのおおせぞ！
惜しみなき潤沢なる衣には、
サルマシウスどのの名と戦法と栄誉とが
目にもしるく印刷されて
魚屋の群れるところいずこなりといえど
なんじらは己が身を誇りもし、称賛とて得るやもしれぬ。
衣手にて鼻汁をぬぐう者どもの捕虜となり
その号令のもと棚の上で隊列を組む、
なんじら、サルマシウス卿の臣下たちよ。

補遺 3:『詩集』掲載のギリシア語詩、ギリシア語翻訳詩、英語翻訳詩

33. 肖像画の画家に寄せて (1645 年)

ありのままの本人を目にしたなら、きっと
この肖像画が未熟な画家の手になる作品だと思われるだろう。
友よ、もしこの絵のモデルが解らずにいるなら、
下手な画家の不出来な肖像画を笑ってくれ。

34. 哲学者から王にあてて[464] (1634 年 12 月?)

王よ、もしあなたがわたくし――法を順守し、だれにたいしても過ちを犯してなどいない
――を処刑なさるとすれば、よろしいか、賢者の首をとるのは簡単だが、
あとでご自分の行いに気が付き、愚かにも心から悔やむことになろうぞ。
ご自分で自らの砦の名高き防壁〔たるわたくし〕を壊しておしまいになるのだから。

35. 詩篇第 114 篇　ギリシア語翻訳 (1634)

訳　野呂有子[465]

イスラエルの子らが、栄光あるヤコブの種族が、エジプトの地を――忌むべき、野蛮な言葉を話す地を――去ったとき、まことに、唯一の聖なる民族はユダの息子たちであった、そして、それらの種族を神は強力なる御稜威(みいつ)で統治なさった。

---

464 本詩作品の正式な題は「哲学者は、自分をたまたま身に覚えもない無実の罪で罪人として捕らえ、気にも留めずに死刑に処する王にあてて、死にゆく中で直々にこの詩を送った」となる。ここでは題冒頭の *Philosophus as regem* を訳し、便宜上の題とした。

465 本詩作品の日本語訳は、野呂有子著『詩篇翻訳から『楽園の喪失』へ』(冨山房インターナショナル: 2015) 所収の訳 (pp. 99–100) を転載したものである。

海はそれを見ると、恭順しく、その猛り狂う波を巻き戻し、亡命の民を励ました。神聖なヨルダン〔川〕はその白銀の源泉まで押し戻された。

巨大な山々が自らが力強く跳躍して跳ね回ったが、それはまるで頑健な雄羊たちが花咲く庭で跳ね踊るよう。すべての丘陵は軽く跳ねたがそれはまるで牧神の笛の音に合わせて愛しき母羊の回りで仔羊たちが躍るよう。

おお、恐ろしき、怪物なる海よ、なぜ、そなたは亡命の民を励ましたのか、そなたのその猛り狂う波を巻き戻して？　なぜ、そなた、神聖なるヨルダン〔川〕よ、その白銀の源泉まで押し戻されたのか。

なぜ、巨大な山々自ら力強く跳躍して跳ね回ったのか、まるで頑健な雄羊たちが花咲く庭で跳ね踊るようにして？

おお、すべての丘陵よ、なぜ、そなたたちは軽く跳ねたのか、まるで牧神の笛の音に合わせて愛しき母羊の回りで仔羊たちが踊るよう。

おお、地よ、震撼せよ、そして、主を畏れよ、力強き御業を為すお方を。おお、地よ、神を畏れよ、イサクの子孫から生まれる、高く聖なる、かのお方〔キリスト〕を。

そのお方は、険しい岩山から猛り狂う川々を、雫の沁み出る岩から、絶え間なき泉を流れ出させたお方なのだ。

36. ホラティウス作『歌集』第一巻第五歌　英語翻訳[466]

ラテン詩の韻律は用いず、語と語の対応を考慮し翻訳した。当該言語〔英語〕が許す範囲においてではあるが。

466 セント・ポール学院時代の作品を基に、後年加筆訂正されたと推察される。

いかなる痩躯（そうく）の若人（わこうど）が、馥郁（ふくいく）たる露に濡れ、
心地よき洞窟で薔薇の臥所（ふしど）でそなたに求愛するのか、
　ピュラよ、[467] 誰（た）がためにそなたは
　花輪でその黄金（こがね）の髪を束ねるのか、
まこと慎ましやかなこと、ああ、若人（わこうど）は幾度（いくたび）も
信仰と、心変わりした神々に不平をもらし、暗黒の
　旋風と、つねならぬ嵐に煽（あお）られる海に
　驚愕するだろう。
若人は、すべてが黄金（おうごん）に輝くと無邪気に信じて、今、そなたを享受し、
若人はそなたが、つねに無防備にして、つねに愛らしくあるようにと
　願うもの、媚びへつらう疾風のことなど
　気にもとめずに。幸（さち）うすきものよ
そなたは試みられぬがゆえに、見目麗（うるわ）しい。わが誓いの
絵札に収められたわが身を掲（かか）げたと、聖なる壁が宣誓する。
　そして、濡れてしずく滴（したた）るわが衣は、
　厳格なる海の神に捧げられたと。

「ピュラにあてて」頌詩（オード）第五歌

ホラティウスは、難破船から逃れるがごとくにピュラの誘惑から逃れて、愛に囚われたものの悲惨さを謳う。

〔『1673年版詩集』では、この語句の後に、ホラティウスによるラテン語詩原文が挿入されている〕

467 ピュラ (Pyrrha) は賢明さと善良さの模範となる人物であったので、ゼウスは人類を飲み込む大洪水から彼女とその夫デウカリオンを逃れさせた。

参考文献

I. 作品

【ミルトン、ラテン語詩作品】

※ラテン語詩の原典資料については序論第一節「本訳書について」を、日本語訳については序論第二節「ミルトンのラテン語詩の日本語訳」を参照されたい。

Milton, John. *Complete Poems and Major Prose of John Milton*. Edited by Merritt Y. Hughes, Macmillan, 1957.〔ヒューズ英訳〕

——. *The Complete Poetry of John Milton*. Edited by John T. Shawcross, Dobleday, 1963, rev. 1971.〔ショークロス英訳〕

——. *The Complete Works of John Milton*. Vol. 3, edited by Barbara Kiefer Lewalski and Estelle Haan, Oxford UP, 2014.〔ハーン英訳〕

——. *The Latin Poems of John Milton*. Edited by Walter Mackellar, Yale UP, 1930.

——. *Milton's Lament for Damon and his Other Latin Poems*. Translated by Walter Skeat, Oxford UP, 1935.

——. *Milton's Latin Poems*. Translated by David R. Slavitt, The John Hopkins UP, 2011.

——. *The Poems of John Milton*. Edited by John Carey and Alastair Fowler, Longman, 1968.

——. *The Poetical Works of John Milton*. Vol. 2, edited by Helen Darbishire, Oxford UP, 1955.

——. *The shorter Poems of John Milton Including the Two Latin Elegies and Italian Sonnet to Diodati, and the Epitaphium Damonis Arranged in Chronological Order, with Preface, Introduction, and Notes*. Edited by Andrew J. George, Macmillan, 1898.

——. *The Works of John Milton*. Vol. 1, edited by Frank Allen Patterson et al., Columbia UP, 1931.〔コロンビア版、ナップ英訳〕

——. *A Variorum Commentary on The Poems of John Milton: The Latin and Greek Poems*. Vol. 1, edited by Douglas Bush, Columbia UP, 1970.

More Latin Lyrics from Virgil to Milton. Translated by Helen Waddell, edited by Dame Felicitas Corrigan, W. W. Norton, 1977.

【ミルトン、その他】

Milton, John. *Complete Prose Works of John Milton*. 8 vols, edited by M. Wolf, et al. Yale UP, 1953–82.

——. *Epistolarum Familiarium Liber Unus and Uncollected Letters*. Edited by Estelle Haan, Leuven UP, 2019.

——. *Milton's Familiar Letters*. Edited by John Hall, E. Littell, 1829.

——. *Milton: Private Correspondence and Academic Exercises*. Translated by Phyllis B. Tillyard, introduction and commentary by E. M. W. Tillyard, Cambridge UP, 1932.

——. *The Works of John Milton*. 18 vols, edited by Frank Allen Patterson et al., Columbia UP, 1931–40.

ミルトン，ジョン『英詩全訳集』上・下，宮西光雄訳，金星堂，1983 年.

——.『イングランド国民のための第一弁護論および第二弁護論』新井明，野呂有子訳，聖学院大学出版会，2003.〔散文内に三篇のラテン語詩が含まれる〕

——.『教育論』私市元宏，黒田健二郎訳，未来社，1984.〔『1673 年版詩集』と合本で出版された散文〕

——.『楽園の回復　闘技士サムソン』新井明訳，大修館書店，1982 年.

——.『楽園の喪失』新井明訳，大修館書店，1978 年.

【ギリシア・ローマ文学】

※ギリシア・ローマ文学の各原典テキストおよび英語翻訳は、Loeb Classic Library を参考とした。

※ギリシア・ローマ文学の各日本語翻訳は、西洋古典叢書シリーズ（京都大学学術出版会編）を参考とした。

なお、Loeb Classic Library および西洋古典叢書シリーズには数多くの古典作品が収録されている。各テキスト編纂にご尽力された先達に感謝しつつ、ここではその他の書誌情報と、翻訳本文内の註で言及した西洋古典叢書シリーズの各書誌情報を掲載する。

Horace. *Odes I: Carpe Diem*. Edited by David West. Clarendon Press.

Theocritus. *The idylls of Theocritus*. Edited by R. J. Cholmeley, G. Bell & Sons, Ltd., 1919, rpt., 1930.

——. *The Idylls of Theocritus*. Translated by Thelma Sargent, W. W. Norton & Co. 1982.

アポロドーロス『ギリシア神話』高津春繁訳，岩波書店，1994.

ウェルギリウス『アエネーイス [Aeneis]』岡道夫，高橋宏幸訳，京都大学学術出版会，2001.

——.『牧歌 [Eclogae] ／農耕詩 [Georgica]』小川正廣訳，京都大学学術出版会，2004.

エウリピデス「メデイア [Medeia]」『エウリピデス 悲劇全集 1』丹下和彦訳，京都大学学術出版会，2012，pp. 91–202.

オウィディウス『悲しみの歌 [Tristia] ／黒海からの手紙 [Epistulae ex Ponto]』木村健治訳，京都大学学術出版会，1998.

——.『祭暦 [Festi]』高橋宏幸訳，国文社，1994.

——.『転身物語 [Metamorphoses]』田中秀央，前田敬作訳，人文書院，1966.

——.『ヘーローイデス：女性たちのギリシア神話 [Heroides]』高橋宏幸訳，平凡社，2020.

——.「名婦の書簡 [Heroides]」『ローマ文学集　世界文学大系』第 67 巻，泉井久之助訳，筑摩書房，1966，pp. 305–49.

テオクリトス『牧歌 [Bucolica]』古澤ゆう子訳，京都大学学術出版会，2004.
プラトン「饗宴 [Symposion]」『饗宴／パイドン』朴一功訳，京都大学学術出版会，2007，pp. 3–152.
ヘシオドス「神統記 [Theogonia]」『全作品』中務哲郎訳，京都大学学術出版会，2013. pp. 91–156.
ホメロス『イリアス [Ilias]』上・下，松平千秋訳，岩波書店，1992.
——.『オデュッセイア [Odyssea]』上・下，松平千秋訳，岩波書店，1994.
ホラティウス「歌集 [Carmina]」『ホラティウス全集』鈴木一郎訳，玉川大学出版部，2001，pp. 281–532.

【その他】

Hakewill, George. *An Apologie of the Power and Providence of God in the Government of the World.* Oxford, 1627. *Early English Books Online*, SCT 12611.
James I, King of England. "A Speech in the Parliament Hovse, as Neere the Very Words as Could Be Gathered at the instant." 1605. *Political Writings King James VI and I*, edited by Johann P. Somerville, Cambridge UP, 1994, pp. 147–58.
『信仰と理性——ケンブリッジ・プラトン学派研究序説』新井明，鎌井敏和訳，御茶の水書房，1988.
スペンサー，エドマンド『スペンサー詩集』和田勇一訳，九州大学出版会，2007.
——.『妖精の女王』上・下，福田昇八訳，九州大学出版会，2016.
チョーサー，ジェフリー「騎士の物語」『カンタベリー物語』上，桝井迪夫訳，岩波文庫，1995，pp. 62–114.

II. 主な辞典、辞書

【ミルトン】

A Concordance of the Latin, Greek, and Italian poems of John Milton. Edited by Lane Cooper, Max Niemeyer, 1923, rpt., Kraus, 1971.
The Milton Encyclopedia, Edited by Thomas N. Corns, Yale UP, 2012.
A Milton Dictionary. Edited by Edward S. Le Comte, Philosophical Library, 1961.
A Milton Encyclopedia. 9 vols., edited by William B. Hunter Jr. gen. ed., Bucknell UP, 1978–1983.

【その他】

The Broadman Bible Commentary. 12 vols, edited by Clifton J. Allen et. al., Broadman Press, 1969–72.
The Oxford Classic Dictionary. 4th ed., edited by Simon Hornblower, Antony Spawforth and Esther Eidinow, Oxford, 2012.
Oxford Latin Dictionary. 2nd ed., 2 vols, edited by P. G. W. Glare, Oxford, 2012, rpt.

2016.
クーパー，J. C.『世界シンボル辞典』岩崎宗治，鈴木繁夫訳，三省堂，1992.
ジャン=クロード・ベルフィオール『ラルース　ギリシア・ローマ神話大辞典』金光仁三郎他訳，大修館，2020.
『羅和辞典　改訂版』水谷智洋編，研究社，2015.

III. 青年期のミルトンに関する伝記など

※出版年代順

Aubrey, John. "Collections for the Life of Milton." 1693, *John Milton Complete Poems and Major Prose*, edited by Merritt Y. Hughes, Macmillan, 1957, pp. 1021–25. 〔オーブリーはミルトンと同時代を生きた好古家で『名士小伝』(*Brief Lives* 1693) を著した。ここにミルトンの小伝が収録されている。ヒューズはこれを基に編集し自著に収めている。〕

Philips, Edward. "The Life of Milton." 1694, *John Milton Complete Poems and Major Prose*, edited by Merritt Y. Hughes, Macmillan, 1957, pp. 1025–44. 〔フィリップスはミルトンの甥。ミルトンが遺した手稿をまとめ『ジョン・ミルトンから諸君主および諸欧州共和国にあてた国家文書』(*Letters of State Written by John Milton to Most of the Sovereign Princes and Republicks of Europe* 1694) として出版した。ここに付された伝記が基である。〕

Masson, David. *Life of John Milton: Narrated in Connexion with the Poetical, Ecclesiastical, and Literary history of his Time*. Vol. 1, 2, and 3, Macmillan & Co., 1871–73, revied ed., Peter Smith, 1965.

Hanford, James Holly. "The Youth of Milton." *Studies in Shakespeare, Milton, and Donne*, Macmillan, 1925. pp. 89–163.

Macaulay, Dame Rose. *Milton*. 1934, Haskell House, rept. 1974.

越智文雄「青少年期のミルトン――友・師・父の諸関係から」『同志社文学パンフレット』第 3 号，1939，pp. i–64.

Clark, Donald Lemen. *John Milton at St. Paul's School*. Columbia UP, 1948.

Dorian, Donald C. *The English Diodatis*. Rutgers UP, 1950.

Muir, Kenneth. *John Milton*. Longman, 1962.

Arthos, John. *Milton and the Italian Cities*. Bowes and Bowes, 1968.

Cavanaugh, Sister Mary Hortense. *John Milton's Prolusions Considered in the Light of his Rhetorical and Dialectical Education at St. Paul's Grammar School and Cambridge University*. U Microfilms International, 1968.

Parker, William R. *Milton: A Biography*. 2 vols. Clarendon Press, 1968.

新井明『ミルトンの世界――叙事詩性の軌跡』研究社，1980.

Shawcross, John T. *John Milton: The Self and the World*. UP of Kentucky, 1993.

Levi, Peter. *Eden Renewed: The Public and Private Life of John Milton*. Macmillan, 1996.

Lewalski, K. Barbara. *The Life of John Milton*. Willy Blackwell, 2000.
Forsyth, Neil. *John Milton: A Biography*. Lion, 2008.
Gordon, Cambell, and Thomas N. Corns. *John Milton: Life, Work and Thought*. Oxford UP, 2010.
McDowell, Nicholas. *Poet of Revolution: The Making of John Milton*. Princeton UP, 2020.

IV. 批評書、論文【ミルトン】

James Freeman and Anthony Low 編 *Milton Studies* 第 19 巻 (1984) はラテン語詩特集号で、論文 13 編と文献情報が収録されている。John B. Dillon による文献一覧 "Milton's Latin and Greek Verse: An Annotated Bibliography" (pp. 227–303) は 500 近くに及ぶ資料に簡単な書評を付してまとめている。

21 世紀以降、主に Stella P. Revard、John K. Hale、Estelle Haan を中心にミルトンのラテン語詩研究が進められている。和書では、主に越智文雄、新井明、松田実矩、野呂有子、金子千香を中心にミルトンのラテン語詩研究の実りが多い。

Beer, Anna. *Milton: Poet, Pamphleteer and Patriot*. Bloomsbury, 2008.
Blessington, Francis C. *Paradise Lost and the Classical Epic*. Routledge & Kegan Paul, 1979.
Bowra, C. M. *From Virgil to Milton*. Macmillan, 1945, rpt., 1972.
Brander, Leicester. "Milton's *Epitaphium Damonis*." *Times Literary Supplement* 18 (1932) p. 531.
Burrow, Colin. *Epic Romance Homer to Milton*. Oxford UP, 2001.
Bush, Douglas. Introduction. *A Variorum Commentary on The Poems of John Milton: The Latin and Greek Poems*. Ed. Douglas Bush, et al. Vol. 1. New York: Columbia UP, 1970. pp. 3–24.
Cambell, Gordon. "Imitation in *Epitaphium Damonis*." *Milton Studies* 19, 1984, pp. 149–64.
Carrithers, Gale H., Jr. "Poems (1645): On Growing Up." *Milton Studies* 15 (1981) pp. 161–79.
Check, Macon. "Milton's "In Quintum Novembris": An Epic Foreshadowing." *Studies in Philology*, vol. 54, no. 2 (1957) pp. 172–84.
Condee, Ralph. W. "Elegies, Milton's Latin." *A Milton Encyclopedia*, editied by William B. Hunter, Jr., vol. 3, Bucknell UP, 1978, pp. 36–43.
——. "The Latin Poetry of John Milton." *John Milton: Twentieth-Century Perspectives*, edited by Martin J. Evans, vol. 2, Routledge, 2003, pp. 328–62.
Corns, Thomas N. "Ideology in the Poemata (1645)." *Milton Studies*, vol. 19, 1984, pp. 195–204.
Daniel, Clay. "Milton's Early Poems on Death." *Milton Studies* 26 (1991) pp. 25–57.
Demaray, John G. "Gunpowder and the Problem of Theatrical Heroic Form: In

Quintum Novembris." *Milton Studies* 19 (1984) pp. 3–20.

DoRocher, Richard J. *Milton among the Romans: The Pedagogy and Influence of Milton's Latin Curriculum*. Duquesne UP, 2001.

Dulgarian, Robert. "Milton's "Naturam non pati senium" and "De Idea Platonica" as Cambridge Act Verses: A Recinsideration in Light of mamuscript Evidence." Review of English Studies 70, 297 (November 2019) pp. 847–68.

Freeman, James A. "Milton's Roman Connection: Giovanni Salzilli." *Milton Studies* 19 (1984) pp. 87–104.

Garrod, H. W. "Poemata." Introduction. *The Poetical Works of John Milton*. Edited by Helen Darbishire. vol. 2. Oxford UP, 1966. pp. xvii–xx.

Haan, Estelle. *From Academia to Amicitia: Milton's Latin Writings and the Italian Academics*. Amer Philosophical Society, 1999.

——. (comp. and ed.) "Neo-Latin Literature on the Gunpowder Plot." Introduction. *Phineas Fletcher: Locustar, vel Pietas Iesuitica*. Leuven UP, 1996, pp. xvi–lv.

——. "The *Poemata*." Introduction. *The Complete Works of John Milton: The Shorter Poems*. Vol. 3. Ed Barbara Kiefer Lewalski and Estelle Haan. Oxford UP, 2012, pp. lxxxi–cxxxv.

Hale, John K. "Milton and the Gunpowder Plot: Milton's *In Quintum Novembris* Reconsidered." *Humanistica Lovaniensia* 50 (2001) pp. 351–66.

——. *Milton's Cambridge Latin: Performing in the Genres 1625–32*. Arizona Center for Medieval and Renaissance Studies, 2005. Medieval & Renaissance Texts & Studies 289.

——. *Milton's Languages: The Impact of Multilingualism on Style*. Cambridge UP, 1997.

——. "Milton's Latin." *Journal of English Language and Literature* 55 (2007) pp. 215–44.

——. "Sion's Bacchanalia: An Inquiry into Milton's Latin in the Epitaphium Damonis." *Milton Studies* 16 (1982) pp. 115–30.

Hill, Christopher Spencer. *John Milton: Poet, Priest and Prophet: A Study of Divine Vocation in Milton's Poetry and Prose*. Macmillan, 1979.

Harding, D. P. *The Club of Hercules; Studies in the Classical Background of Paradise lost*. U of Illinois P, 1962.

Ingram, Randall. "The Writing Poet: The Descent from Song in *The Poems of Mr. John Milton, Both English and Latin." Milton Studies* 34 (1997) pp. 179–97.

Kennedy, William J. "The Audiences of Ad Patrem." *Milton Studies* 19 (1984) pp. 73–86.

Kesser, Carole S. "Milton's Hebraic Herculean Hero." *Milton Studies* 6 (1975) pp. 243–58.

Kilgour, Maggie. *Milton and the Metamorphosis*. Oxford UP, 2012.

Knight, Saraha. "Milton's Student Verses of 1629." *Notes and Quries* 255 (2010) pp. 37–9.

——. "Milton and the Idea of the University." *Young Milton: The Emerging Author, 1620–1642*, edited by Edward Jones, Oxford UP, 2013, pp. 137–160.

Knedlik, Janet Leslie. "High Pastoral Art in Epitaphium Damonis." *Milton Studies* 19 (1984) pp. 149–64.

Low, Anthony. "Elegia Septima: The Poet and the Poem." *Milton Studies* 19 (1984) pp. 21–36.

——. "*Mansus*: In Its Contexts." *Milton Studies* 19 (1984) pp. 105–26.

Macolley, Diane Kelsey. "Tongues of Men and Angels: Ad Leonoram Romae Canentem." *Milton Studies* 19 (1984) pp. 127–48.

Martindale, Charles. *John Milton and the Transformation of Ancient Epic*, 2nd ed., Bristol Classical P, 2002.

——. "Paradise Metamorphosed: Ovid in Milton." *Comparative Literature*, Duke UP, 2002, pp. 301–33.

Martz, Louis. *Milton: Poet of Exile*, 2nd ed. Yale UP, 1986.

Mosely, C. W. R. D. *The Poetic Birth: Milton's Poems of 1645*. Scholar P, 1991.

Noro, Yuko Kanakubo and David L. Blanken, "Milton's *Ad Patrem, Idea Platonica*, and *Naturam Non pati senium*: —From Praise to Exhortation—."『東京成徳短期大学紀要』第 26 号 (1993) pp. 41–65.

——. "Milton's *Epitaphium Damonis*: Two Views of its Principles of De-Pastoralization."『東京成徳短期大学紀要』第 28 号 (1995) pp. 105–29.

——. "Milton's *Mansus*: From Illegitimate to Legitimate."『東京成徳短期大学紀要』第 27 号 (1994) pp. 41–66.

Oberhelman, Steven M. and John Mulryan. "Milton's Use of Classical Meters in the Sylvarum Liber." *Modern Philology* 81 (Nov. 1983) pp. 131–45.

Obertino, James. "Milton's Use of Aquinas in Comus." *Milton Studies* 22 (1987) pp. 21–44.

Pecheux, Mother M. Chrisopher. "The Nativity Tradition in Elegia Sexta." *Milton Studies* 23 (1991) pp. 3–19.

Quint, David. "Milton, Fletcher and the Gunpowder Plot." *Journal of the Warburg and Courtauld Institutes* 54 (1991) pp. 261–68.

Rand, E. K. "Milton's Rustication." *Studies in Philology* 19 (1922) pp. 109–35.

Reisner, Noam. "Obituary and Rapture in Milton's Memorial Latin Poems." *Young Milton: The Emerging Author, 1620–1642*, edited by Edward Jones, Oxford UP, 2013, pp. 161–180.

Revard, Stella P. "Ad Joannem Rouslum: Elegiac Wit and Pindaric Mode." *Milton Studies* 19 (1984) pp. 205–26.

——. "The Design of the 1645 *Poems*." *Young Milton: The Emerging Author, 1620–1642*, edited by Edward Jones, Oxford UP, 2013, pp. 206–20.

——. *Milton and the Tangles of Neaera's Hair*. U of Missouri P, 1997.

——. "Milton's gunpowder poems and Satan's Conspiracy." *Milton Studies* 4 (1972) pp. 63–77.

Samuel, Irene. *Plato and Milton*. Cornell UP, 1947.
Sessions, William A. “Milton’s Naturum.” *Milton Studies* 19 (1984) pp. 53–72.
Shawcross, John T. “The Date of Separate Edition of Milton’s Epitahium Damonis.” *Sutudies in Bibliography* 18 (1965) pp. 262–5.
Song, Eric B. “Nation, Empire, and the Strange Fire of the Tartars in Milton’s Poetry and Prose.” *Milton Studies* 47 (2008) pp. 118–44.
Visiak E. H. Preface. *Milton’s Lament for Damon and his Other Latin Poems*. Oxford UP, 1935, pp. v–vi.
新井明「解説」『楽園の喪失』大修館書店，1978，pp. 351–80.
——.『新井明選集　第一巻　ミルトン研究』リトン，2018.
〔新井明博士による著作は多数あるが、ここでは上記『選集』を一例として挙げておく。〕
越智文雄「ミルトンの恋愛詩とそれへの態度」『英文学研究』日本英文学会編，第 35 巻1号 (1958) pp. 51–74.
——.「詩人 John Milton の Homer 理解 ——特に Elegia II：19 に於ける “pondus inutile terrae” の出典と形成をめぐって——」『同志社女子大學學術研究年報』第一巻 (1950) pp. 101–27.
——.『わがミルトン探訪：研究と随想』シオン出版社，1986.
稲用茂夫「ジョン・ミルトン作「父上に捧げる」——対照訳の試み」『大分大学教育福祉科学部研究紀要』第 37 巻 1 号，(2015) pp. 1–12.
小野功生『ミルトンと十七世紀イギリスの言説圏』彩流社，2009.
金崎八重「ミルトン『デイモン墓碑銘』における自然の変容」『十七世紀英文学とミルトン』十七世紀英文学会編，金星堂，2008. pp. 1–18.
金子千香「John Milton のラテン詩にみられる叙事詩性：“Carmina Elegiaca”、“Elegia Prima”、“Elegia Quinta” と Phoebus との比較を中心として」『国際文化表現研究』国際文化表現学会編，第 12 号 (2016) pp. 321–21.
——.「*Paradise Lost* と *In quintum Novembris* における語りの構造」『英語英文学論叢』日本大学大学院英語英文学研究会編，第 39 号 (2018) pp. 109–122.
——.「「火薬陰謀事件」連作詩における王政批判」『〈楽園〉の死と再生』第 2 巻，金星堂，2017，pp. 56–75.
——.「「火薬陰謀事件」連作詩から『楽園の喪失』へ——*In Quintum Novembris* における敵対者のイメージを中心にして——」『国際文化表現研究』国際文化表現学会編，第 13 号 (2017) pp. 71–81。
——.「『転身物語』からミルトン作『第七エレジー』へ——誘惑者像生成の萌芽——」松山大学『言語文化研究』第 40 巻第 1 号 (2020) pp. 179–196.
小泉義男「『ダーモン墓碑銘』について—vos cedite, silvae—」『ミルトン——詩と思想　越智文雄博士喜寿記念論集』山口書店，1986，pp. 67–83.
佐野好則「ミルトンの『リシダス』『ダモンの葬送詩』におけるパストラルの伝統」『パストラル：牧歌の源流と展開』川島重成，茅野友子，古澤ゆう子編，ピナケス出版，pp. 211–40.
杉本龍太郎「ミルトンの初期の詩」『人文研究』第 10 巻 7 号 (1959) pp. 635–48.
武村早苗『ミルトン研究』リーベル出版，2003.

野呂有子「家父長制度(パトリアーキー)のパラダイム――「父にあてて」における預言者的詩人」『十七世紀と英国文化』十七世紀英文学会編，金星堂，1995，pp.101–18.
――.『詩篇翻訳から『楽園の喪失』へ――出エジプトンの主題を中心として』冨山房インターナショナル，2015.
――.「*The Faerie Queene* から *A Mask Presented at Ludollow Castle* へ」『〈楽園〉の死と再生』第 2 巻，金星堂，2017，pp. 220–54.
松田実矩『ミルトン研究――ミルトンと過去の詩聖および伝統――』山口書店，1984.
――.「ミルトンのラテン詩 Elegia prima, Elegia Quinta と Ovid」『神戸大学英米文学会誌』第 13 号 (1986) pp. 17–31.
――.「ミルトンのラテン詩 *Epitaphium Damonis* における Pastroral convention と personal note」『神戸大学英米文学会誌』第 10 号 (1981) pp. 33–45.
――.「ミルトンのラテン詩 *Mansus* 研究――詩人たちのパトロン Manso への賛辞とミルトンの自尊心（和訳・解説つき）」『大阪学院大学外国語学会誌』第 28 号 (1993) pp. 1–23.
森道子「ミルトンとローマ・カトリック教会」『大手前大学人文科学部論集』第 6 号 (2005) pp. 41–60
――.「名声と流刑――オウィディウスの『トリスティア』とミルトン」『大手前大学論集』第 13 号 (2012) pp. 169–78.
米山弘「Milton's Latin Poems—Elegia Sexta—」『日本のミルトン文献――資料と解題』大正・昭和前期篇，下，黒田健二郎編，風間書房，1992，pp. 177–82.

批評書、論文【その他】古典文学、牧歌に関するもの

Alpers, Paul. *What Is Pastoral?* U of Chicago P, 1996.
Gifford, Terry. *Pastoral*. Routledge, 1999. *The New Critical Idiom*.
Interpretations of Greek Mythology. Edited by Jan Bremmer, Routledge, 1987.
MacFarlane, Ian Dalrymple. Introduction. *Renaissance Latin Poetry*, Manchester UP, 1980, pp. 1–16.
Marinelli, Peter V. *Pastoral*. Methen, 1971. *The Critical Idiom* 15.
Money, D. K. *The English Horace: Anthony Alsop and the Tradition of British Latin Verse*. Oxford UP, 1998.
The Western Literary Tradition: An Introduction in Texts. Vol. 1 [The Hebrew Bible to John Milton], edited by Margaret L. King, Hackett Publish Co., Inc., 2020.
オウィディウス『オウィディウスでラテン語を読む』風間喜代三訳，三省堂，2013.
逸身喜一郎『ラテン文学を読む：ウェルギリウスとホラーティウス』岩波書店，2011.
――.『ギリシャ・ローマ文学：韻文の系譜』放送大学教育振興会，2000.
『ギリシア神話と英米文化』新井明，新倉俊一，丹羽隆子共編，大修館書店，1991.
國原吉之助『ラテン詩への誘い』大学書林，2009.
中山恒夫『古典ラテン語文典』白水社，2007
山本聖史「エレジー小史」『論集｜イングリッシュ・エレジー――ルネサンス・ロマン派・20世紀』岩永弘人，植月恵一郎編，音羽書房，2000，pp. 1–30.

批評書、論文【その他】火薬陰謀事件に関するもの

Fraser, Antonia. *Faith and Treason: The Story of the Gunpowder Plot*. Doubleday, 1996.〔邦訳：フレイザー，アントニア.『信仰とテロリズム——1605年火薬陰謀事件』加藤弘和訳，慶應義塾大学出版，2003.〕

クルツィウス，エルンスト・ローベルト.『ヨーロッパ文学とラテン中世』南大路振一，岸本通夫，中村善也訳，みすず書房，1971.〔原題：Curtius, Ernst Robert. *Europäische Literatur und lateinisches Mittelalter*. 2 vols. Francke, 1948.〕

高橋正平『火薬陰謀事件と説教』三恵社，2012.

補遺

電子書籍【その他】

冨樫剛『英語の詩を日本語で (*English Poetry in Japanese*)』(blog.goo.ne.jp/gtgsh)

∴ 本訳書で言及された「第一エレゲイア」「第七エレゲイア」の日本語訳の他、ミルトンをはじめとするルネサンス期の英詩の日本語訳を数多く収録。

Noro, Yuko Kanakubo／野呂有子

The Original Latin Text of The Defence of the People of England (1651) *by John Milton in Comparison with the 1658 Columbia Version*. (2018)

The Original Latin Text of The Second Defence of the People of England *by John Milton in Comparison with the Columbia Version*. (2019)

A Comparative Study on the Texts of John Milton's Paradise Lost: *1667 version, 1668 version, 1674 version, Columbia version and A Partial text of Akira Arai's* Rakuen-no-Soushitsu, *A Japanese Translation of* Paradise Lost (2020)〔『*Paradise Lost* 英語原典テキスト——1667年版、1668年版、1674年版、コロンビア版—および新井明訳「楽園の喪失」（部分）との比較対照版テキスト』〕

A Comparative Study on the Texts of John Milton's Paradise Regained & Samson Agonistes—*1671, 1680,Columbia editions—and A Partial text of Akira Arai's* Rakuen-no-Kaihuku / Tougishi-Samson, *A Japanese Translation of* Paradise Regained & Samson Agonistes (2020)〔『*Paradise Regained & Samson Agonistes* 英語原典テキスト——1671年版、1680年版、コロンビア版——および新井明訳「楽園の回復／闘技士サムソン」（部分）との比較対照版テキスト』〕

∴ 上記四冊の電子書籍はすべて野呂有子監修・編著。フリーサイト『野呂有子の研究サイト』／Yuko Kanakubo Noro's Web site with special emphasis on John Milton (www.milton-noro-lewis.com) の "Digital-Book" のコーナーに搭載。

付録 1

A Comparative Study on the Latin Texts of his 1645 *Poems* and 1673 *Poems*:

Before the texts of the added Latin poems to 1673 *Poems*,
the unpublished poems, and the poems from
Pro Populo Anglicano Defensio

The number above the title of the original Latin text of each poem corresponds to the work number of the Japanese translation in this book.

ラテン語詩原典

『1645 年版詩集』および『1673 年版詩集』の比較対照版テキスト

ELEGIARUM
Liber primus **[Primus]**.

1.
Elegia prima ad *Carolum Diodatum*.

TAndem, chare, tuæ mihi pervenere tabellæ,
Pertulit & voces nuntia **[nuncia]** charta tuas,
Pertulit occiduâ Devæ Cestrensis ab orâ
Vergivium prono quà petit amne salum.
Multùm crede juvat terras aluisse remotas
Pectus amans nostri, tamque fidele caput,
Quòdque mihi lepidum tellus longinqua sodalem
Debet, at unde brevi reddere jussa velit.
Me tenet urbs refluâ quam Thamesis alluit undâ.
Meque nec invitum patria dulcis habet.
Jam nec arundiferum mihi cura revisere Camum,
Nec dudum vetiti melaris **[me laris]** angit amor.
Nuda nec arva placent, umbrasque negantia molle* **[molles,]**
Quàm male Phœbicolis convenit ille locus!
Nec duri libet usque minas perferre magistri
Cæteraque ingenio non subeunda meo,
Si sit hoc exilium patrios adiisse penates,
Et vacuum curis otia grata sequi,
Non ego vel profugi nomen, sortemve recuso,
Lætus & exilii conditione fruor.
O utinam vates nunquam graviora tulisset
Ille Tomitano flebilis exul agro;
Non tunc Jonio quicquam cessisset Homero
Neve foret victo laus tibi prima Maro.
Tempora nam licet hîc placidis dare libera Musis,
Et totum rapiunt me mea vita libri.
Excipit hinc fessum sinuosi pompa theatri,
Et vocat ad plausus garrula scena suos.
Seu catus auditur **[auditor]** senior, seu prodigus hæres,
Seu procus, aut positâ casside miles adest,
Sive decennali fœcundus lite patronus
Detonat inculto barbara verba foro,
Sæpe vafer gnato succurrit servus amanti,
Et nasum rigidi fallit ubique Patris;
Sæpe novos illic virgo mirata calores
Quid sit amor nescit, dum quoque nescit, amat.
Sive cruentatum furiosa Tragœdia sceptrum
Quassat, & effusis crinibus ora rotat,
Et dolet, & specto, juvat & spectasse dolendo,
Interdum **[Intredum]** & lacrymis dulcis amaror ines
Seu puer infelix indelibata reliquit
Gaudia, & abrupto flendus amore cadit,
Seu ferus e **[è]** tenebris iterat Styga criminis ultor
Conscia funereo pectora torre movens,
Seu mæret Pelopeia domus, seu nobilis Ili,
Aut luit incestos aula Creontis avos.
Sed neque sub tecto semper nec in urbe latemus,
Irrita nec nobis tempora veris eunt.
Nos quoque lucus habet vicinâ consitus ulmo
Atque suburbani nobilis umbra loci.
Sæpius hic blandas spirantia sydera flammas
Virgineos videas præteriisse choros.
Ah quoties dignæ stupui miracula formæ
Quæ posset **[possit]** senium vel reparare Iovis;
Ah quoties vidi superantia lumina gemmas,
Atque faces quotquot volvit uterque polus;
Collaque bis vivi Pelopis quæ brachia vincant,
Quæque fluit puro nectare tincta via,
Et decus eximium frontis, tremulosque capillos,
Aurea quæ fallax retia tendit Amor.
Pellacesque genas, ad quas hyacinthina sordet
Purpura, & ipse tui floris, Adoni, rubor.
Cedite laudatæ toties Heroides olim,
Et quæcunque vagum cepit amica Jovem.
Cedite Achæmeniæ turritâ fronte puellæ,
Et quot Susa colunt, Memnoniamque Ninon.
Vos etiam Danaæ fasces submittite Nymphæ,
Et vos Iliacæ, Romuleæque nurus.
Nec Pompeianas Tarpëia Musa columnas
Jactet, & Ausoniis plena theatra stolis.
Gloria Virginibus debetur prima Britannis,
Extera sat tibi sit fœmina posse sequi.
Tuque urbs Dardaniis Londinum structa colonis
Turrigerum latè conspicienda caput,
Tu nimium felix intra tua mœnia claudis
Quicquid formosi pendulus orbis habet.
Non tibi tot cælo scintillant astra sereno

Endymioneæ turba ministra deæ,
Quot tibi conspicuæ formáque auróque puellæ
Per medias radiant turba videnda vias. **[visa,]**
Creditur huc geminis venisse invecta columbis
Alma pharetrigero milite cincta Venus,
Huic Cnidon, & riguas Simoentis flumine valles,
Huic Paphon, & roseam posthabitura Cypron.
Ast ego, dum pueri sinit indulgentia cæci,
Mœnia quàm subitò linquere fausta paro;
Et vitare procul malefidæ infamia Circes
Atria, divini Molyos usus ope.
Stat quoque juncosas Cami remeare paludes,
Atque iterum raucæ murmur adire Scholæ.
Interea sidi parvum cape munus amici,
Paucaque in alternos verba coacta modos.

2.
Elegia secunda, Anno ætatis 17.
In obitum Præconis Academici Cantabrigiensis.

TE, qui conspicuus baculo fulgente solebas
Palladium toties ore ciere gregem,
Ultima præconum præconem te quoque sæva
Mors rapit, officio nec favet ipsa suo.
Candidiora licet fuerint tibi tempora plumis
Sub quibus accipimus delituisse Jovem,
O dignus tamen Hæmonio juvenescere succo,
Dignus in Æsonios vivere posse dies,
Dignus quem Stygiis medicâ revocaret ab undis
Arte Coronides, sæpe rogante dea.
Tu si jussus eras acies accire togatas,
Et celer a **[à]** Phœbo nuntius ire tuo **[, (comma added)]**
Talis in Iliacâ stabat Cyllenius aula
Alipes, æthereâ missus ab arce Patris.
Talis & Eurybates ante ora furentis Achillei
Rettulit Atridæ jussa severa ducis.
Magna sepulchrorum regina, satelles Averni
Sæva nimis Musis, Palladi sæva nimis,
Quin illos rapias qui pondus inutile terræ,
Turba quidem est telis ista petenda tuis.
Vestibus hunc igitur pullis Academia luge,
Et madeant lachrymis nigra feretra tuis.
Fundat & ipsa modos querebunda Elegėia tristes,
Personet & totis nænia mœsta scholis.

3.
Elegia tertia, Anno ætatis 17.
In obitum Præsulis Wintoniensis.

Mœstus **[MOestus]** eram, & tacitus nullo comitante sedebam,
Hærebantque animo tristia plura meo,
Protinus en subiit funestæ cladis imago **[Imago]**
Fecit in Angliaco quam Libitina solo;
Dum procerum ingressa est splendentes marmore turres
Dira sepulchrali mors metuenda face;
Pulsavitque auro gravidos & jaspide muros,
Nec metuit satrapum sternere falce greges.
Tunc memini clarique ducis, fratrisque verendi
Intempestivis ossa cremata rogis.
Et memini Heroum quos vidit ad æthera raptos,
Flevit & amissos Belgia tota duces.
At te præcipuè luxi dignissime præsul,
Wintoniæque olim gloria magna tuæ;
Delicui fletu, & tristi sic ore querebar,
Mors fera Tartareo diva secunda Jovi,
Nonne satis quod sylva tuas persentiat iras,
Et quod in herbosos jus tibi detur agros,
Quodque afflata tuo marcescant lilia tabo,
Et crocus, & pulchræ Cypridi sacra rosa,
Nec sinis ut semper fluvio contermina quercus
Miretur lapsus prætereuntis aquæ?
Et tibi succumbit liquido quæ plurima cælo **[cœlo]**
Evehitur pennis quamlibet augur avis,
Et quæ mille nigris errant animalia sylvis,
Et quod alunt mutum Proteos antra pecus.
Invida, tanta tibi cum sit concessa potestas;
Quid juvat humanâ tingere cæde manus?
Nobileque in pectus certas acuisse sagittas,
Semideamque animam sede fugâsse suâ?
Talia dum lacrymans alto sub pectore volvo,
Roscidus occiduis Hesperus exit aquis,
Et Tartessiaco submerserat æquore currum

Phœbus [, (comma added)] ab eöo littore mensus iter.
Nec mora, membra cavo posui refovenda cubili,
Condiderant oculos noxque soporque meos.
Cum mihi visus eram lato spatiarier agro,
Heu nequit ingenium visa referre meum.
Illic puniceâ radiabant omnia luce,
Ut matutino cum juga sole rubent.
Ac veluti cum pandit opes Thaumantia proles,
Vestitu nituit multicolore solum.
Non dea tam variis ornavit floribus hortos
Alcinoi, Zephyro Chloris amata levi.
Flumina vernantes lambunt argentea campos,
Ditior Hesperio flavet arena Tago.
Serpit odoriferas per opes levis aura Favoni,
Aura sub innumeris humida nata rosis.
Talis in extremis terræ Gangetidis oris
Luciferi regis fingitur esse domus.
Ipse racemiferis dum densas vitibus umbras
Et pellucentes miror ubique locos,
Ecce mihi subito præsul **[Præsul]** Wintonius astat,
Sydereum nitido fulsit in ore jubar;
Vestis ad auratos defluxit candida talos,
Infula divinum cinxerat alba caput.
Dumque senex tali incedit **[, (comma added)]** venerandus amictu,
Intremuit læto florea terra sono.
Agmina gemmatis plaudunt cælestia pennis,
Pura triumphali personat æthra tubâ.
Quisque novum amplexu comitem cantuque salutat,
Hosque aliquis placido misit ab ore sonos;
Nate veni, & patrii felix cape gaudia regni,
Semper ab hinc duro, nate, labore vaca.
Dixit, & aligeræ tetigerunt nablia turmæ,
At mihi cum tenebris aurea pulsa quies.
Flebam turbatos Cephaleiâ pellice somnos,
Talia contingant somnia sæpe mihi.

4.

Elegia quarta. Anno ætatis 18.

Ad Thomam Junium præceptorem suum [***suum,***] *apud mercatores Anglicos Hamburgæ agentes* **[, (comma added)]** *Pastoris munere fungentem*

CUrre per immensum subitò mea littera pontum,
I, pete Teutonicos læve per æquor agros,
Segnes rumpe moras, & nil, precor, obstet eunti,
Et festinantis nil remoretur iter.
Ipse ego Sicanio frænantem carcere ventos
Æolon, & virides sollicitabo Deos;
Cæruleamque suis comitatam Dorida Nymphis,
Ut tibi dent placidam per sua regna viam.
At tu, si poteris, celeres tibi sume jugales,
Vecta quibus Colchis fugit ab ore viri.
Aut queis Triptolemus Scythicas devenit in oras
Gratus Eleusinâ missus ab urbe puer.
Atque ubi Germanas flavere videbis arenas
Ditis ad Hamburgæ mœnia flecte gradum,
Dicitur occiso quæ ducere nomen ab Hamâ,
Cimbrica quem fertur clava dedisse neci.
Vivit ibi antiquæ clarus pieta tis **[pietatis]** honore
Præsul Christicolas pascere doctus oves;
Ille quidem est animæ plusquam pars altera nostræ,
Dimidio vitæ vivere cogor ego.
Hei mihi quot pelagi, quot montes interjecti
Me faciunt aliâ parte carere mei!
Charior ille mihi quam tu doctissime Graium
Cliniadi, pronepos qui Telamonis erat.
Quámque Stagirites generoso magnus alumno,
Quem peperit Libyco Chaonis alma Jovi.
Qualis Amyntorides, qualis Philyrëius **[Philyrêius]** Heros
Myrmidonum regi, talis & ille mihi.
Primus ego Aonios illo præeunte recessus
Lustrabam, & bifidi sacra vireta jugi,
Pieriosque hausi latices, Clioque favente,
Castalio sparsi læta ter ora mero.
Flammeus at signum ter viderat arietis Æthon,
Jnduxitque **[Induxitque]** auro lanea terga novo,
Bisque novo terram sparsisti Chlori senilem
Gramine, bisque tuas abstulit Auster opes:
Necdum ejus licuit mihi lumina pascere vultu,
Aut linguæ dulces aure bibisse sonos.
Vade igitur, cursuque Eurum præverte sonorum,
Quàm sit opus monitis res docet, ipsa vides.

Invenies dulci cum conjuge forte sedentem,
Mulcentem gremio pignora chara suo,
Forsitan aut veterum prælarga volumina patrum
Versantem, aut veri biblia sacra Dei.
Cælestive animas saturantem rore tenellas,
Grande salutiferæ religionis opus.
Utque solet, multam, sit dicere cura salutem,
Dicere quam decuit, si modo adesset, herum.
Hæc quoque paulum oculos in humum defixa modestos,
Verba verecundo sis memor ore loqui:
Hæc tibi, si teneris vacat inter prælia Musis
Mittit ab Angliaco littore fida manus.
Accipe sinceram, quamvis sit sera, salutem
Fiat & hoc ipso gratior illa tibi.
Sera quidem, sed vera fuit, quam casta recepit
Icaris a lento Penelopeia viro.
Ast ego quid volui manifestum tollere crimen,
Ipse quod ex omni parte levare nequit.
Arguitur tardus meritò, noxamque fatetur,
Et pudet officium deseruisse suum.
Tu modò da veniam fasso, veniamque roganti,
Crimina diminui, quæ patuere, solent.
Non ferus in pavidos rictus diducit hiantes,
Vulnifico pronos nec rapit ungue leo.
Sæpe sarissiferi crudelia pectora Thracis
Supplicis ad mœstas delicuere preces.
Extensæque manus avertunt fulminis ictus,
Placat & iratos hostia parva Deos.
Jamque diu scripsisse tibi fuit impetus illi,
Neve moras ultra ducere passus Amor.
Nam vaga Fama refert, heu nuntia vera malorum!
In tibi finitimis bella tumere locis,
Teque tuàmque urbem truculento milite cingi,
Et jam Saxonicos arma parasse duces.
Te circum latè campos populatur Enyo,
Et sata carne virum **[virûm]** jam cruor arva rigat.
Germanisque suum concessit Thracia Martem,
Illuc Odrysios Mars pater egit equos.
Perpetuóque comans jam deflorescit oliva,
Fugit & ærisonam Diva perosa tubam,
Fugit io terris, & jam non ultima virgo
Creditur ad superas justa volasse domos.
Te tamen intereà belli circumsonat horror,
Vivis & ignoto solus inópsque solo;
Et, tibi quam patrii non exhibuere penates
Sede peregrinâ quæris egenus opem.
Patria dura parens, & saxis sævior albis
Spumea quæ pulsat littoris unda tui,
Siccine te decet innocuos exponere fætus, **[fatus;]**
Siccine in externam ferrea cogis humum,
Et sinis ut terris quærant alimenta remotis
Quos tibi prospiciens miserat ipse Deus,
Et qui læta ferunt de cælo nuntia, quique
Quæ via post cineres ducat ad astra, docent?
Digna quidem Stygiis quæ vivas clausa tenebris,
Æternâque animæ digna perire fame!
Haud aliter vates terræ Thesbitidis olim
Pressit inassueto devia tesqua pede,
Desertasque Arabum salebras, dum regis Achabi
Effugit atque tuas, Sidoni dira, manus.
Talis & horrisono laceratus membra flagello,
Paulus ab Æmathiâ pellitur urbe Cilix.
Piscosæque ipsum Gergessæ civis Jèsum **[Jesum]**
Finibus ingratus jussit abire suis.
At tu sume animos, nec spes cadat anxia curis
Nec tua concutiat decolor ossa metus.
Sis etenim quamvis fulgentibus obsitus armis,
Intententque tibi millia tela necem,
At nullis vel inerme Iatus **[latus]** violabitur armis,
Deque tuo cuspis nulla cruore bibet.
Namque eris ipse Dei radiante sub ægide tutus,
Ille tibi custos, & pugil ille tibi;
Ille Sionææ qui tot sub mœnibus arcis
Assyrios fudit nocte silente viros;
Inque fugam vertit quos in Samaritidas oras,
Misit ab antiquis prisca Damascus agris,
Terruit & densas pavido cum rege cohortes,
Aere dum vacuo buccina clara sonat,
Cornea pulvereum dum verberat ungula campum,
Currus arenosam dum quatit actus humum,
Auditurque hinnitus equorum ad bella ruentúm **[ruentûm]**,
Et strepitus ferri, murmuraque alta virûm.
Et tu (quod superest miseris **[miseri]**) sperare memento,

Et tua magnanimo pectore vince mala.
Nec dubites quandoque frui melioribus annis,
Atque iterum patrios posse videre lares.

5.
Elegia quinta, Anno ætatis 20.
In adventum veris.

IN se perpetuo Tempus revolubile gyro
Jam revocat Zephyros vere tepente novos.
Induiturque brevem Tellus reparata juventam,
Jamque soluta gelu dulce virescit humus.
Fallor? an & nobis redeunt in carmina vires,
Ingeniumque mihi munere veris adest?
Munere veris adest, iterumque vigescit ab illo
(Quis putet) atque aliquod jam sibi poscit opus.
Castalis ante oculos, bifidumque cacumen oberrat,
Et mihi Pyrenen somnia nocte ferunt.
Concitaque arcano fervent mihi pectora motu,
Et furor, & sonitus me sacer intùs agit.
Delius ipse venit, video Penëide lauro
Implicitos crines, Delius ipse venit.
Jam mihi mens liquidi raptatur in ardua cœli,
Perque vagas nubes corpore liber eo.
Perque umbras, perque antra feror penetralia vatum,
Et mihi fana patent interiora Deûm.
Intuiturque animus toto quid agatur Olympo,
Nec fugiunt oculos Tartara cæca meos.
Quid tam grande sonat distento spiritus ore?
Quid parit hæc rabies, quid sacer iste furor?
Ver mihi, quod dedit ingenium, cantabitur illo;
Profuerint isto reddita dona modo.
Jam Philomela tuos foliis adoperta novellis
Instituis modulos, dum silet omne nemus.
Urbe ego, tu sylvâ simul incipiamus utrique,
Et simul adventum veris uterque canat.
Veris io rediere vices, celebremus honores
Veris, & hoc subeat Musa quotannis **[perennis]** opus.
Jam sol Æt* iopas **[Æthiopas]** fugiens Tithoniaque arva,
Flectit ad Arctöas aurea lora plagas.
Est breve noctis iter, brevis est mora noctis opacæ
Horrida cum tenebris exulat illa suis.
Jamque Lycaonius plaustrum cæleste Boötes
Non longâ sequitur fessus ut ante viâ,
Nunc etiam solitas circum Jovis atria toto
Excubias agitant sydera rara polo.
Nam dolus **[, (comma added)]** & cædes, & vis cum nocte recessit
Neve Giganteum Dii timuere scelus.
Forte aliquis scopuli recubans in vertice pastor,
Roscida cum primo sole rubescit humus,
Hac, ait, hac certè caruisti nocte puellâ
Phœbe tuâ, celeres quæ retineret equos.
Læta suas repetit sylvas, pharetramque resumit
Cynthia, Luciferas ut videt alta rotas,
Et tenues ponens radios gaudere videtur
Officium fieri tam breve fratris ope.
Desere, Phœbus ait, thalamos Aurora seniles,
Quid juvat effœto procubuisse toro?
Te manet Æolides viridi venator in herba,
Surge, tuos ignes altus Hymettus habet.
Flava verecundo dea crimen in ore fatetur,
Et matutinos ocyus urget equos.
Exuit invisam Tellus rediviva senectam,
Et cupit amplexus Phœbe subire tuos;
Et cupit, & digna est, quid enim formosius illâ,
Pandit ut omniferos luxuriosa sinus,
Atque Arabum spirat messes, & ab ore venusto
Mitia cum Paphiis fundit amoma rosis.
Ecce coronatur sacro frons ardua luco,
Cingit ut Idæam pinea turris Opim;
Et vario madidos intexit flore capillos,
Floribus & visa est posse placere suis.
Floribus effusos ut erat redimita capillos
Tænario **[Tenario]** placuit diva Sicana Deo.
Aspice Phœbe tibi faciles hortantur amores,
Mellitasque movent flamina verna preces.
Cinnameâ Zephyrus leve plaudit odorifer alâ,
Blanditiasque tibi ferre videntur aves.
Nec sine dote tuos temeraria quærit amores
Terra, nec optatos poscit egena toros,
Alma salutiferum medicos tibi gramen in usus
Præbet, & hinc titulos **[ticulos]** adjuvat ipsa tuos.
Quòd si te pretium, si te fulgentia tangunt

Munera, (muneribus sæpe coemptus Amor)
Illa tibi ostentat quascunque sub æquore vasto,
Et superinjectis montibus abdit opes.
Ah quoties cum tu clivoso fessus Olympo
In vespertinas præcipitaris aquas,
Cur te, inquit, cursu languentem Phœbe diurno
Hesperiis recipit Cærula mater aquis?
Quid tibi cum Tethy? Quid cum Tartesside lymphâ,
Dia quid immundo perluis ora salo?
Frigora Phœbe meâ melius captabis in umbrâ,
Huc ades, ardentes imbue rore comas.
Mollior egelidâ veniet tibi somnus in herbâ,
Huc ades, & gremio lumina pone meo.
Quáque jaces circum mulcebit lene susurrans
Aura per humentes corpora fusa rosas.
Nec me (crede mihi) terrent Semelëia fata,
Nec Pháetontéo **[Phäetonteo]** fumidus axis equo;
Cum tu Phœbe tuo sapientius uteris igni,
Huc ades & gremio lumina pone meo.
Sic Telllus lasciva suos suspirat amores;
Matris in exemplum cætera turba ruunt.
Nunc etenim toto currit vagus orbe Cupido,
Languentesque fovet solis ab igne faces.
Insonuere novis lethalia cornua nervis,
Triste micant ferro tela corusca novo.
Jamque vel invictam tentat superasse Dianam,
Quæque sedet sacro Vesta pudica foco.
Ipsa senescentem reparat Venus annua formam,
Atque iterum tepido creditur orta mari.
Marmoreas juvenes clamant Hymenæe per urbes,
Littus **[Litus]** io Hymen, & cava saxa sonant.
Cultior ille venit tunicâque decentior aptâ,
Puniceum redolet vestis odora crocum.
Egrediturque frequens ad amœni gaudia veris
Virgineas **[Virgineos]** auro cincta puella sinus.
Votum est cuique suum, votum est tamen omnibus unum,
Ut sibi quem cupiat, det Cytherea virum.
Nunc quoque septenâ modulatur arundine pastor,
Et sua quæ jungat carmina Phyllis habet.
Navita **[Natvia]** nocturno placat sua sydera cantu,
Delphinasque leves ad vada summa vocat.
Jupiter ipse alto cum conjuge ludit Olympo,
Convocat & famulos ad sua festa Deos.
Nunc etiam Satyri cum sera crepuscula surgunt,
Pervolitant celeri florea rura choro,
Sylvanusque suâ Cyparissi fronde revinctus,
Semicaperque Deus, semideusque caper.
Quæque sub arboribus Dryades latuere vetustis
Per juga, per solos expatiantur agros.
Per sata luxuriat fruticetaque Mænalius Pan,
Vix Cybele mater, vix sibi tuta Ceres,
Atque aliquam cupidus prædatur Oreada Faunus,
Consulit in trepidos dum sibi Nympha pedes,
Jamque latet, latitansque cupit male tecta videri,
Et fugit, & fugiens pervelit ipsa capi.
Dii quoque non dubitant cælo præponere sylvas,
Et sua quisque sibi numina lucus habet.
Et sua quisque diu sibi numina lucus habeto,
Nec vos arboreâ dii precor ite domo.
Te referant miseris te Jupiter aurea terris
Sæcla, quid ad nimbos aspera tela redis?
Tu saltem lentè rapidos age Phœbe jugales
Quà potes, & sensim tempora veris eant.
Brumaque productas tardè ferat hispida noctes,
Ingruat & nostro serior umbra polo.

6.
Elegia sexta.
Ad Carolum Diodatum ruri commorantem.

Qui cum idibus Decemb. scripsisset, & sua carmina excusari postulasset si solito minus essent bona, quòd **[*quod*]** *inter lautitias quibus erat ab amicis* **[*amisis*]** *exceptus, haud satis felicem operam Musis dare se posse affirmabat, hunc habuit responsum.*

MItto tibi sanam non pleno ventre salutem,
Quâ tu distento forte carere potes.
At tua quid nostram prolectat Musa camœnam,
Nec sinit optatas posse sequi tenebras?
Carmine scire velis quàm **[quám]** te redamémque colámque,
Crede mihi vix hoc carmine scire queas.
Nam neque noster amor modulis includitur arctis,
Nec venit ad claudos integer ipse pedes.

Quàm bene solennes epulas, hilaremque Decembrim
Festaque cœlifugam quæ coluere Deum,
Deliciasque refers, hyberni gaudia ruris,
Haustaque per lepidos Gallica musta focos.
Quid quereris **[queretis]** refugam vino dapibusque poesin?
Carmen amat Bacchum, Carmina Bacchus amat.
Nec puduit Phœbum virides gestasse corymbos,
Atque hederam lauro præposuisse suæ.
Sæpius Aoniis clamavit collibus Euœ
Mista Thyonêo turba novena choro.
Naso Corallæis mala carmina misit ab agris:
Non illic epulæ non sata vitis erat.
Quid nisi vina, rosasque racemiferumque Lyæum
Cantavit brevibus Tëia **[Têia]** Musa modis? **[modis,]**
Pindaricosque inflat numeros Teumesius Euan **[Evan]**,
Et redolet sumptum pagina quæque merum.
Dum gravis everso currus crepat axe supinus,
Et volat Eléo pulvere fuscus eques.
Quadrimoque madens Lyricen Romanus Jaccho **[Iaccho]**
Dulce canit Glyceran, flavicomamque Chloen, **[Chloen.]**
Jam quoque lauta tibi generoso mensa paratu,
Mentis alit vires, ingeniumque fovet.
Massica fœcundam despumant pocula venam,
Fundis & ex ipso condita metra cado.
Addimus his artes, fusumque per intima Phœbum
Corda, favent uni Bacchus, Apollo, Ceres.
Scilicet haud mirum tam dulcia carmina per te
Numine composito tres peperisse Deos.
Nunc quoque Thressa tibi cælato barbitos auro
Insonat argutâ molliter icta manu;
Auditurque chelys suspensa tapetia circum,
Virgineos tremulâ quæ regat arte pedes.
Illa tuas saltem teneant spectacula Musas,
Et revocent, quantum crapula pellit iners.
Crede mihi dum psallit ebur, comitataque plectrum
Implet odoratos festa chorea tholos,
Percipies tacitum per pectora serpere Phœbum,
Quale repentinus permeat ossa calor,
Perque puellares oculos digitumque sonantem
Irruet in totos lapsa Thalia sinus.
Namque Elegía levis multorum cura deorum est,
Et vocat ad numeros quemlibet illa suos;
Liber adest elegis, Eratoque, Ceresque, Venusque,
Et cum purpureâ matre tenellus Amor.
Talibus inde licent convivia larga poetis,
Sæpius & veteri commaduisse mero.
At qui bella refert, & adulto sub Jove cælum **[cœlum]**
Heroasque pios, semideosque duces,
Et nunc sancta canit superum consulta deorum,
Nunc latrata fero regna profunda cane,
Ille quidem parcè Samii pro more magistri
Vivat, & innocuos præbeat herba cibos;
Stet propefagineo **[prope fagineo]** pellucida lympha catillo,
Sobriaque è puro pocula fonte bibat.
Additur huic scelerisque vacans, & casta juventus,
Et rigidi mores, & sine labe manus.
Quzlis **[Qualis]** veste nitens sacrâ, & lustralibus undis
Surgis ad infensos augur iture Deos.
Hoc ritu vixisse ferunt post rapta sagacem
Lumina Tiresian, Ogygiumque Linon,
Et lare devoto profugum Calchanta, senemque
Orpheon edomitis sola per antra feris;
Sic dapis exiguus, sic rivi potor Homerus
Dulichium vexit per freta longa virum,
Et per monstrificam **[Monstrificam]** Perseiæ Phœbados aulam,
Et vada fœmineis insidiosa sonis,
Perque tuas rex ime domos, ubi sanguine nigro
Dicitur umbrarum detinuisse greges.
Diis etenim sacer est vates, divûmque sacerdos,
Spirat & occultum pectus, & ora Jovem.
At tu siquid **[si quid]** agam, scitabere (si modò saltem
Esse putas tanti noscere siquid agam)
Paciferum canimus cælesti semine regem,
Faustaque sacratis sæcula pacta libris,
Vagitumque Dei, & stabulantem paupere tecto
Qui suprema suo cum patre regna colit.
Stelliparumque polum, modulantesque æthere turmas,
Et subitò elisos ad sua fana Deos.
Dona quidem dedimus Christi natalibus illa,

[(no comma)]
Illa sub auroram lux mihi prima tulit.
Te quoque pressa manent patriis meditata cicutis,
Tu mihi, cui recitem, judicis instar eris.

7.
Elegia septima, Anno ætatis undevigesimo.

NOndum blanda tuas leges Amathusia norâm **[nôram]**,
Et Paphio vacuum pectus ab igne fuit.
Sæpecupidineas **[Sæpe cupidineas]**, puerilia tela, sagittas,
Atque tuum sprevi maxime, numen, Amor.
Tu puer imbelles dixi transfige columbas,
Conveniunt tenero mollia bella duci.
Aut de passeribus tumidos age, parve, triumphos,
Hæc sunt militiæ digna trophæa tuæ. **[tuæ:]**
In genus humanum quid inania dirigis arma?
Non valet in fortes ista pharetra viros.
Non tulit hoc Cyprius, (neque enim Deus ullus ad iras
Promptior) & duplici jam ferus igne calet.
Ver erat, & summæ radians per culmina villæ
Attulerat primam lux tibi Maie diem:
At mihi adhuc refugam quærebant lumina noctem
Nec matutinum sustinuere jubar.
Astat Amor lecto, pictis Amor impiger alis,
Prodidit astantem mota pharetra Deum:
Prodidit & facies, & dulce minantis ocelli,
Et quicquid puero, dignum & Amore fuit.
Talis in ærerno **[æterno]** juvenis Sigeius Olympo
Miscet amatori pocula plena Jovi;
Aut qui formosas pellexit ad oscula nymphas
Thiodamantæus Naiade raptus Hylas;
Addideratque iras, sed & has decuisse putares,
Addideratque truces, nec sine felle minas.
Et miser exemplo sapuisses tutiùs, inquit,
Nunc mea quid possit dextera testis eris.
Inter & expertos vires numerabere nostras,
Et faciam vero per tua damna fidem.
Ipse ego si nescis strato Pythone superbum
Edomui Phœbum, cessit & ille mihi;
Et quoties meminit Peneidos, ipse fatetur
Certiùs & graviùs tela nocere mea.
Me nequit adductum curvare peritiùs arcum,
Qui post terga solet vincere Parthus eques.
Cydoniusque mihi cedit venator, & ille
Inscius uxori qui necis author erat.
Est etiam nobis ingens quoque victus Orion,
Herculeæque manus, Herculeusque comes.
Jupiter ipse licet sua fulmina torqueat in me,
Hærebuntlateri **[Hærebunt lateri]** spicula nostra Jovis.
Cætera quæ dubitas meliùs mea tela docebunt,
Et tua non leviter corda petenda mihi.
Nec te stulte tuæ poterunt defendere Musæ,
Nec tibi Phœbæus porriget anguis opem.
Dixit, & aurato quatiens mucrone sagittam,
Evolat in tepidos Cypridos ille sinus.
At mihi risuro tonuit ferus ore minaci,
Et mihi de puero non metus ullus erat. **[erat,]**
Et modò quà nostri spatiantur in urbe Quirites
Et modò villarum proxima rura placent.
Turba frequens, faciéque simillima turba dearum
Splendida per medias itque reditque vias.
Auctaqueluce **[Auctaque luce]** dies gemino fulgore coruscat,
Fallor? an & radios hinc quoque Phœbus habet.
Hæc ego non fugi spectacula grata severus,
Impetus & quò me fert juvenilis, agor.
Lumina luminibus malè providus obvia misi, **[(no comma)]**
Neve oculos potui continuisse meos.
Unam forte aliis supereminuisse notabam,
Principium nostri lux erat illa mali.
Sic Venus optaret mortalibus ipsa videri,
Sic regina Deûm conspicienda fuit.
Hanc memor objecit nobis malus ille Cupido,
Solus & hos nobis texuit antè dolos.
Nec procul ipse vafer latuit, multæque sagittæ,
Et facis a tergo grande pependit onus.
Nec mora, nunc ciliis hæsit, nunc virginis ori,
Insilit hinc labiis, insidet inde genis:
Et quascunque agilis partes jaculator oberrat,
Hei mihi, mille locis pectus inerme ferit.
Protinus insoliti subierunt corda furores,
Uror amans intùs, flammaque totus eram.

Interea misero quæ jam mihi sola placebat,
Ablata est oculis non reditura meis.
Ast ego progredior tacitè querebundus, & excors,
Et dubius volui sæpe referre pedem.
Findor, & hæc remanet, sequitur pars altera votum,
Raptaque tàm subitò gaudia flere juvat.
Sic dolet amissum proles Junonia cœlum,
Inter Lemniacos præcipitata focos.
Talis & abreptum solem respexit, ad Orcum
Vectus ab attonitis Amphiaraus equis.
Quid faciam infelix, & luctu victus, amores
Nec licet inceptos ponere, neve sequi.
O utinam spectare semel mihi detur amatos
Vultus, & coràm tristia verba loqui; **[loqui!]**
Forsitan & duro non est adamante creata,
Forte nec ad nostras surdeat illa preces.
Crede mihi nullus sic infeliciter arsit,
Ponar in exemplo primus & unus ego.
Parce precor teneri cum sis Deus ales amoris,
Pugnent officio nec tua facta tuo.
Jam tuus O certè est mihi formidabilis arcus,
Nate deâ, jaculis nec minus igne potens:
Et tua fumabunt nostris altaria donis,
Solus & in superis tu mihi summus eris.
Deme meos tandem, verùm nec deme furores,
Nescio cur, miser est suaviter omnis amans:
Tu modo da facilis, posthæc mea siqua futura est,
Cuspis amaturos figat ut una duos.

8.

HÆc ego mente olim lævâ, studioque supino
Nequitiæ posui vana trophæa meæ.
Scilicet abreptum sic me malus impulit error,
Indocilisque ætas prava magistra fuit.
Donec Socraticos umbrosa Academia rivos
Præbuit, admissum dedocuitque jugum.
Protinus extinctis ex illo tempore flammis,
Cincta rigent multo pectora nostra gelu.
Unde suis frigus metuit puer ipse Sagittis,
Et Diomedéam vim timet ipsa **[ipse]** Venus.

9.

In proditionem ***[Proditionem]*** *Bombardicam.*

CUm simul in regem nuper satrapasque Britannos
Ausus es infandum perfide Fauxe nefas,
Fallor? an & mitis voluisti ex parte videri,
Et pensare malâ cum pietate scelus;
Scilicet hos alti missurus ad atria cæli,
Sulphureo curru flammivolisque rotis.
Qualiter ille feris caput inviolabile Parcis
Liquit Jördanios turbine raptus agros.

10.

In eandem.

SIccine tentasti cælo donâsse Jäcobum **[Jâcobum]**
Quæ septemgemino Bellua **[Belua]** monte lates?
Ni meliora tuum poterit dare munera numen,
Parce precor donis insidiosa tuis.
Ille quidem sine te consortia serus adivit
Astra, nec inferni pulveris usus ope.
Sic potiùs fœdus in cælum pelle cucullos,
Et quot habet brutos Roma profana Deos. **[Deos,]**
Namque hac aut aliâ nisi quemque adjuveris arte,
Crede mihi cæli vix bene scandet iter.

11.

In eandem.

PUrgatorem animæ derisit Jäcobus ignem,
Et sine quo superûm non adeunda domus.
Frenduit hoc trinâ monstrum Latiale coronâ
Movit & horrificùm **[horrificum]** cornua **[corona]** dena minax.
Et nec inultus ait temnes mea sacra Britanne,
Supplicium spretá **[spretâ]** relligione dabis.
Et si stelligeras unquam penetraveris arces,
Non nisi per flammas triste patebit iter.
O quàm funesto cecinisti proxima vero,
Verbaque ponderibus vix caritura suis!
Nam prope Tartareo sublime rotatus ab igni
[(no indentation)] Ibat ad æthereas umbra perusta plagas.

12.
In eandem.

QUem modò Roma suis devoverat impia diris,
Et Styge damnarât Tænarioque sinu,
Hunc vice mutatâ jam tollere gestit ad astra,
Et cupit ad superos evehere usque Deos.

13.
In inventorem Bombardæ.

JApetionidem laudavit cæca vetustas,
Qui tulit ætheream solis ab axe facem;
At mihi major erit, qui lurida creditur arma,
Et trifidum fulmen surripuisse Jovi.

14.
Ad Leonoram Romæ canentem.

ANgelus unicuique suus (sic credite gentes)
Obtigit æthereis ales ab ordinibus.
Quid mirum? Leonora tibi si gloria major,
Nam tua præsentem vox sonat ipsa Deum.
Aut Deus, aut vacui certè mens tertia cœli
Per tua secretò guttura serpit agens;
Serpit agens, facilisque docet mortalia corda
Sensim immortali assuescere posse sono.
Quòd si cuncta quidem Deus est, per cunctaque fusus,
In te unâ loquitur, cætera mutus habet.

15.
Ad eandem.

ALtera Torquatum cepit Leonora Poëtam,
Cujus ab insano cessit amore furens.
Ah miser ille tuo quantò feliciùs ævo
Perditus, & propter te Leonora foret!
Et te Pieriâ sensisset voce canentem
Aurea maternæ fila movere lyræ,
Quamvis Dircæo torsisset lumina Pentheo
Sævior, aut totus desipuiiset **[desipuisset]** iners,
Tu tamen errantes cæcâ vertigine sensus
Voce eadem poteras composuisse tuâ;
Et poteras ægro spirans sub corde quietem
Flexanimo cantu restituisse sibi.

16.
Ad eandem.

CRedula quid liquidam Sirena Neapoli jactas,
Claraque Parthenopes fana Achelöiados,
Littoreamque tuâ defunctam Naiada ripâ
Corpora Chalcidico sacra dedisse rogo?
Illa quidem vivitque, & amœnâ Tibridis undâ
Mutavit rauci murmura Pausilipi.
Illic Romulidûm studiis ornata secundis,
Atque homines cantu detinet atque Deos.

[Apologus de Rustico & Hero.]

Elegiarum Finis.

Sylvarum Liber.

17.
Anno ætatis 16. In obitum
Procancellarii medici.

PArére **[PArere]** fati discite legibus,
Manusque Parcæ jam date supplices,
Qui pendulum telluris orbem
Jäpeti **[Iäpeti]** colitis nepotes.
Vos si relicto mors vaga Tænaro
Semel vocârit flebilis, heu moræ
Tentantur incassùm dolique;
Per tenebras Stygis ire certum est.
Si destinatam pellere dextera
Mortem valeret, non ferus Hercules
Nessi venenatus cruore
Æmathiâ jacuisset Oetâ.
Nec fraude turpi Palladis invidæ
Vidisset occisum Ilion Hectora, aut
Quem larva Pelidis peremit
Ense Locro, Jove lacrymante.

Si triste fatum verba Hecatëia
Fugare possint, Telegoni parens
Vixisset infamis, potentique
Ægiali soror usa virgâ.
Numenque trinum fallere si queant
Artes medentûm, ignotaque gramina,
Non gnarus herbarum Machaon
Eurypyli cecidisset hastâ.
Læsisset & nec te Philyreie
Sagitta echidnæ perlita sanguine,
Nec tela te fulmenque avitum
Cæse puer genitricis alvo.
Tuque O alumno major Apolline,
Gentis togatæ cui regimen datum,
Frondosa quem nunc Cirrha luget,
Et mediis Helicon in undis,
Jam præfuisses Palladio gregi
Lætus, superstes, nec sine gloria,
Nec puppe lustrasses Charontis
Horribiles barathri recessus.
At fila rupit Persephone tua
Irata, cum te viderit artibus
Succoque pollenti tot atris
Faucibus **[Fausibus]** eripuisse mortis.
Colende præses, membra precor tua
Molli quiescant cespite, & ex tuo
Crescant rosæ, calthæque busto,
Purpureoque hyacinthus ore.
Sit mite de te judicium Æaci,
Subrideatque Ætnæa Proserpina,
Interque felices perennis
Elysio spatiere campo.

18.
In quintum Novembris, Anno ætatis 17.

JAm pius extremâ veniens Jäcobus **[Iäcobus]** ab arcto
Teucrigenas populos, latéque patentia regna
Albionum tenuit, jamque inviolabile fœdus
Sceptra Caledoniis conjunxerat Anglica Scotis:
Pacificusque novo felix divesque sedebat
In solio, occultique doli securus & hostis:
Cum ferus ignifluo regnans Acheronte tyrannus,
Eumenidum pater, æthereo vagus exul Olympo,
Forte per immensum terrarum erraverat orbem,
Dinumerans sceleris socios, vernasque fideles,
Participes regni post funera mœsta futuros;
Hic tempestates medio ciet aëre **[aêre]** diras,
Illic unanimes **[unamimes]** odium struit inter amicos
Armat & invictas in mutua viscera gentes;
Regnaque olivifera vertit florentia pace,
Et quoscunque videt puræ virtutis amantes,
Hos cupit adjicere imperio, fraudumque magister
Tentat inaccessum sceleri corrumpere pectus,
Insidiasque locat tacitas, cassesque latentes
Tendit, ut incautos rapiat, seu Caspia Tigris
Insequitur trepidam deserta per avia prædam
Nocte sub illuni, & somno nictantibus astris.
Talibus infestat populos Summanus & urbes
Cinctus cæruleæ fumanti turbine flammæ.
Jamque fluentisonis albentia rupibus arva
Apparent, & terra Deo dilecta marino,
Cui nomen dederat quondam Neptunia proles
Amphitryoniaden qui non dubitavit atrocem
Æquore tranato furiali poscere bello,
Ante expugnatæ crudelia sæcula Troiæ.
At simul hanc opibusque & festâ pace beatam
Aspicit, & pingues donis Cerealibus agros,
Quodque magis doluit, venerantem numina veri
Sancta Dei populum, tandem suspiria rupit
Tartareos ignes & luridum olentia sulphur.
Qualia Trinacriâ trux ab Jove clausus in Ætna
Efflat tabifico monstrosus ab ore Tiphœus.
Ignescunt oculi, stridetque adamantinus ordo
Dentis, ut armorum fragor, ictaque cuspide cuspis.
Atque pererrato solum hoc lacrymabile mundo
Inveni, dixit, gens hæc mihi sola rebellis,
Contemtrixque jugi, nostrâque potentior arte.
Illa tamen, mea si quicquam tentamina **[tantamina]** possunt, **[possunt.]**
Non feret hoc impune diu, non ibit inulta,
Hactenus; & piceis liquido natat aëre **[aêre]** pennis;
Quà volat, adversi præcursant agmine venti,
Densantur nubes, & crebra tonitrua fulgent.
Jamque pruinosas velox superaverat alpes,

Et tenet Ausoniæ fines, à parte sinistrâ
Nimbifer Appenninus erat, priscique Sabini,
Dextra veneficiis infamis Hetruria, nec non
Te furtiva Tibris Thetidi videt oscula dantem;
Hinc Mavortigenæ consistit in arce Quirini.
Reddiderant dubiam jam sera crepuscula lucem,
Cum circumgreditur totam Tricoronifer urbem,
Panificosque Deos portat, scapulisque virorum
Evehitur, præeunt summisso **[submisso]** poplite reges,
Et mendicantum series longissima fratrum;
Cereaque in manibus gestant funalia cæci,
Cimmeriis nati in tenebris, vitamque trahentes.
Templa dein multis subeunt lucentia tædis **[tædis.]**
(Vesper erat sacer iste Petro) fremitúsque **[fremitusque]** canentum
Sæpe tholos implet vacuos, & inane locorum.
Qualiter exululat Bromius, Bromiique caterva,
Orgia cantantes in Echionio Aracyntho,
Dum tremit attonitus vitreis Asopus in undis,
Et procul ipse cavâ responsat rupe Cithæron.
His igitur tandem solenni more peractis,
Nox senis amplexus Erebi taciturna reliquit,
Præcipitesque impellit equos stimulante flagello,
Captum oculis Typhlonta, Melanchætemque ferocem,
Atque Acherontæo prognatam patre Siopen
Torpidam, & hirsutis horrentem Phrica capillis.
Interea regum domitor, Phlegetontius hæres
[(indentation)] Ingreditur thalamos (neque enim secretus adulter
Producit steriles molli sine pellice noctes)
At vix compositos somnus claudebat ocellos,
Cum niger umbrarum dominus, rectorque silentum,
Prædatorque hominum falsâ sub imagine tectus
Astitit, assumptis micuerunt tempora canis,
Barba sinus promissa tegit, cineracea longo
Syrmate verrit humum vestis, pendetque cucullus
Vertice de raso, & ne quicquam desit ad artes,
Cannabeo lumbos constrinxit fune salaces, **[salaces.]**
Tarda fenestratis figens vestigia calceis.
Talis, **[(no comma)]** uti fama est, vastâ Franciscus eremo
Tetra vagabatur solus per lustra ferarum,
Sylvestrique tulit genti pia verba salutis
Impius, atque lupos domuit, Lybicosque leones.
Subdolus at tali Serpens velatus amictu
Solvit in has fallax ora execrantia voces;
Dormis nate? Etiamne tuos sopor opprimit artus **[artus?]**
Immemor O fidei, pecorumque oblite tuorum, **[tuorum!]**
Dum cathedram venerande tuam, diademaque triplex
Ridet Hyperboreo gens barbara nata sub axe,
Dumque pharetrati spernunt tua jura Britanni; **[Britanni:]**
Surge, age, surge piger, Latius quem Cæsar adorat,
Cui reserata patet convexi janua cæli,
Turgentes animos, & fastus frange procaces,
Sacrilegique sciant, tua quid maledictio possit,
Et quid Apostolicæ possit custodia clavis;
Et memor Hesperiæ disjectam ulciscere classem,
Mersaque Iberorum lato vexilla profundo,
Sanctorumque cruci tot corpora fixa probrosæ,
Thermodoontéa nuper regnante puella.
At tu si tenero mavis torpescere lecto
Crescentesque negas hosti contundere vires,
Tyrrhenum implebit numeroso milite Pontum, **[pontum,]**
Signaque Aventino ponet fulgentia colle:
Relliquias veterum franget, flammisque cremabit,
Sacraque calcabit pedibus tua colla profanis,
Cujus gaudebant soleis **[soleîs]** dare basia reges.
Nec tamen hunc bellis & aperto Marte lacesses,
Irritus ille labor, tu callidus utere fraude,
Quælibet hæreticis disponere retia fas est;
Jamque ad consilium extremis rex magnus ab oris
Patricios vocat, & procerum de stirpe creatos,
Grandævosque patres trabeâ, canisque verendos;
Hos tu membratim poteris conspergere in auras,
Atque dare in cineres, nitrati pulveris igne
Ædibus injecto, quà convenere, sub imis.
Protinus ipse igitur quoscumque **[quoscunque]** habet Anglia fidos
Propositi, factique mone, quisquámne tuorum
Audebit summi non jussa facessere Papæ.
Perculsosque metu subito, casúque **[casúmque]** stupentes

Invadat vel Gallus atrox, vel sævus Iberus.
Sæcula sic illic tandem Mariana redibunt,
Tuque in belligeros iterum dominaberis Anglos.
Et nequid timeas, divos divasque secundas
Accipe, quotque tuis celebrantur numina fastis.
Dixit & adscitos ponens malefidus amictus
Fugit ad infandam, regnum illætabile, Lethen.
Jam rosea Eoas pandens Tithonia portas
Vestit inauratas redeunti lumine terras;
Mæstaque adhuc nigri deplorans funera nati
Irrigat ambrosiis montana cacumina guttis;
Cum somnos pepulit stellatæ janitor aulæ
Nocturnos visus, & somnia grata revolvens.
Est locus æternâ septus caligine noctis
Vasta ruinosi quondam fundamina tecti,
Nunc torvi spelunca Phoni, Prodotæque bilinguis
Effera quos uno peperit Discordia partu.
Hic inter cæmenta jacent semifractaque **[præruptaque]** saxa,
Ossa inhumata virûm, & trajecta cadavera ferro;
Hic Dolus intortis semper sedet ater ocellis,
Jurgiaque, & stimulis armata Calumnia fauces, **[fauces.]**
Et Furor, atque viæ moriendi mille videntur
Et Timor **[timor]**, exanguisque locum circumvolat Horror,
Perpetuoque leves per muta silentia Manes **[Manes,]**
Exululant, **[Exululat (no comma)]** tellus & sanguine conscia stagnat.
Ipsi etiam pavidi latitant penetralibus antri
Et Phonos, & Prodotes, nulloque sequente per antrum
Antrum horrens, scopulosum, atrum feralibus umbris
Diffugiunt sontes, & retrò lumina vortunt,
Hos pugiles Romæ per sæcula longa fideles
Evocat antistes Babylonius, atque ita fatur.
Finibus occiduis circumfusum incolit æquor
Gens exosa mihi, prudens natura negavit
Indignam penitùs **[penitus]** nostro conjungere mundo; **[mundo:]**
Illuc, sic jubeo, celeri contendite gressu,
Tartareoque leves difflentur pulvere in auras
Et rex & pariter satrapæ, scelerata propago
Et quotquot fidei caluere cupidine veræ
Consilii socios adhibete, operisque ministros.
Finierat, rigidi cupidè paruere gemelli.
Interea longo flectens curvamine cælos **[cœlos]**
Despicit æthereâ dominus qui fulgurat arce,
Vanaque perversæ ridet conamina turbæ,
Atque sui causam populi volet ipse tueri.
Esse ferunt spatium, quà distat ab Aside terra
Fertilis Europe, & spectat Mareotidas undas;
Hic turris posita est Titanidosardua **[Titanidos ardua]** Fama
Ærea, lata, sonans, rutilis vicinior astris
Quàm superimpositum vel Athos vel Pelion Ossæ
Mille fores aditusque patent, totidemque fenestræ,
Amplaque per tenues translucent atria muros;
Excitat hic varios plebs agglomerata susurros;
Qualiter instrepitant circum mulctralia bombis
Agmina muscarum, aut texto per ovilia junco,
Dum Canis æstivum cœli petit ardua culmen
Ipsa quidem summâ sedet ultrix matris in arce,
Auribus innumeris cinctum caput eminet olli,
Queis sonitum exiguum trahit, atque levissima captat
Murmura, ab extremis patuli confinibus orbis.
Nec tot Aristoride servator inique juvencæ
Isidos, immiti volvebas lumina vultu,
Lumina non unquam tacito nutantia somno,
Lumina subjectas late spectantia terras.
Istis illa solet loca luce carentia sæpe
Perlustrare, etiam radianti impervia soli.
Millenisque loquax auditaque visaque linguis
Cuilibet effundit temeraria, veráque mendax
Nunc minuit, modò confictis sermonibus auget.
Sed tamen a nostro meruisti carmine laudes
Fama, bonum quo non aliud veracius ullum,
Nobis digna cani, nec te memorasse pigebit
Carminetam **[Carmine tam]** longo, servati scilicet Angli
Officiis vaga diva tuis, tibi reddimus æqua.
Te Deus æternos motu qui temperat ignes,
Fulmine præmisso alloquitur, terrâque tremente:
Fama siles? an te latet impia Papistarum
Conjurata cohors in meque meosque Britannos,
Et nova sceptrigero cædes meditata Jäcobo **[Iäcobo]**:
Nec plura, illa statim sensit mandata Tonantis,

Et satis antè fugax stridentes induit alas,
Induit & variis exilia corpora plumis;
Dextra tubam gestat Temesæo ex ære sonoram.
Nec mora jam pennis cedentes remigat auras,
Atque parum est cursu celeres prævertere nubes,
Jam ventos, jam solis equos post terga reliquit:
Et primò Angliacas solito de more per urbes
Ambiguas voces, incertaque murmura spargit,
Mox arguta dolos, & detestabile vulgat
Proditionis opus, nec non facta horrida dictu,
Authoresque addit sceleris, nec garrula cæcis
Insidiis loca structa silet; stupuere relatis,
Et pariter juvenes, pariter tremuere puellæ,
Effætique senes pariter, tantæque ruinæ
Sensus ad ætatem subitò penetraverat omnem
Attamen interea populi miserescit ab alto
Æthereus pater, & crudelibus obstitit ausis
Papicolûm; capti pœnas raptantur ad acres;
At pia thura Deo, & grati solvuntur honores;
Compita læta focis genialibus omnia fumant;
Turba choros juvenilis agit: Quintoque Novembris
Nulla Dies toto occurrit celebratior anno.

19.
Anno ætatis 17. In obitum **[obitum.]** Præsulis Eliensis.

ADhuc madentes rore squalebant genæ,
Et sicca nondum lumina **[; (semi-colon added)]**
Adhuc liquentis imbre turgebant salis,
Quem nuper effudi pius,
Dum mæsta charo justa persolvi rogo
Wintoniensis præsulis.
Cum centilinguis Fama (proh semper mali
Cladisque vera nuntia)
Spargit per urbes divitis Britanniæ,
Populosque Neptuno satos,
Cessisse morti, & ferreis sororibus
Te generis humani decus,
Qui rex sacrorum illâ fuisti in insulâ
Quæ nomen Anguillæ tenet.
Tunc inquietum pectus irá **[irâ]** protinus
Ebulliebat fervidâ,
Tumulis potentem sæpe devovens deam:
Nec vota Naso in Ibida
Concepit alto diriora pectore,
Graiusque vates parciùs
Turpem Lycambis execratus est dolum,
Sponsamqne **[Sponsamque]** Neobolen suam.
At ecce diras ipse dum fundo graves,
Et imprecor neci necem,
Audisse tales videor attonitus sonos
Leni, sub aurâ, flamine:
Cæcos furores pone, pone vitream
Bilemque & irritas minas,
Quid temerè violas non nocenda numina,
Subitoque ad iras percita.
Non est, ut arbitraris elusus miser,
Mors atra Noctis filia,
Erebóve patre creta, sive Erinnye,
Vastóve nata sub Chao:
Ast illa cælo missa stellato, Dei
Messes ubique colligit;
Animasque mole carneâ reconditas
In lucem & auras evocat:
Ut cum fugaces excitant Horæ diem
Themidos Jovisque filiæ;
Et sempiterni ducit ad vultus patris;
At justa raptat impios
Sub regna furvi luctuosa Tartari,
Sedesque subterraneas
Hanc ut vocantem lætus audivi, citò
Fœdum reliqui carcerem,
Volatilesque faustus inter milites
Ad astra sublimis feror:
Vates ut olim raptus ad cœlum senex
Auriga currus ignei,
Non me Boötis terruere lucidi
Sarraca tarda frigore, aut
Formidolosi Scorpionis brachia,
Non ensis Orion tuus.
Prætervolavi fulgidi solis globum,
Longéque sub pedibus deam
Vidi triformem, dum coercebat suos
Frænis dracones aureis.
Erraticorum syderum per ordines,

Per lacteas vehor plagas,
Velocitatem sæpe miratus novam,
Donec nitentes ad fores
Ventum est Olympi, & regiam Crystallinam **[Chrystallinam]**, &
Stratum smaragdis Atrium.
Sed hic tacebo, nam quis effari queat
Oriundus humano patre
Amœnitates illius loci, mihi
Sat est in æternum frui.

20.
Naturam non pati senium.

HEu quàm perpetuis erroribus acta fatiscit
Avia mens hominum, tenebrisque **[tenebrisq;]** immersa profundis
Oedipodioniam volvit sub pectore noctem!
Quæ vesana suis metiri facta deorum
Audet, & incisas leges adamante perenni
Assimilare suis, nulloque solubile sæclo
Consilum **[Consilium]** fati perituris alligat horis.
Ergóne marcescet sulcantibus obsita rugis
Naturæ facies, & rerum publica mater
Omniparum contracta uterum sterilescet ab ævo?
Et se fassa senem malè certis passibus ibit
Sidereum tremebunda caput? num tetra vetustas
Annorumque æterna fames, squalorque situsque
Sidera vexabunt? an & insatiabile Tempus
Esuriet Cælum, rapietque in viscera patrem?
Heu, potuitne suas imprudens Jupiter arces
Hoc contra munisse **[munîsse]** nefas, & Temporis **[temporis]** isto
Exemisse malo, gyrosque dedisse perennes?
Ergo erit ut quandoque sono dilapsa tremendo
Convexi tabulata ruant, atque obvius ictu
Stridat uterque polus, superâque ut Olympius aulâ
Decidat, horribilisque retectâ Gorgone Pallas.
Qualis in Ægæam proles Junonia Lemnon
Deturbata sacro cecidit de limine cæli.
Tu quoque Phœbe tui casus imitabere nati
Præcipiti curru, subitáque ferere ruinâ
Pronus, & extinctâ **[exinctâ]** fumabit lampade Nereus,
Et dabit attonito feralia sibila ponto.
Tunc etiam aërei divulsis sedibus Hæmi
Dissultabit apex, imoque allisa barathro
Terrebunt Stygium dejecta Ceraunia Ditem
In superos quibus usus erat, fraternaque bella.
At Pater **[pater]** omnipotens fundatis fortius astris
Consuluit rerum summæ, certoque peregit
Pondere fatorum lances, atque ordine summo
Singula perpetuum jussit servare tenorem.
Volvitur hinc lapsu mundi rota prima diurno;
Raptat, **[no comma]** & ambitos **[ambit os]** sociâ vertigine cælos
Tardior haud solito Saturnus, & acer ut olim
Fulmineùm **[Fulmineum]** rutilat cristatâ casside Mavors
Floridus æternùm Phœbus juvenile coruscat,
Nec fovet effœtas loca per declivia terras
Devexo temone Deus; sed semper amicá
Luce potens eadem currit per signa rotarum,
Surgit odoratis pariter formosus ab Indis
Æthereum pecus albenti qui cogit Olympo
Mane vocans, & serus agens in pascua cæli **[cœli]**,
Temporis & gemino dispertit regna colore.
Fulget, obitque vices alterno Delia cornu,
Cæruleumque ignem paribus complectitur ulnis.
Nec variant elementa fidem, solitóque fragore
Lurida perculsas jaculantur fulmina rupes.
Nec per inane furit leviori murmure Corus,
Stringit & armiferos æquali horrore Gelonos
Trux Aquilo, spiratque hyemem, nimbosque volutat.
Utque solet, Siculi diverberat ima Pelori
Rex maris, & raucâ circumstrepit æquora conchâ
Oceani Tubicen, nec vastâ mole minorem
Ægæona ferunt dorso Balearica cete.
Sed neque Terra tibi sæcli vigor ille vetusti
Priscus abest, servatque suum Narcissus odorem,
Et puer ille suum tenet & puer ille decorem
Phœbe tuusque & Cypri tuus, nec ditior olim
Terra datum sceleri celavit montibus aurum
Conscia, vel sub aquis gemmas. Sic denique in ævum
Ibit cunctarum series justissima rerum,
Donec flamma orbem populabitur ultima, latè
Circumplexa polos, & vasti culmina cæli;

Ingentique rogo flagrabit machina mundi.

21.
De Idea Platonica quemadmodum Aristoteles intellexit.

DIcite sacrorum præsides nemorum deæ,
Tuque O noveni perbeata numinis
Memoria mater, quæque in immenso procul
Antro recumbis otiosa Æternitas,
Monumenta servans, & ratas leges Jovis,
Cælique fastos atque ephemeridas Deûm,
Quis ille primus cujus ex imagine
Natura sollers **[solers]** finxit humanum genus,
Æternus, incorruptus, æquævus polo,
Unusque & universus, exemplar Dei?
Haud ille Palladis gemellus innub æ **[innubæ]**
Interna proles insidet menti Jovis;
Sed quamlibet natura sit communior,
Tamen seorsùs extat ad morem unius,
Et, mira, certo stringitur spatio loci;
Seu sempiternus ille syderum comes
Cæli pererrat ordines decemplicis,
Citimúmve terris incolit Lunæ globum:
Sive inter animas corpus adituras sedens
Obliviosas torpet ad Lethes aquas:
Sive in remotâ forte terrarum plagâ
Incedit ingens hominis archetypus gigas,
Et diis **[iis]** tremendus erigit celsum caput
Atlante major portitore syderum.
Non cui profundum cæcitas lumen dedit
Dircæus augur vidit hunc alto sinu;
Non hunc silenti nocte Plèiones **[Plêiones]** nepos
Vatum sagaci præpes ostendit choro;
Non hunc sacerdos novit Assyrius, licet
Longos vetusti commemoret atavos Nini,
Priscumque Belon, inclytumque Osiridem.
Non ille trino gloriosus nomine
Ter magnus Hermes (ut sit arcani sciens)
Talem reliquit Isidis cultoribus.
At tu perenne ruris Academi decus
(Hæc monstra si tu primus induxti **[induxit]** scholis)
Jam jam pöetas **[pôetas]** urbis exules tuæ
Revocabis, ipse fabulator maximus,
Aut institutor ipse migrabis foras.

22.
Ad Patrem.

NUnc mea Pierios cupiam per pectora fontes
Irriguas torquere vias, totumque per ora
Volvere laxatum gemino de vertice rivum;
Ut tenues oblita sonos audacibus alis
Surgat in offlcium **[officium]** venerandi Musa parentis.
Hoc utcunque tibi gratum pater optime carmen
Exiguum meditatur opus, nec novimus ipsi
Aptiùs à nobis quæ possint **[possunt]** munera donis
Respondere tuis, quamvis nec maxima possint
Respondere tuis, nedum ut par gratia donis
Ess queat, vacuis quæ redditur arida verbis.
Sed tamen hæc nostros ostendit pagina census,
Et quod habemus opum chartâ numeravimus istâ **[istâ,]**
Quæ mihi sunt nullæ, nisi quas dedit aurea Clio
Quas mihi semoto somni peperere sub antro,
Et nemoris laureta sacri Parnassides umbræ.
 Nec tu vatis opus divinum despice carmen,
Quo nihil æthereos ortus, & semina cæli,
Nil magis humanam commendat origine mentem,
Sancta Promethéæ retinens vestigia flammæ.
Carmen amant superi, tremebundaque Tartara carmen
Ima ciere valet, divosque ligare profundos,
Et triplici duros Manes adamante coercet.
Carmine sepositi retegunt arcana futuri
Phœbades, & tremulæ pallentes **[pallantes]** ora Sibyllæ;
Carmina sacrificus sollennes pangit ad aras
Aurea seu sternit motantem cornua taurum;
Seu cùm fata sagax fumantibus abdita fibris
Consulit, & tepidis Parcam scrutatur in extis.
Nos etiam patrium tunc cum repetemus Olympum,
Æternæque moræ stabunt immobilis ævi,
Ibimus auratis per cæli templa coronis,
Dulcia suaviloquo sociantes carmina plectro,
Astra quibus, geminique poli convexa sonabunt.
Spiritus & rapidos qui circinat igneus orbes. **[orbes,]**
Nunc quoque sydereis intercinit ipse choreis

Immortale melos, & inenarrabile carmen;
Torrida dum rutilus compescit sibila serpens,
Demissoque ferox gladio mansuescit Orion;
Stellarum nec sentit onus Maurusius Atlas.
Carmina regales epulas ornare solebant,
Cum nondum luxus, vastæque immensa vorago
Nota gulæ, & modico spumabat cœna Lyæo.
Tum de more sedens festa ad convivia vates
Æsculeâ intonsos redimitus ab arbore crines,
Heroumque actus, imitandaque gesta canebat,
Et chaos, & positi latè fundamina mundi,
Reptantesque Deos, & alentes numina glandes,
Et nondum Ætnæo **[Ætneo]** quæsitum fulmen ab antro.
Denique quid vocis modulamen inane juvabit,
Verborum sensusque vacans, numerique loquacis?
Silvestres decet iste choros, non Orphea cantus,
Qui tenuit fluvios & quercubus addidit aures
Carmine, non citharâ, simulachraque functa canendo
Compulit in lacrymas; habet has à carmine laudes.
  Nec tu perge precor sacras contemnere Musas,
Nec vanas inopesque puta, quarum ipse peritus
Munere, mille sonos numeros componis ad aptos,
Millibus & vocem modulis variare canoram
Doctus, Arionii meritò sis nominis hæres.
Nunc tibi quid mirum, si me genuisse poëtam
Contigerit, charo si tam propè sanguine juncti
Cognatas artes, studiumque affine sequamur:
Ipse volens Phœbus se dispertire duobus,
Altera dona mihi, dedit altera dona parenti,
Dividuumque Deum genitorque puerque tenemus.
  Tu tamen ut simules teneras odisse camœnas,
Non odisse reor, neque enim, pater, ire jubebas
Quà via lata patet, quà pronior area lucri,
Certaque condendi fulget spes aurea nummi:
Nec rapis ad leges, malè custoditaque gentis
Jura, nec insulsis damnas clamoribus aures.
Sed magis excultam cupiens ditescere mentem,
Me procul urbano strepitu, secessibus altis
Abductum Aoniæ jucunda per otia ripæ
Phœbæo lateri comitem sinis ire beatum.
Officium chari taceo commune parentis,
Me poscunt majora, tuo pater optime sumptu
Cùm mihi Romuleæ patuit facundia linguæ,
Et Latii veneres, & quæ Jovis ora decebant
Grandia magniloquis elata vocabula Graiis,
Addere suasisti quos jactat Gallia flores,
Et quam degeneri novus Italus ore loquelam
Fundit, Barbaricos testatus voce tumultus,
Quæque Palæstinus loquitur mysteria vate.* **[vates.]**
Denique quicquid habet cælum **[cœlum]**, subjectaque cœl
Terra parens, terræque & cœlo interfluus aer,
Quicquid & unda tegit, pontique agitabile marmor,
Per te nosse licet, per te, si nosse libebit.
Dimotàque **[Dimotáque]** venit spectanda scientia nube
Nudaque conspicuos inclinat ad oscula vultus,
Ni fugisse velim, ni sit libâsse molestum.
  I nunc, confer opes quisquis malesanus avitas
Austriaci gazas, Perüanaque regna præoptas.
Quæ potuit majora pater tribuisse, vel ipse
Jupiter, excepto, donâsset ut omnia, cœlo?
Non potiora dedit, quamvis & tuta fuissent,
Publica qui juveni commisit lumina nato
Atque Hyperionios currus, & fræna diei,
Et circùm **[circum]** undantem radiatâ luce tiaram.
Ergo ego jam doctæ pars quamlibet ima catervæ
Victrices hederas inter, laurosque sedebo,
Jamque nec obscurus populo miscebor inerti,
Vitabuntque oculos vestigia nostra profanos.
Este procul vigiles curæ, procul este querelæ,
Invidiæque acies transverso tortilis hirquo,
Sæva nec anguiferos extende Calumnia rictus;
In me triste nihil fædissima turba potestis,
Nec vestri sum juris ego; securaque tutus
Pectora, vipereo gradiar sublimis ab ictu.
  At tibi, chare pater, postquam non æqua merenti
Posse referre datur, nec dona rependere factis,
Sit memorâsse satis, repetitaque munera grato
Percensere animo, sidæque reponere menti.
  Et vos, O nostri, juvenilia carmina, lusus,
Si modo perpetuos sperare audebitis annos,
Et domini superesse rogo, lucemque tueri,
Nec spisso rapient oblivia nigra sub Orco,
Forsitan has laudes, decantatumque parentis

Nomen, ad exemplum, sero servabitis ævo.

23.
Ad Salsillum poetam Romanum ægrotantem.

SCAZONTES.

O Musa gressum quæ volens trahis claudum,
Vulcanioque tarda gaudes incessu,
Nec sentis illud in loco minus gratum,
Quàm cùm decentes flava Dëiope **[Dêiope]** suras
Alternat aureum ante Junonis lectum. **[lectum,]**
Adesdum & hæc s'is verba pauca Salsillo
Refer, camœna nostra cui tantum est cordi,
Quamque ille magnis prætulit immeritò divis.
Hæc ergo alumnus ille Londini Milto,
Diebus hisce qui suum linquens nidum
Polique tractum, (pessimus ubi ventorum,
Insanientis impotensque pulmonis
Pernix anhela sub Jove exercet flabra)
Venit feraces Itali soli ad glebas,
Visum superbâ cognitas urbes famâ
Virosque doctæque indolem juventutis,
Tibi optat idem hic fausta multa Salsille,
Habitumque fesso corpori penitùs sanum;
Cui nunc profunda bilis infestat renes,
Præcordiisque fixa damnosùm spirat.
Nec id pepercit impia quòd tu Romano
Tam cultus ore Lesbium condis melos.
O dulce divûm munus, Osalus **[O salus]** Hebes
Germana! Tuque Phœbe morborum terror
Pythone cæso, sive tu magis Pæan
Libenter audis, hic tuus sacerdos est.
Querceta Fauni, vosque rore vinoso
Colles benigni, mitis Euandri **[Evandri]** sedes,
Siquid salubre vallibus frondet vestris,
Levamen ægro ferte certatim vati.
Sic ille charis redditus rursùm Musis
Vicina dulci prata mulcebit cantu.
Ipse inter atros emirabitur lucos
Numa, ubi beatum degit otium æternum,
Suam reclivis semper Ægeriam spectans.
Tumidusque & ipse Tibris hinc delinitus
Spei favebit annuæ colonorum:
Nec in sepulchris ibit obsessum reges
Nimiùm sinistro laxus irruens loro:
Sed fræna melius temperabit undarum,
Adusque curvi salsa regna Portumni.

24.
Mansus.

Joannes Baptista Mansus Marchio Villensis vir ingenii laude, tum literarum studio, nec non & bellicâ ***[bellica]*** *virtute apud Italos clarus in primis est. Ad quem Torquati Tassi dialogus extat de Amicitiâ* ***[Amicitia]*** *scriptus; erat enim Tassi amicissimus; ab quo etiam inter Campaniæ principes celebratur, in illo poemate cui titulus* Gerusalemme conquistata, lib. 20.

Fra cavalier magnanimi, è cortesi
Risplende il Manso—

Is authorem Neapoli commorantem summâ ***[summa]*** *benevolentiâ* ***[benevolentia]*** *prosecutus est, multaque ei detulit humanitatis officia. Ad hunc itaque hospes ille antequam ab eâ* ***[ab ea]*** *urbe discederet, ut ne ingratum se ostenderet, hoc carmen misit.*

HÆc quoque Manse tuæ meditantur carmina laudi
Pierides, tibi Manse choro notissime Phœbi,
Quandoquidem ille alium haud æquo est dignatus honore,
Post Galli **[galli]** cineres, & Mecænatis Hetrusci.
Tu quoque si nostræ tantùm valet aura Camœnæ,
Victrices hederas inter, laurosque sedebis.
Te pridem magno felix concordia Tasso
Junxit, & æternis inscripsit nomina chartis.
Mox tibi dulciloquum non inscia Musa Marinum
Tradidit, ille tuum dici se gaudet alumnum,
Dum canit Assyrios divûm prolixus amores;
Mollis & Ausonias stupesecit carmine nymphas.
Ille itidem moriens tibi soli debita vates
Ossa tibi soli, supremaque vota reliquit.
Nec manes pietas tua chara fefellit amici,

Vidimus arridentem operoso ex ære poetam.
Nec fatis hoc visum est in utrumque, & nec pia cessant
Officia in tumulo, cupis integros rapere Orco,
Quà **[Quá]** potes, atque avidas Parcarum eludere leges:
Amborum genus, & variâ sub sorte peractam
Describis vitam, moresque, & dona Minervæ;
Æmulus illius Mycalen qui natus ad altam
Rettulit Æolii vitam facundus Homeri.
Ergo ego te Cliûs & magni nomine Phœbi
Manse pater, jubeo longum salvere per ævum
Missus Hyperboreo juvenis peregrinus ab axe.
Nec tu longinquam **[longinguam]** bonus aspernabere Musam, **[musam,]**
Quæ nuper gelidâ vix enutrita sub Arcto
Imprudens Italas ausa est volitare per urbes.
Nos etiam in nostro modulantes flumine cygnos
Credimus obscuras noctis sensisse per umbras,
Quà Thamesis latè **[late]** puris argenteus urnis
Oceani glaucos perfundit gurgite crines.
Quin & in has quondam pervenit Tityrus oras.
Sed neque nos genus incultum, nec inutile Phœbo,
Quà plaga septeno mundi sulcata Trione
Brumalem patitur longâ sub nocte Boöten.
Nos etiam colimus Phœbum, nos munera Phœbo
Flaventes spicas, & lutea mala canistris,
Halantemque crocum (perhibet nisi vana vetustas)
Misimus, & lectas Druidum de gente choreas.
(Gens Druides antiqua sacris operata deorum
Heroum laudes imitandaque gesta canebant)
Hinc quoties festo cingunt altaria cantu
Delo in herbosâ Graiæ de more puellæ
Carminibus lætis memorant Corinėida Loxo,
Fatidicamque Upin, cum flavicomâ Hecaërge
Nuda Caledonio variatas pectora fuco.
Fortunate senex, ergo quacunque per orbem
Torquati decus, & nomen celebrabitur ingens,
Claraque perpetui succrescet fama Marini,
Tu quoque in ora frequens venies plausumque virorum,
Et parili carpes iter immortale volatu.
Dicetur tum sponte tuos habitasse **[habitâsse]** penates
Cynthius, & famulas venisse ad limina Musas:
At non sponte domum tamen idem, & regis adivit
Rura Pheretiadæ cælo **[cœlo]** fugitivus Apollo;
Ille licet magnum Alciden susceperat hospes;
Tantùm ubi clamosos placuit vitare bubulcos,
Nobile mansueti cessit Chironis in antrum,
Irriguos inter saltus frondosaque tecta
Peneium prope rivum: ibi sæpe sub ilice nigrâ
Ad citharæ strepitum blandâ prece victus amici
Exilii duros lenibat voce labores.
Tum neque ripa suo, barathro nec fixa sub imo,
Saxa stetere loco, nutat Trachinia rupes,
Nec sentit solitas, immania pondera, silvas,
Emotæque suis properant de collibus orni,
Mulcenturque novo maculosi carmine lynces.
Diis dilecte senex, te Jupiter æquus oportet
Nascentem, & miti lustrarit lumine Phœbus,
Atlantisque nepos; neque enim nisi charus ab ortu
Diis superis poterit magno favisse poetæ.
Hinc longæva tibi lento sub flore senectus
Vernat, & Æsonios lucratur vivida fusos,
Nondum deciduos servans tibi frontis honores,
Ingeniumque vigens, & adultum mentis acumen.
O mihi si mea sors talem concedat amicum
Phœbæos decorâsse viros qui tam bene norit, **[nôrit,]**
Si quando indigenas revocabo in carmina reges,
Arturumque etiam sub terris bella moventem;
Aut dicam invictæ sociali fœdere mensæ,
Magnanimos Heroas, & (O modo spiritus ad sit)
Frangam Saxonicas Britonum sub Marte phalanges.
Tandem ubi non tacitæ permensus tempora vitæ,
Annorumque satur cineri sua jura relinquam,
Ille mihi lecto madidis astaret ocellis,
Astanti sat erit si dicam sim tibi curæ;
Ille meos artus liventi morte solutos
Curaret parvâ componi molliter urnâ.
Forsitan & nostros ducat de marmore vultus,
Nectens aut Paphiâ myrti aut Parnasside lauri
Fronde comas, at ego securâ pace quiescam.
Tum quoque, si qua sides, si præmia certa bonorum,
Ipse ego cælicolûm semotus in æthera divûm,
Quò labor & mens pura vehunt, atque ignea virtus
Secreti hæc aliquâ mundi de parte videbo
(Quantum fata sinunt) & totâ mente serenùm

Ridens purpureo suffundar lumine vultus
Et simul æthereo plaudam mihi lætus Olympo.

25.
EPITAPHIUM
DAMONIS.
ARGUMENTUM.

THyrsis & Damon ejusdem viciniæ Pastores, eadem studia sequuti a pueritiâ **[pueritia]** amici erant, ut qui plurimùm **[plurimum]**. Thyrsis animi causâ **[causa]** profectus peregrè de obitu Damonis nuncium accepit. Domum postea reversus, & rem ita esse comperto, se, suamque solitudinem hoc carmine deplorat. Damonis autem sub personâ **[persona]** hîc intelligitur Carolus Deodatus ex urbe Hetruriæ Luca paterno **[Paterno]** genere oriundus, cætera Anglus; ingenio, doctrina, clarissimisque cæteris virtutibus, dum viveret, juvenis egregius.

EPITAPHIUM
DAMONIS.

HImerides nymphæ (nam vos & Daphnin & Hylan,
Et plorata diu meministis fata Bionis)
Dicite Sicelicum Thamesina per oppida carmen:
Quas miser effudit voces, quæ murmura Thyrsis,
Et quibus assiduis exercuit antra querelis,
Fluminaque, fontesque vagos, nemorumque recessus,
Dum sibi præreptum queritur Damona, neque altam
Luctibus exemit noctem loca sola pererrans **[perrerans]**.
Et jam bis viridi surgebat culmus arista,
Et totidem flavas numerabant horrea messes,
Ex quo summa dies tulerat Damona sub umbras,
Nec dum aderat Thyrsis; pastorem scilicet illum
Dulcis amor Musæ Thusca retinebat in urbe.
Ast ubi mens expleta domum, pecorisque relicti
Cura vocat, simul assuetâ sedítque sub ulmo,
Tum vero **[verò]** amissum tum denique sentit amicum,
Cœpit & immensum sic exonerare dolorem.
  Ite domum impasti, domino jam non vacat, agni.
Hei mihi! quæ terris, quæ dicam numina cœlo,
Postquam te immiti rapuerunt funere Damon;
Siccine nos linquis, tua sic sine nomine virtus
Ibit, & obscuris numero sociabitur umbris?
At non ille, animas virgâ qui dividit aureâ,
Ista velit, dignumque tui te ducat in agmen,
Ignavumque procul pecus arceat omne silentum.
  Ite domum impasti, domino jam non vacat, agni.
Quicquid erit, certè nisi me lupus antè videbit,
Indeplorato non comminuere sepulcro **[sepulchro]**,
Constabitque tuus tibi honos, longúmque vigebit
Inter pastores: Illi tibi vota secundo
Solvere post Daphnin, post Daphnin dicere laudes
Gaudebunt, dum rura Pales, dum Faunus amabit:
Si quid id est, priscamque fidem coluisse, piúmque,
Palladiásque artes, sociúmque habuisse canorum.
  Ite domum impasti, domino jam non vacat, agni.
Hæc tibi certa manent, tibi erunt hæc præmia Damon,
At mihi quid tandem fiet modò? quis mihi fidus
Hærebit lateri comes, ut tu sæpe solebas
Frigoribus duris, & per loca fœta pruinis,
Aut rapido sub sole, siti morientibus herbis?
Sive opus in magnos fuit eminùs ire leones
Aut avidos terrere lupos præsepibus altis;
Quis fando sopire diem, cantuque solebit?
  Ite domum impasti, domino jam non vacat, agni.
Pectora cui credam? quis me lenire docebit
Mordaces curas, quis longam fallere noctem
Dulcibus alloquiis, grato cùm sibilat igni
Molle pyrum, & nucibus strepitat focus, at malus auster
Miscet cuncta foris, & desuper intonat ulmo.
  Ite domum impasti, domino jam non vacat, agni.
Aut æstate, dies medio dum vertitur axe,
Cum Pan æsculeâ somnum capit abditus umbrâ,
Et repetunt sub aquis sibi nota sedilia nymphæ,
Pastoresque latent, stertit sub sepe colonus,
Quis mihi blanditiásque tuas, quis tum mihi risus,
Cecropiosque sales referet, cultosque lepores?
  Ite domum impasti, domino jam non vacat, **[(no comma)]** agni.
At jam solus agros, jam pascua solus oberro,
Sicubi ramosæ densantur vallibus umbræ,
Hic serum expecto; supra caput imber & Eurus

Triste sonant, fractæque agitata crepuscula silvæ.
Ite domum impasti, domino jam non vacat, agni.
Heu quàm **[quam]** culta mihi priùs arva procacibus herbis
Involvuntur, & ipsa situ seges alta fatiscit!
Innuba neglecto marcescit & uva racemo,
Nec myrteta juvant; ovium quoque tædet, at illæ
Mœrent, inque suum convertunt ora magistrum.
Ite domum impasti, domino jam non vacat, agni.
Tityrus ad corylos vocat, Alphesibœus ad ornos,
Ad salices Aegon, ad flumina pulcher Amyntas,
Hic gelidi fontes, hîc illita gramina musco,
Hic Zephyri **[Zephiri]**, hîc placidas interstrepit arbutus undas;
Ista canunt surdo, frutices ego nactus abibam.
Ite domum impasti, domino jam non vacat, agni.
Mopsus ad hæc, nam me redeuntem forte notârat,
(Et callebat avium linguas, & sydera Mopsus)
Thyrsi, quid hoc? dixit, quæ te coquit improba bilis?
Aut te perdit amor, aut te malè fascinat astrum,
Saturni grave sæpe fuit pastoribus astrum,
Intimaque obliquo figit præcordia plumbo.
Ite domum impasti, domino jam non vacat, agni.
Mirantur nymphæ, & quid te Thyrsi, futurum est?
Quid tibi vis? ajunt **[aiunt]**, non hæc solet esse juventæ
Nubila frons, oculique truces, vultusque severi,
Illa choros, lususque leves, & semper amorem
Jure petit; bis ille miser qui serus amavit.
Ite domum impasti, domino jam non vacat, agni.
Venit Hyas, Dryopéque, & filia Baucidis Aegle
Docta modos, citharæque sciens, sed perdita fastu,
Venit Idumanii Chloris vicina fluenti;
Nil me blanditiæ, nil me solantia verba,
Nil me, si quid adest, movet, aut spes ulla futuri.
Ite domum impasti, domino jam non vacat, agni.
Hei mihi quam similes ludunt per prata juvenci,
Omnes unanimi secum sibi lege sod ales **[sodales]**,
Nec magis hunc alio quisquam secernit amicum
De grege, sic densi veniunt ad pabula thoes,
Inque vicem hirsuti paribus junguntur onagri;
Lex eadem pelagi, deserto in littore Proteus
Agmina Phocarum numerat, vilisque volucrum
Passer habet semper quicum sit, & omnia circum
Farra libens volitet, serò sua tecta revisens,
Quem si fors letho objecit, seu milvus adunco
Fata tulit rostro, seu stravit arundine fossor,
Protinus ille alium socio petit inde volatu.
Nos durum genus, & diris exercita fatis
Gens homines aliena animis, & pectore discors,
Vix sibi quisque parem de millibus invenit unum,
Aut si sors dederit tandem non aspera votis,
Illum inopina dies quâ non speraveris horâ
Surripit, æternum linquens in sæcula damnum.
Ite domum impasti, domino jam non vacat, agni.
Heu quis me ignotas traxit vagus error in oras
Ire per aëreas **[aêreas]** rupes, Alpemque nivosam!
Ecquid erat tanti Romam vidisse sepultam?
Quamvis illa foret, qualem dum viseret olim,
Tityrus ipse suas & oves & rura reliquit;
Ut te tam dulci possem caruisse sodale,
Possem tot maria alta, tot interponere montes,
Tot sylvas, tot saxa tibi, fluviosque sonantes.
Ah certè extremùm licuisset tangere dextram,
Et bene compositos placidè morientis ocellos,
Et dixisse, vale, nostri memor ibis ad astra.
Ite domum impasti, domino jam non vacat, agni.
Quamquam etiam vestri nunquam meminisse pigebit
Pastores Thusci, Musis operata juventus,
Hic Charis, atque Lepos; & Thuscus tu quoque Damon.
Antiquâ genus unde petis Lucumonis ab urbe.
O ego quantus eram, gelidi cum stratus ad Arni
Murmura, populeumque nemus, quà mollior herba,
Carpere nunc violas, nunc summas carpere myrtos,
Et potui Lycidæ certantem audire Menalcam.
Ipse etiam tentare ausus sum, nec puto multùm
Displicui, nam sunt & apud me munera vestra
Fiscellæ, calathique & cerea vincla cicutæ.
Quin & nostra suas docuerunt nomina fagos
Et Datis, & Francinus, erant & vocibus ambo
Et studiis noti, Lydorum sanguinis ambo.
Ite domum impasti, domino jam non vacat, agni.
Hæc mihi tum læto dictabat roscida luna,
Dum solus teneros claudebam cratibus hœdos.
Ah quoties dixi, cùm te cinis ater habebat,
Nunc canit, aut lepori nunc tendit retia Damon,

Vimina nunc texit, varios sibi quod sit in usus;
Et quæ tum facile sperabam mente futura
Arripui voto levis, & præsentia finxi,
Heus bone numquid agis? nisi te quid forte retardat,
Imus? & argutâ paulùm recubamus in umbra,
Aut ad aquas Colni, aut ubi jugera Cassibelauni?
Tu mihi percurres medicos, tua gramina, succos,
Helleborùmque, humilésque crocos, foliûmque **[foliúmque]** hyacinthi,
Quasque habet ista palus herbas, artesque medentûm,
Ah pereant herbæ, pereant artesque medentûm
Gramina, postquam ipsi nil profecere magistro.
Ipse etiam, nam nescio quid mihi grande sonabat
Fistula, ab undecimâ jam lux est altera nocte,
Et tum forte novis admôram labra cicutis,
Dissiluere tamen rupta compage, nec ultra
Ferre graves potuere sonos, dubito quoque ne sim
Turgidulus, tamen & referam, vos cedite silvæ.
  Ite domum impasti, domino jam non vacat, agni.
Ipse ego Dardanias Rutupina per æquora puppes
Dicam, & Pandrasidos regnum vetus Inogeniæ,
Brennúmque **[Brennùmque]** Arviragumque duces, priscúmque **[priscùmque]** Belinum,
Et tandem Armoricos Britonum sub lege colonos;
Tum gravidam Arturo fatali fraude Jögernen
Mendaces vultus, assumptáque Gorlöis arma,
Merlini dolus. O mihi tum si vita supersit,
Tu procul annosa pendebis fistula pinu
Multùm oblita mihi, aut patriis mutata camœnis
Brittonicum strides, quid enim? omnia non licet uni
Non sperasse **[sperâsse]** uni licet omnia, mi satis ampla
Merces, & mihi grande decus (sim ignotus in ævum
Tum licet, externo penitúsque inglorius orbi)
Si me flava comas legat Usa, & potor Alauni,
Vorticibúsque frequens Abra, & nemus omne Treantæ,
Et Thamesis meus ante omnes, & fusca metallis
Tamara, & extremis me discant Orcades undis.
  Ite domum impasti, domino jam non vacat, agni.
Hæc tibi servabam lentâ sub cortice lauri,
Hæc, & plura simul, tum quæ mihi pocula Mansus,
Mansus Chalcidicæ non ultima gloria ripæ
Bina dedit, mirum artis opus, mirandus & ipse,
Et circùm gemino cælaverat argumento:
In medio rubri maris unda, & odoriferum ver
Littora longa Arabum, & sudantes balsama silvæ,
Has inter Phœnix divina avis, unica terris
Cæruleùm fulgens diversicoloribus alis
Auroram vitreis surgentem respicit undis.
Parte alia polus omnipatens, & magnus Olympus,
Quis putet?hic **[putet? hic]** quoque **[quoq;]** Amor, pictæque **[pictæq;]** in nube pharetræ,
Arma corusca faces, & spicula tincta pyropo;
Nec tenues animas, pectúsque ignobile vulgi
Hinc ferit, at circùm flammantia lumina torquens
Semper in erectum spargit sua tela per orbes
Impiger, & pronos nunquam collimat ad ictus,
Hinc mentes ardere sacræ, formæque deorum.
  Tu quoque in his, nec me fallit spes lubrica Damon,
Tu quoque in his certè es, nam quò tua dulcis abiret
Sanctáque simplicitas, nam quò tua candida virtus?
Nec te Lethæo fas quæsivisse sub orco,
Nec tibi conveniunt lacrymæ, nec flebimus ultrà,
Ite procul lacrymæ, purum colit æthera Damon,
Æthera purus habet, pluvium pede reppulit arcum;
Heroúmque animas inter, divósque perennes,
Æthereos haurit latices & gaudia potat
Ore Sacro. Quin tu cœli post jura recepta
Dexter ades, placidúsque fave quicúnque **[quicunque]** vocaris,
Seu tu noster eris Damon, sive æquior audis
Diodotus, quo te divino nomine cuncti
Cœlicolæ norint **[nôrint]**, sylvísque vocabere Damon.
Quòd tibi purpureus pudor, & sine labe juventus
Grata fuit, quòd nulla tori libata voluptas,
En etiam tibi virginei servantur honores;
Ipse caput nitidum cinctus rutilante corona,
Letáque frondentis gestans umbracula palmæ
Æternùm **[Æternum]** perages immortales hymenæos;
Cantus ubi, choreisque furit lyra mista beatis,
Festa Sionæo bacchantur & Orgia **[Orgìa]** Thyrso.

FINIS.

[Ad Joannem Rousium is added here.]

以下、『1673 年版詩集』収録の作品

26.
Apologus de Rustico & Hero.

RUsticus ex Malo sapidissima poma quotannis
　Legit, & urbano lecta dedit Domino:
Hic incredibili fructûs dulcedine Captus
　Malum ipsam in proprias transtulit areolas.
Hactenus illa ferax, sed longo debilis ævo,
　Mota solo assueto, protinùs aret iners.
Quod tandem ut patuit Domino, spe lusus inani,
　Damnavit celeres in sua damna manus.
Atque ait, Heu quantò satius fuit illa Coloni
　(Parva licet) grato dona tulisse animo!
Possem Ego avaritiam frœnare, gulamque voracem:
　Nunc periere mihi & fœtus & ipsa parens.

27.
Jan. 23. 1646.

Ad *Joannem Rousium* Oxoniensis Academiæ Bibliothecarium.

De libro Poematum amisso, quem ille sibi denuo mitti postulabat, ut cum aliis nostris in Bibliotheca publica reponeret, Ode.

Strophe I.

GEmelle cultu simplici gaudens liber,
Fronde licet geminâ,
Munditiéque nitens non operosâ,
Quam manus attulit
Juvenilis olim,
Sedula tamen haud nimii Poetæ;
Dum vagus Ausonias nunc per umbras
Nunc Britannica per vireta lusit
Insons populi, barbitóque devius
Indulsit patrio, mox itidem pectine Daunio
Longinquum intonuit melos
Vicinis, & humum vix tetigit pede;

Antistrophe.

Quis te, parve liber, quis te fratribus
Subduxit reliquis dolo?
Cum tu missus ab urbe,
Docto jugiter obsecrante amico,
Illustre tendebas iter
Thamesis ad incunabula
Cærulei patris,
Fontes ubi limpidi
Aonidum, thyasusque sacer
Orbi notus per immensos
Temporum lapsus redeunte cœlo,
Celeberque futurus in ævum;

Strophe 2.

Modò quis deus, aut editus deo
Pristinam gentis miseratus indolem
(Si satis noxas luimus priores
Mollique luxu degener otium)
Tollat nefandos civium tumultus,
Almaque revocet studia sanctus
Et relegatas sine sede Musas
Jam penè totis finibus Angligenûm;
Immundasque volucres
Unguibus imminentes
Figat Apollineâ pharetrâ,
Phinéamque abigat pestem procul amne Pegaséo.

Antistrophe.

Quin tu, libelle, nuntii licet malâ
Fide, vel oscitantiâ
Semel erraveris agmine fratrum,
Seu quis te teneat specus,
Seu qua te latebra, forsan unde vili
Callo teréris institoris insulsi,
Lætare felix, en iterum tibi
Spes nova fulget posse profundam
Fugere Lethen, vehique Superam
In Jovis aulam remige pennâ;

Strophe 3.

Nam te Roüsius sui
Optat peculî, numeróque justo
Sibi pollicitum queritur abesse,
Rogatque venias ille cujus inclyta
Sunt data virûm monumenta curæ:
Téque adytis etiam sacris
Voluit reponi quibus & ipse præsidet
Æternorum operum custos fidelis,
Quæstorque gazæ nobilioris,
Quàm cui præfuit Iön
Clarus Erechtheides
Opulenta dei per templa parentis
Fulvosque tripodas, donaque Delphica
Iön Actæa genitus Creusâ.

Antistrophe.

Ergo tu visere lucos
Musarum ibis amœnos,
Diamque Phœbi rursus ibis in domum
Oxoniâ quam valle colit
Delo posthabitâ,
Bifidóque Parnassi jugo:
Ibis honestus,
Postquam egregiam tu quoque sortem
Nactus abis, dextri prece sollicitatus amici.
Illic legéris inter alta nomina
Authorum, Graiæ simul & Latinæ
Antiqua gentis lumina, & verum decus.

Epodos.

Vos tandem haud vacui mei labores,
Quicquid hoc sterile fudit ingenium,
Jam serò placidam sperare jubeo
Perfunctam invidiâ requiem, sedesque beatas
Quas bonus Hermes
Et tutela dabit solers Roüsi,
Quò neque lingua procax vulgi penetrabit, atque longè
Turba legentum prava facesset;
At ultimi nepotes,
Et cordatior ætas
Judicia rebus æquiora forsitan
Adhibebit integro sinu.
Tum livore sepulto,
Si quid meremur sana posteritas sciet
Roüsio favente.

Ode tribus constat Strophis, totidémque Antistrophis unâ demum epodo clausis, quas, tametsi omnes nec versuum numero, nec certis ubique colis exactè respondeant, ita tamen secuimus, commodè legendi potius, quam ad antiquos concinendi modos rationem spectantes. Alioquin hoc genus rectiùs fortasse dici monostrophicum debuerat. Metra partim sunt *κατὰ σχέσιν*, partim *ἀπολελυμένα*. Phaleucia quæ sunt, spondæum tertio loco bis admittunt, quod idem in secundo loco Catullus ad libitum fecit.

以下、各『詩集』未収録の作品

28.
CARMINA ELEGIACA. [1]

Surge, age surge, leves, jam convenit, excute somnos,
　Lux oritur, tepidi fulcra relinque tori;
Jam canit excubiter gallus prænuncius ales [2]
　Solis et invigilans ad sua quemque vocat;
Flammiger Eois Titan caput exerit undis
　Et spargit nitidum læta per arva jubar;
Daulias argutum modulatur ab ilice carmen,
　Edit et excultos mitis alauda modos;
Jam rosa fragrantes spirat silvestris odores,
　Jam redolent violæ luxuriatque seges;
Ecce novo campos zephyritis gramine vescit [3]
　Fertilis, et vitreo rore madescit humus;
Segnes invenias molli vix talia lecto
　Cum premat imbellis lumina fessa sopor;
Illic languentes abrumpunt somnia somnos,
　Et turbant animum tristia multa tuum;
Illic tabifici generantur semina morbi
　Qui pote torpentem posse valere virum:
Surge, age surge, leves, jam convenit, excute somnos,
　Lux oritur, tepidi fulcra relinque tori.

29.

Ignavus satrapam dedecet inclyt[um]
Somnus qui populo multi-fido præest.
Dum Dauni veteris filius armiger
Stratus purpureo p. . . . . buit . . . . . , [4]
Audax Eurialus, Nisus et impiger
Invasere cati nocte sub horrida
Torpentes Rutilos castraque Volscia;
Hinc cædes oritur clamor et absonus.

[1] 本作品のテキスト原典は、*A Common-Place Book of John Milton and a Latin Essay and Latin Verses Presumed to Be by Milton.* Edited by Alfred J. Horwood, Camden Scoety, 1876, pp. 62–63. に基づく。

[2] excubiter [excubitor] (*CM* 326)

[3] vescit [vestit] (*CM* 326)

[4] 原典テキストの劣化・損傷のため、Horwood は本詩の 24 行目の二単語を確定していない (63)。コロンビア版によれば、"Stratus purpureo p [rocu] buit st [rato]" (*CM* 328) となる。

30.

[A Latin poem from *Pro Populo Anglicano Defencio*] [5]

Quis expedivit Salmasio suam Hundredam
Picamque docuit nostra verba conari?
Magister artis venter, & Jacobaei
Centum, exulantis viscera marsupii regis.
Quid si dolosi spes refulserit nummi,
Ipse Antichristi qui modo primatum Papae
Minatus uno est dissipare sufflatu,
Cantabit ultro Cardinalitium *melos*.

[5] 本作品のテキスト原典は、*Pro Populo Anglicano Defensio* 1651/1658. Edited by Yuko K. Noro, 2018, pp. 108-109. に基づく。テキスト原典詳細は、本書序論第一節を参照されたい。

31.

[A Latin poem from *Defencio Secunda* (1)] [6]

Gaudete Scombri, & quicquid est piscium salo,
Qui frigidâ hyeme incolitis algentes freta,
Vestrûm misertus ille Salmasius eques
Bonus amicire nuditatem cogitat;
Chartœq; **[Chartœque]** largus apparat papyrinos
Vobis cucullos prœferentes Claudii
Insignia nomenque & decus Salmasii,
Gestetis ut per omne cetarium forum
Equitis clientes, scriniis mungentium
Cubito virorum, & capsulis gratissimos.

[6] 本作品のテキスト原典は、*Pro Populo Anglicano Defensio Secunda*. Edited by Yuko K. Noro, 2019, pp. 19–20. に基づく。テキスト原典詳細は、本書序論第一節を参照されたい。

32.

[A Latin poem from *Defencio Secunda* (2)] [7]

Galli ex concubitu gravidam te, Pontia, Mori,
Quis bene moratam, morigerámque neget ?

[7] 本作品のテキスト原典は、*Pro Populo Anglicano Defensio Secunda*. Edited by Yuko K. Noro, 2019, p. 15. に基づく。テキスト原典詳細は、本書序論第一節を参照されたい。

付録２

『1645 年版詩集』と『1673 年詩集』

ラテン語詩部門掲載作品一覧

備考	『1645 年版詩集』	『1673 年版詩集』
肖像画		肖像画削除
肖像画についてのギリシア語詩	[No title] In Effigei Ejus Sculptorem	
ラテン語詩部門第一巻	ELEGIARUM Liber primus.	ELEGIARUM Liber Primus.
ラテン語詩 1	Elegia prima ad *Carolum Diodatum.*	Elegia prima ad *Carolum Diodatum*
ラテン語詩 2	Elegia secunda, Anno ætatis 17. *In obitum Præconis Academici Cantabrigiensis.*	Elegia secunda, Anno ætatis 17. *In obitum Præconis Academici Cantabrigiensis.*
ラテン語詩 3	Elegia tertia, Anno ætatis 17. *In obitum Præsulis Wintoniensis.*	Elegia tertia, Anno ætatis 17. *In obitum Præsulis Wintoniensis.*
ラテン語詩 4	Elegia quarta, Anno ætatis 18. *Ad Thomam Junium præceptorem suum apud mercatores Anglicos Hamburgæ agentes Pastoris munere fungentem.*	Elegia quarta, Anno ætatis 18. *Ad Thomam Junium præceptorem suum apud mercatores Anglicos Hamburgæ agentes Pastoris munere fungentem.*
ラテン語詩 5	Elegia quinta, Anno ætatis 20. *In adventum veris.*	Elegia quinta, Anno ætatis 20. *In adventum veris.*
ラテン語詩 6	Elegia sexta. *Ad Carolum Diodatum ruri commo-rantem.*	Elegia sexta. *Ad Carolum Diodatum ruri commo-rantem.*
ラテン語詩 7	Elegia septima, Anno ætatis undevigesimo.	Elegia septima, Anno ætatis undevigesimo.
ラテン語詩 8	[No titile] HÆc ego mente . . .	[No titile] HÆc ego mente . . .
ラテン語詩 9	*In proditionem Bombardicam.*	*In proditionem Bombardicam.*
ラテン語詩 10	*In eandem.*	*In eandem.*
ラテン語詩 11	*In eandem.*	*In eandem.*
ラテン語詩 12	*In eandem.*	*In eandem.*
ラテン語詩 13	*In inventorem Bombardæ.*	*In inventorem Bombardæ.*
ラテン語詩 14	*Ad Leonoram Romæ canentem.*	*Ad Leonoram Romæ canentem.*
ラテン語詩 15	*Ad eandem.*	*Ad eandem.*
ラテン語詩 16	*Ad eandem.*	*Ad eandem.*

日本語訳	創作年 *
	* 各作品の創作年に関しては、(未確定作品も含め) *The Complete Works of John Milton*. Vol. 3, edited by Barbara Kiefer Lewalski and Estelle Haan (Oxford UP, 2014) に準じる。
エレゲイア詩群 第一巻	
第一エレゲイア── チャールズ・ディオダティにあてて	1626 年春
第二エレゲイア── 17 歳の作品、ケンブリッジ大学の職権標識奉持役殿の死に寄せて	1626 年秋
第三エレゲイア── 17 歳の作品、ウィンチェスター主教殿の死に寄せて	1626 年 11 月～ 12 月
第四エレゲイア── 18 歳の作品、ハンブルグにおいて、赴任中の英国商人の中で、牧師として仕える詩人の師トマス・ヤング殿にあてて	1627 年 3 月頃
第五エレゲイア── 20 歳の作品、春の訪れに寄せて	1629 年春頃
第六エレゲイア── 帰省中のチャールズ・ディオダティにあてて	1629 年 12 月頃
第七エレゲイア── 19 歳の作品	1628 年春─夏頃
〔これらの詩は…〕	『1645 年版詩集』 出版に際して、1645 年から 1646 年頃
火薬陰謀事件に寄せて	1626 年 11 月?
同じ主題に寄せて〔一〕	1626 年 11 月?
同じ主題に寄せて〔二〕	1626 年 11 月?
同じ主題に寄せて〔三〕	1626 年 11 月?
火薬の考案者に寄せて	1626 年 11 月?
ローマの歌姫レオノーラにあてて	1639 年 1 月～ 2 月
同じ歌姫にあてて〔一〕	1639 年 1 月～ 2 月
同じ歌姫にあてて〔二〕	1639 年 1 月～ 2 月

1673 年版ラテン語詩部への追加作品（ラテン語詩）		*Apologus de Rustico & Hero.*
ラテン語部門第二巻	Sylvarum Liber.	Sylvarum Liber.
ラテン語詩 17	Anno ætatis 16. In obitumProcancellarii medici.	Anno ætatis 16. In obitum Procancellarii medici.
ラテン語詩 18	In quintum Novembris, Anno ætatis 17.	In quintum Novembris, Anno ætatis 17.
ラテン語詩 19	Anno ætatis 17. In obitum Præsulis Eliensis.	Anno ætatis 17. In obitum Præsulis Eliensis.
ラテン語詩 20	*Naturam non pati senium.*	*Naturam non pati senium.*
ラテン語詩 21	*De Idea Platonica quemadmodum Aristoteles intellexit.*	*De Idea Platonica quemadmodum Aristoteles intellexit.*
ラテン語詩 22	*Ad Patrem.*	*Ad Patrem.*
ギリシア語詩篇翻訳 1	*Psalm* 114	PSALM CXIV.
ギリシア語詩 1	*Philosophus ad regem quendam quicum ignotum & insontem inter reos forte captum inscius damnaverat, . . .*	*Philosophus ad regem quendam qui eum ignotum & intem inter reos forte captum inscius damnaverat, . . .*
1673 年版ラテン語詩部門への追加作品（ギリシア語詩）	1645 年版では巻頭肖像画とともに。1673 年版では肖像画削除のうえ、作品内に配置。	*In Effigei Ejus Sculptorem*
ラテン語詩 23	*Ad Salsillum poetam Romanum ægrotantem.*	*Ad Salsillum poetam Romanum ægrotantem.*
ラテン語詩 24	*Mansus.*	*Mansus.*
ラテン語詩 25	EPITAPHIUM DAMONIS. ARGUMENTUM.	EPITAPHIUM DAMONIS. ARGUMENTUM.
	EPITAPHIUM DAMONIS.	EPITAPHIUM DAMONIS.
1673 年版ラテン語詩部門への追加作品（ラテン語詩）		Jan. 23. 1646. Ad *Joannem Rousium* Oxoniensis Academiæ Bibliothecarium.

※『1673 年版詩集』英詩部に追加掲載	*The Fifth Ode* of Horace. *Lib.* I.
※ 生前未出版	[No title] Carmina Elegiaca
※ 生前未出版	[No title] Ignavus satrapam

※『イングランド国民のための第一弁護論』掲載	[No title] In Salmasii Hundredam
※『イングランド国民のための第二弁護論』掲載	[No title] In Morum
※『イングランド国民のための第二弁護論』掲載	[No title] In Salmasium

イソップ寓話——農夫と領主	1624 年頃？
詩群	
16 歳の作品、大学副総長殿、或る医師の死に寄せて	1626 年 10 月～ 11 月
11 月 5 日に寄せて、17 歳の作品	1626 年（11 月?）
17 歳の作品、イーリー主教殿の死に寄せて	1626 年 10 月～ 12 月
自然は時の移ろいに煩わされず	1629 年 9 月頃
プラトンのイデアについて—— アリストテレスの解釈による	1629 年 9 月頃
父にあてて	1631 年～1645 年 （諸説あるが、有力なのは 1637 年末～1638 年初め頃）
詩篇第 114 篇　ギリシア語翻訳	1634 年 11 月
哲学者から王にあてて	1634 年 12 月？
肖像画の画家に寄せて	1645 年
病床に伏すサルツィリ殿にあてて	1638 年
マンソウ	1638 年 12 月
ダモンの墓碑銘	1639 年秋頃
1646 年 1 月 23 日付、 オクスフォード大学図書館司書ジョン・ラウズ殿に あてて	1647 年 1 月 23 日 （新暦だと、2 月 2 日）

ホラティウス作『歌集（カルミナ）』第一巻第五歌 英語翻訳	セント・ポール学院時代の作品を基に、後年加筆訂正されたと推察される。
〔エレゲイア調の歌〕	1620 年頃？
〔怠惰な眠り〕	1620 年頃？

〔サルマシウスの金貨百枚について〕	1651 年
〔モアについて〕	1654 年
〔サルマシウスについて〕	1654 年

解　説

脱〈牧歌詩(パストラル)〉の原理

——*Epitaphium Damonis* から逆照射する Pastoral Convention[1]

元日本大学教授・学術博士　野呂有子

『ダモンの墓碑銘』(1639?)[2] は『英詩・ラテン語詩集——折おりの歌』(1646；以降『1645年版詩集』)[3] に収録され、本詩集の掉尾を飾る219行から成る牧歌的哀悼詩である。本詩において、ミルトンはラテン語牧歌詩の世界に訣別し、将来、母国語英語による叙事詩を執筆するという構想を表明する。

英語詩集とラテン語詩集の二つの部分から成る本詩集の後半部を成すラテン語詩の部は "Sylvarum Liber" と題されている。これは「森」の意味と「詩集」の意味を併せ持つ。ミルトンはこれまでに創作した詩作品の集大成として『1645年版詩集』を出版した。そして、これを「森」に喩えることによって、彼

1 本論考は、Yuko Kanakubo Noro, and David L. Blanken. "Milton's *Epitaphium Damonis*: Two Views of its Principles of De-Pastoralization." *The Bulletin of Tokyo Seitoku College*, 28 (1995) pp. 105–129（論文部分は pp. 105–119。以降、pp. 119–124 はブランケン氏による英語訳、pp. 124–129 は野呂有子による日本語訳）中で、野呂有子が執筆担当した部分の英語論文 (pp. 112–19) を基にしている。このたびのプロジェクトに臨み、本解説を執筆するにあたって野呂自身が過去に執筆した英語原文を——四半世紀を経て——日本語に翻訳し、加筆訂正を行ったことをここに記しておく。

なお、本解説では個々の詩作品名は二重カギカッコで表記した。これは引用文を示す一重カギカッコとの区別を容易にするためである。

2 The date is tentative but most likely accurate: see Douglas Bush, *A Variorum Commentary on the Poems of John Milton*. Vol. 1, *The Latin and Greek Poems* (Routledge and Kegan Paul, 1970) p. 68; *John Milton Latin Writings*, ed. and trans. by John K. Hale (Van Gorcum & Comp., 1998) p. 6; E. M. Tillyard, *Milton* (Chatto and Windus, 1930) p. 86.

3 ちなみに、ミルトンの時代には1月から3月までは前年度の括りで年号が割り振られていた。したがって『1645年版詩集』出版の年は現代の数え方では1646年となる。またユリウス暦とグレゴリウス暦では変換すると10日ほどずれが生じることになる。

が『ダモンの墓碑銘』において為したと同様、「森」を去り「新たな世界」へと旅立つことを決意しているように思われる。それは作者ミルトン自身が、この後、イングランド革命期の政治論争のただ中へと本格的に身を投じていくことからも明らかである。[4]

本詩集の終結部に掲載されているということは、作者ミルトンが『ダモンの墓碑銘』をこの詩集の最終作品として相応しいと考えていたことを意味する。もし、相応しくない、と考えたのであれば、彼は新しく作品を創作して、それを最終作品として掲載することもできたはずだからである。[5]

このように考えてくると、総集篇としての本詩には、ミルトンのこれまでの作品に認められる重要な要素のほぼすべてが含まれていると想定される。[6] 少

4 ミルトンはこの時までに、既に1641年に『イングランド宗教改革論』、『主教制度論』、『スメクテュムニューアスに対する抗議者の弁明への批判』を出版、1642年に『教会統治の理由』、『スメクテュムニューアス弁明』、1643年に『離婚の教理と規律』を出版、1644年に『離婚の教理と規律』再版、『教育論』、『マーティン・ブーサー氏の判断』、『アレオパジティカ』を出版、1645年、『四弦琴』と『懲罰鞭』を出版している。

上記に挙げた散文作品群は、通常、宗教論文と家庭的論文という分類で区分けされることが多い。しかし両者に通底するのは、チャールズ一世の政治支配および、それと癒着した国教会制度に対する批判という視座を備えているという点である。ミルトンがチャールズに対して旗色を鮮明にするのは、必ずしも1641年時点とは断定されないが、初めは国教会と高位聖職者を廃止すれば「リパブリックすなわち国家」の健全化が計れると考えていたミルトンも、チャールズの政治支配と国教会制度が深く結びついているという現実に対する認識を深めるにつれて国王廃止へと歩を進めることになる。その意味で、これらの宗教的論文および家庭的論文そして言論・出版の自由を高らかに歌った『アレオパジティカ』を年代順に読んでいくことは、ミルトンの『偶像破壊者』において一つの収斂を見るミルトンの思想的深化の過程を宗教的側面から家庭的側面を通じて跡付けていく作業とも重なることになる。

5 2000年代に入ってからOxford University Pressより漸次、出版されている『ミルトン作品全集』のラテン語作品部門で、『1645年版詩集』、『イングランド国民のための第一弁護論』他のラテン語弁護論、さらに『キリスト教教義論』の編纂作業において驚異的・精力的活動をこなしている、Estella Haanは「現在までのところ、イギリスで最も完成されたネオ・ラテン語の牧歌的哀歌（パストラル・ラメント）はジョン・ミルトン作……『ダモンの墓碑銘』であると述べている。"British Neo-Latin Poetry: Generic Continuity and Metamorphosis." *The Oxford Handbook of Neo-Latin*, ed. by Sarah Knight and Stefan Tilg (Oxford UP, 2015) p. 433. を参照されたい。また同書においてハーン女史はミルトンをジョージ・ビュキャナンに始まるイギリスのネオ・ラテン詩人の系譜の最後にして最高位に位置するとも述べている。なお『ダモンの墓碑銘』に関するJonson博士にはじまる批評の概要については *A Variorum Commentary* のDouglas Bushの記述 (pp. 287–97) を参照されたい。

6 例えば、上掲論文 pp. 105–6 を参照されたい。また『リシダス』との共通項ついては、例えば、*The Complete Works of John Milton*. Vol. 3, ed. by Barbara Keifer Lewalski & Estelle Haan (Oxford UP, 2012; corrected in 2014) p. 491 を参照のこと。

なくとも、『リシダス』(1637?)、『父にあてて』(1631?–45?)、そして『マンソウ』(1638) に関して言えば、『ダモンの墓碑銘』中に酷似した表現や名称への言及があることから、ミルトンがこれらの作品を念頭に置きながら、『ダモンの墓碑銘』を創作したことは明らかであろう。[7]（ちなみに、ブッシュやハーンも指摘しているが、ミルトンはしばしば英詩よりもラテン詩において、より直截に自分の心境を語っている場合が多い。）[8]

さらに直截に言えば、ミルトンは本作品において、“de-pastoralization”、すなわち、脱〈牧歌詩〉という、文学ジャンルにおける革命を行っていると考えら

---

7 野呂論文と同時に「双子のかたわれ」として「一つの論文内に収められた」David L. Blanken 氏の執筆論文でも同様の指摘がなされている。(p. 105)

8 本ラテン語詩訳集収録の個々のラテン語詩に関しては金子千香が漸次、論文を発表している。

「『転身物語』からミルトン作『第七エレジー』へ――誘惑者像生成の萌芽――」『言語文化研究』第 40 巻第 1 号 (2020) pp. 179–196.

「*Paradise Lost* と *In quintum Novembris* における語りの構造」『英語英文学論叢』日本大学大学院英語英文学研究会編、第 39 号 (2018) pp. 109–122.

「「火薬陰謀事件」連作詩における王政批判」『〈楽園〉の死と再生』第 2 巻（金星堂：2017）pp. 56–75.

「「火薬陰謀事件」連作詩から『楽園の喪失』へ――*In Quintum Novembris* における敵対者のイメージを中心にして――」『国際文化表現研究』国際文化表現学会編、第 13 号 (2017) pp. 71–81。

「John Milton のラテン詩にみられる叙事詩性 :“Carmina Elegiaca”、“Elegia Prima”、“Elegia Quinta” と Phoebus との比較を中心として」『国際文化表現研究』国際文化表現学会編、第 12 号 (2016) pp. 321–21.

『第七エレゲイア』、『11 月 5 日に寄せて』、『〔エレゲイア調の歌〕』、『第一エレゲイア』、『第五エレゲイア』に関しては上記掲載論文を参照されたい。

また、現在編集過程にある日本ミルトン協会編『ミルトン案内（仮）』（春風社、2022 出版予定）所収の「ラテン語詩」（執筆者金子千香）の項も参照のこと。

『父にあてて』、『マンソウ』、『ダモンの墓碑銘』、『自然は時の移ろいに煩わされず』、『プラトンのイデアについて――アリストテレスの解釈による』に関しては以下の拙論を参照されたい。

Yuko Kanakubo Noro, David L. Blanken,“Milton’s *Ad Patrem*, *De Idea Platonica*, and *Naturam non pati senium*: —From Praise to Exhortation—.”『東京成徳短期大学紀要』第 26 号 (1993) pp. 41–65.

Yuko Kanakubo Noro, David L. Blanken, “Milton’s *Mansus*: From Illegitimate to Legitimate.”『東京成徳短期大学紀要』第 27 号 (1994) pp. 41–66.

Yuko Kanakubo Noro, David L. Blanken,“Milton’s *Epitaphium Damonis*: Two Views of its Principles of De-Pastoralization.”『東京成徳短期大学紀要』第 28 号 (1995) pp. 105–29.（当該論文は本「解説」の元となっている。）

野呂有子「家父長（パトリアーキ）制度のパラダイム――「父にあてて」における預言者的詩人」『十七世紀と英国文化』十七世紀英文学会編（金星堂：1995）pp. 101–18.

れる。そのためにミルトンは “pastoral convention”、すなわち、牧歌的伝統的手法を極めて忠実に継承しているのである。そしてミルトンは、形式上は牧歌的伝統的手法を忠実に継承する一方で、内容はそれらすべてを根底から覆(くつがえ)し、新たな詩形式を創造している。従って『ダモンの墓碑銘』を牧歌詩の伝統に位置づけて分析するという作業は、必然的に「牧歌詩とはなにか」、あるいは「牧歌詩的哀歌の構成要素はなにか」という文学的疑問に対して逆照射する形で答えを探る作業となる。[9]

---

9 Paul Alpers, *What Is Pastoral?* (U of Chicago P, 1996, 1997), Terry Gifford, *Pastoral* (Routledge, 1999, 2009), Peter V. Marinelli, *Pastoral* (Harper & Row Publishers, Inc., 1971) の三冊の書では、「ジャンルとしての牧歌詩」という観点を採用することに消極的である。むしろ、“pastoral convention”（牧歌詩的伝統的手法）という観点が推奨されているように思われる。

ちなみに *The Oxford English Dictionary* の Pastoral の名詞の項目の定義 3 では “**A poem, play, or the like, in which the life of shepherds is portrayed, often in an artificial and conventional manner**; also extended to works dealing with simple rural and open-air life.” とあり、計 5 用例（1584 から 1883 をカバー）が掲載されている（太字は論者。以下同様）。第 2 例に 1589 年 Fleming の “The Bukolic Publius Vilvilius Maro, . . . otherwise called his Pastoralls, or Shepherds Meetings” が採用されているのは注目にあたいする。定義 4 は “Pastoral Poetry as a form or mode of literary composition.” とあり、計 6 用例（1598 から 1895 をカバー）が掲載されている。第 2 例に Shakespeare, *Hamlet* (1602) 第 2 幕 2 場 416 行の “The best Actors in the world, either for Tragedie, Comedie, Historie, Pastorall” が採用されている。さらに、pastoral について考察する際に、参考となるのは、第 3 例 Alexander Pope 著 *Guardian* No. 40 より “The first rule of pastoral, that its idea should be taken from the manners of the golden age, and the moral formed upon the representation of innocence.” である。さらに、定義 5a. では “A book relating to the cure of souls” とあり、計 5 用例（1395–1892 をカバー）が掲載されている。

付記として、同 *OED* の Pastoral の形容詞の項目の定義 1 では “Of or pertaining to shepherds or their occupation; of the nature of a shepherd; relating to, or occupied in, the care of flocks or herds.” とあり、計 8 用例（1432–50 から 1859 をカバー）の内、第 4 例にミルトン作『ラドロー城の仮面劇』（1634；*OED* では *Comus*）345 行 “Of sound of pastoral reed with oaten stops” が採用されている。定義 3 は “Of literature, music, or works of art; Portraying the life of shepherds or of the country; expressed in Pastorals.” とあり、計 6 用例（1581 から 1895 をカバー）が掲載されている。第二例にミルトン作『教会統治の理由』(1641) 第二巻序論中の “The Scripture . . . affords us a divine **pastoral** drama in the Song of Solomon.” が採用されていることは注目にあたいする。

I. 牧歌的哀悼歌における〈婚姻〉のモティーフ

『ダモンの墓碑銘』は、親友であったチャールズ・ディオダディ (1609–38) の死をミルトンが悼んで歌った牧歌形式の強弱弱格（ダクテイリック）6 歩脚（ヘクサミタ）の悲歌である。通常、追悼詩と言えば “elegia” の詩形式（哀歌二行連句、すなわち強弱弱格 6 歩脚と強弱弱格 5 歩脚からなる二行連句）で歌われることが期待されよう。だがミルトンは本哀悼詩を歌う際に “elegia” の詩形式は採用せずに、6 歩脚（ヘクサミタ）の詩形式を採用している。この詩形式は伝統的にラテン語英雄叙事詩を歌い上げる際に採用される。（ちなみに『11 月 5 日』もこの “dactylic hexameter” が採用されていることは当該詩の注で示した通りである。）ラテン語英雄叙事詩の詩形式を採用して『ダモンの墓碑銘』を歌い上げたということは、ミルトンが本詩作成に当たり最初から英雄叙事詩の主題を見据えていたことを意味すると言って良いだろう。[10]

さらに、一見すると奇妙なことに、このラテン語詩には結婚のモティーフが横溢している。例えば、詩の冒頭で言及される、シシリアの羊飼いダプニスは、ニンフ、エケナイスに愛と貞節を誓わされるが、奸計に陥り、シシリアの王女と契る。これを知ったニンフはダプニスを盲目にする。そして悲しみのあまり崖から身を投げて死んだダプニスは岩になってしまう。ここには〈強いられた結婚〉と〈謀略による結婚〉という「結婚」のモティーフの変異種が存在する。

また、第 11 回目のリフレインの後に言及のあるドリュオペーの場合、彼女がニンフたちと戯れているときにアポロンは彼女を欺く動物の姿で近づき、彼女と契る。そして、ドリュオペーは子を産む。（アポロンは亀の姿でドリュオペーに近づく。彼女が亀を抱き上げるとアポロンは蛇に変身し、その姿のままでドリュオペーと契り、後に彼女は子を産む。）これも〈謀略による結婚〉の変形と考えられる。さらにオウィディウスに拠れば、クローリスとは春と豊穣の女神のフローラのことであり、ある春の日に西風ゼピュロスにさらわれ、二人は結婚したということである。これも〈強いられた結婚〉の変形と見なされる。

10　金子「*Paradise Lost* と *In quintum Novembris* における語りの構造」p. 119.

こうした「結婚」のモティーフはギリシア・ローマ神話世界だけにはとどまらない。『ダモンの墓碑銘』執筆時点でミルトンが母国語による将来の叙事詩のテーマの候補の一つとしたと考えられる「アーサー王物語」でも〈謀略による結婚〉が扱われている。アーサー王の母イグレインは、魔術師マーリンの謀略により、夫ゴルロイスに変装したウーサー・ペンドラゴンを夫と思い込まされ、これと契り、アーサー王を産むのである。

そして詩の最後では、12日間のサテュルヌス祭とキリストの降誕祭の最後を飾る十二夜の混淆した天上の祝宴で、ダモンも参加する「偉大なる仔羊」であるイエス・キリストの「結婚」が祝われるのである。これはミルトンが胸に抱き育てつづけた「真の結婚愛」の概念という観点から考察する際に興味深い問題となる。[11]

ここでいったん話を『ダモンの墓碑銘』の主たる主題である、詩人＝牧人の主人公テュルシスの〈親友喪失〉の嘆きに戻すことにする。詩中でダモンは主人公テュルシスの、唯一無二の親友として提示されている。テュルシスにとってダモン以外に「友」は考えられない。主人公は「慣れ親しんだ楡の木の下に座り」、〈親友喪失〉の嘆きを吐露する。生前、テュルシスの「こころからの親友（とも）」であったダモンは、厳しい労働にいそしむ、季節のうつろいの中で、一貫して変わることなくテュルシスのこころの拠（よ）り所となっていた。

語り手＝主人公（テュルシス）が親友の喪失を嘆くとき、喪失の核となるのは「語りと歌」、そしてそこから生まれる「幸いなる詩歌と語らい」である。彼の嘆きは「支え手のいない葡萄蔓」と萎れて枯れた「葡萄の房」により象徴される。彼を取り巻く外界と同様、その内なる世界もまた「雑草のはびこる牧草地」となっている。Douglas Bushが指摘するように「楡の木に婚姻（めとりあわ）された (“wedded”) 葡萄づるという概念は古典的常套的なものである」。[12] しかし『ダモンの墓碑銘』にお

---

11 「真の結婚愛」については拙論「母と娘の脱〈失楽園〉――王権反駁論から『楽園の喪失』へ――」『神、男、そして女――ミルトンの「失楽園」を読む』、辻裕子他編（英宝社：1997）を参照されたい。

12 Bush, *A Variorum Commentary*, 305.

いて葡萄づるには支え手がない。そのためにそのたわわな房も萎れて枯れてゆく。ダモンの死を嘆くテュルシスの悲しみは〈未完の結婚〉あるいは〈破綻した結婚〉の比喩で描出されている。楡の木の下に佇(たたず)むテュルシスの孤独な姿は「楡の木に婚姻(めとりあわ)された (“wedded”) 葡萄づる」という、牧歌詩的伝統(パストラル・コンベンション)における「古典的常套的」概念を逆手に取ることによって鮮烈なイメージを読者に——特に牧歌詩的伝統(パストラル・コンベンション)における「古典的常套的」概念に慣れ親しんだミルトンの時代の読者に——植え付けることになる。ここで我々の眼前に迫り来るものは「ダモンを喪失したテュルシス」→「語りあいのできる真の友を喪失したテュルシス」→「幸いなる語らいなき語り手＝詩人」という構図である。本詩において「ぎんばいかの木立に実りがない」のに納得がゆくのは「婚姻」が破綻しているからである。というのも、銀梅花(ぎんばいか)は「愛と婚姻」を象徴する樹木だからにほかならない。

さらに第 12 回目のリフレイン続く詩行（94 行－111 行）において、詩人＝主人公は人間(ひと)を様々な動物たちと比較する。彼は陸上の動物の中で、牛と狼が群れをなして行動すること、また、野生の驢馬(ろば)が群れの中から一匹を選んで番(つが)いとなることはないと歌う。[13] 海を泳ぐ海豹(あざらし)も、空を飛ぶ雀も同様である。相手を失えば、当然ながら雀は別の相手を見つけるのである。つまり地・海・空のどこを見ても、群れの中から一匹（一頭）を選んで生涯の伴侶とする生物はいないと詩人は歌う。人間はそれとは対照的である。つまり、人間は「幸いなる語らい」を享受するが、動物はそうではないのである。人間は幾千もの中からただ唯一(ひとり)の「こころの通い合う魂」を見つけることさえも至難のわざとなる。この主張を強調するためにミルトンは神話および人間世界における〈対(つい)〉の物語

---

13 *A Variorum Commentary* には、Ralph W. Condee の『ダモンの墓碑銘』評—— “if the nymphs and shepherds were to ‘join sympathetically in mourning Damon . . . it would have the effect of softening the essential clash between profound grief and threadbare pastoralism” (p. 294) ——が紹介されているが、これは完全に『ダモンの墓碑銘』の主題を見誤った評であると言わざるを得ない。本哀悼詩の主題は、双子のごとき、夫婦のごとき、唯一無二の親友の死を前にしての嘆きと哀悼である。このような場合「自らの半身を喪失した喪主」に対して、周りの他の人々は慰めの言葉を持たない。「皆が一緒になってその死を嘆く」という姿勢は『リシダス』にあってこそ有効な嘆きと弔いの作業であったが、『ダモンの墓碑銘』においては機能しない。

を連ねて語り歌う。牧歌的伝統には「花の種類を連ねて歌う」という作法があるが、本詩においては〈魂の通い合う対〉のテーマでpoetic concatenationが繰り広げられていくことになる。具体的には「忠実なる親友としてわが傍に侍べり」(37–38行)、[14]「労働の時間を語らいと詩歌とで慰めてくれる」(43行)、「長き夜の憂さを快き会話で紛らわす」(46–47行)、「そなたの話の魅力を…もたらしてくれる」(55–56行)、「かくも甘美なる友との語らい」(118行) などが挙げられる。

テュルシス（＝ミルトン）はイタリア滞在中に「詩女神（ムーサイ）に仕える若人（わこうど）」の中でも卓越したダティとフランチーニ[15]との〈幸いなる語らいと詩歌（うた）比べ〉を享受する。さらに、テュルシスは続く詩行 (180–197行) において、ナポリ滞在中にジョバンニ・バッティスタ・マンソウ (1567–1645) から贈られた「二つの杯＝対の杯（さかずき）」に言及する。マンソウは詩歌の保護者（パトロン）にして、自身が高名な詩人でもあった。ちなみにミルトンは「マンソウに宛てて」においてマンソウを「理想の養父」に、自身をマンソウの「養い子」として描き出している。これら対の杯（さかずき）には二つのモティーフが彫り込まれている。それは、不死鳥（ポイニクス）と天上のクピドーである。ルネッサンス期および英国の16世紀および17世紀の文学作品において、不死鳥および天上のクピドーは神の御子イエス・キリストを象徴した。さらに、天上のクピドーには結婚のイメージが容易に読み込まれた。[16] この対の杯はさらに対概念（＝二つ、二人ということ)、すなわち結婚

---

14 詩の行数はラテン語詩原典の詩行を示す。以下同様。

15 カルロ・ダティ (1619–67) はミルトンがイタリアで最も深い友好を結んだ人物。アントニオ・フランチーニ (1648頃最盛期?) がミルトンに宛てた頌詩（しょうし）は『コロンビア版ミルトン全集』第1巻157–65頁に所収。二人は『イングランド国民のための第二弁護論』でも言及されている。

16 ルネッサンス期および16世紀、17世紀を通じてクピドーが婚姻を象徴するようになってくる。例えば、Thomas Hyde, *The Poetic Theology of Love: Cupid in Renaissance Literature* (Associated UP, 1986) では、スペンサーが『結婚前祝歌』において「数百人のクピドーの招待」を以って結婚の完成としている。またミルトン作品においてCupidが結婚の象徴として機能している例をあげた論文としては、拙論「*The Faerie Queene* から *A Mask Presented at Ludlow Castle* へ――Dual Heroismの枠組みとthe Female Heroの概念を中心として」『〈楽園〉の死と再生』第2巻 (金星堂：2017年)、とくに243–8頁を参照されたい。なおHydeは同書で “Milton hardly mentions Cupid at all and can therefore include him while hailing the wedded love of Paradise” (131) と述べているが、文の前半部分はHydeの思い違いか。

のイメージを鳴り響かせていくことになる。

『ダモンの墓碑銘』の最終連となる第十八連においては“gemino”（184行）の語が登場するが、これは、「二」および「二重の／双子の」を意味する。つまり、唯一にして深い絆――やがては婚姻へと収斂する――のイメージであり、婚姻の主題（テーマ）を強調していくことになる。第十八連に先行するすべての婚姻のイメージは「天上のクピドー」の姿に収斂されることになる。「雲に取り巻かれ」たクピドーはその矢を天上に向けており、「烏合（うごう）の衆の卑俗な精神や卑しきこころを狙うことはない」し、「決して下方を狙うことはない」。彼の放つ矢は「神聖な精神と神々の精髄それ自体を燃え立たせ」、愛と婚姻に機動力を与えるのである。ここで着目すべきは、第十連で歌われていた、羊飼いたちを憂鬱症へと追い込む土星／農耕の神サトゥルヌスの放つ鉛の矢と、第十三連で歌われる、雀を射落とす農夫の矢が、至高の精神を覚醒させる天上のクピドーの矢へと収斂されていくということである。[17] ギリシア・ローマ以来の伝統を継承する牧歌的哀悼歌『ダモンの墓碑銘』は、キリスト教的な婚礼の祝歌（ほぎうた）へと変身（メタモルフォーゼ）を遂げる。婚姻の喜びを知ることなく若くして突然の死に見舞われたモプソス（第十連）とヒュアース（第十二連）と、そしてリシダス（第十五連）――ミルトンが母国語英語でその夭逝を悼んだ、英語詩における最高の牧歌的哀歌（パストラル・エレジー）として定評のある『リシダス』（1637年）の主要登場人物の名を持つ――のいずれもが、やはり地上における婚姻の喜びを知ることなく夭逝したダモン＝ディオダティの存在へと収斂されていく。それもダモン＝ディオダティが天上の婚姻に参与することを許されたからに他ならない。ダモンの死はディオダティ（「神の贈り物」の意；最終連、210行）としての天上での復活と不滅の結婚へと変換されるが、それは究極の範例としてのイエス・キリストの天上での復活と不滅の結婚になぞらえられる。[18] ここには明らかに作者ミルトンの“de-pastoralizasion”、すなわち脱〈牧歌詩〉を志向する力動的（ダイナミック）な筆運びが認められる。

17　『ダモンの墓碑銘』終結部の天上のクピドーが射る矢から、『楽園の喪失』第7巻における天上の戦いで、神の御子がサタン軍討伐のために繰り出す雷電へと至る道はまだ遠いが、ここにはその萌芽が認められると言える。

18　ネオ・ラテン語の牧歌詩において、古典的神話的存在とユダヤ・キリスト教的存在および現実に生きた人々が混在して歌われるのもミルトンに特殊な例ではなく、むしろ定石といえよう。

Ⅱ.「仔羊たちよ、満たされぬままに戻るがよい」——17 回のリフレイン

第二連から詩行の冒頭には、「仔羊たちよ、満たされぬままに戻るがよい、主人（おさ）は悲嘆のあまり、なんじらを慮（おもんばか）る余裕がないのだ」という詩行が各連の冒頭に置かれてリフレインとして機能する。これは当該詩の全体を通して 17 回繰り返される。これもまた、作者ミルトンによる脱〈牧歌詩〉（ディ・パストラライゼイション）の志向の表出と認められる。『1645 年版詩集』を紐解いて、第一部「英語詩部門」収録の『リシダス』を読んでいる者は、当該詩の第 125 行「飢えた羊は、仰ぎ見て求めるが、餌（えさ）はもらえず」を思い起こすことになる。[19] 当該詩行はミルトンが英国国教会聖職者たちの堕落した実態を鋭く糾弾する部分である。ラテン語による牧歌的哀悼詩『ダモンの墓碑銘』において詩人ミルトンが極めて頻繁に『リシダス』第 125 行に近似した詩行を響かせることによって、読者の脳裏には、つねに「双子のもう一篇〔英語で歌われる〕」の牧歌的哀歌『リシダス』をミルトンが意識していることが認識される。広い意味では『リシダス』さえもが『ダモンの墓碑銘』において脱〈牧歌詩〉の過程で新たな役割を付与されることになる。

さらに、牧歌詩中で、牧歌詩の基本的構成要素をなす仔羊をいかなる形であれ、「拒絶する」詩行を歌うということそれ自体が、〈脱—牧歌詩〉を志向する傾向を示すことになると言ってよいだろう。Merritt Y. Hughes が指摘するように「〔『ダモンの墓碑銘』のリフレインと〕近似したリフレインは、ギリシアの牧歌詩人ビオン（紀元前 2 世紀頃）作『アドニスの墓碑銘』とやはりギリシアの詩人モスコス（紀元前 150 年頃活躍）作『ビオンの墓碑銘』に詩的統一を与える。」[20]

なお、ギリシアの田園詩人テオクリトス（紀元前 310–250 頃）作『田園詩』第 1 歌には「親愛なる詩女神（ムーサイ）たちよ、歌い始めよ、そなたらの牧歌を歌い始めるがよい」という詩行が 15 回繰り返される。ギリシア語原典は以下のようになる。[21]

---

19 日本語訳は、宮西光雄訳『ミルトン英詩全訳詩集』上（金星堂：1983）p. 153 より引用。

20 Merritt Y. Hughes, ed., *John Milton: Complete Poems and Major Prose* (Macmillan Publishing Company: 1957), note, 132–33.

21 原典テキストは Theocritus. “Idyll 1.” *Theocritus, Moschus, Bion*. Translated by Neil

Ἄρχετε βουκολικᾶς, Μοῖσαι φίλαι, ἄρχετ' ἀοιδᾶς.

そして、「詩女神たちよ、終えよ、そなたらの牧歌を歌い終えるがよい」という詩行が 4 回繰り返される。[22] ギリシア語原典は以下のようになる。

λήγετε βουκολικᾶς, Μοῖσαι, ἴτε λήγετ' ἀοιδᾶς.

ちなみに第一歌では、牧歌を歌って褒美を得る牧人の名はテュルシスである。そして牧歌の主題は牧人ダプニスの死である。さらに、第一歌のはじめで褒美として提示されるのは内側に彫刻をほどこした器である。

ここまで来れば、ミルトンが『ダモンの墓碑銘』の先行作品としてテオクリトス『田園詩』第 1 歌を意識していることに疑問の余地はない。『ダモンの墓碑銘』で歌うのはテュルシスという名の牧人であり、本詩の始めでダプニスの名が言及されており、主題は牧人ダモンの死である。そして『ダモンの墓碑銘』の最終連ではテュルシス／ミルトンがマンソウから送られたのは外側に彫刻をほどこした杯なのである。[23] さらにミルトンは自作において 17 回、リフレインを繰り返すが、これは明らかに先駆者テオクリトスを凌駕するという意識をミルトンが抱いていることを示している。[24]

ここで『ダモンの墓碑銘』におけるリフレイン部分を具体的に検討する。

Ite domum impati, domino iam non vaca, agni.
（仔羊たちよ、満たされぬままに戻るがよい。主人は悲嘆の余り、なんじらを 慮 る余裕がないのだ。）

Hopkinson, Harvard UP, 2015, pp. 15–35, *Loeb Classic Library.* を使用した。なお日本語訳はすべて拙訳。第 8 refrain から *φίλαι* は無く *πάλιν*（再び）が出現。

22 なお、「親愛なる詩女神たちよ、歌い始めよ、そなたらの牧歌を歌い始めるがよい」という詩行が “sixteen repetitions”（下線は論者）であるというのは Hughes (133) の誤記か。

23 同様の指摘を行った評論として以下を挙げておく。佐野好則「ミルトンの『ダモン葬送詩』とテオクリトス」『西洋古典叢書　第Ⅲ期　第 7 回配本　月報 53』(2004)：京都大学出版会、1–4。なお、佐野論文でディオダティの死因を「水死」としたのは不正確。『リシダス』で歌われるエドワード・キングの死因は「水死」だが、ディオダティの死因は記録されていない。

24 多くの批評家が野呂と同じ指摘を行っている。例えば、Victoria Moul. “Of Hearing and

ちなみにウェルギリウス作『田園詩』第 7 歌 44 行、および第 10 歌 77 行（最終行）には以下の詩行が出現する（リフレインはない）。[25]

Ite domum pasti, si quis pudor, ite iuvenci.
（仔牛たちよ、腹満ち足りて戻るがよい。恥じつつも。）[26]

Ite domum saturae, venit Hesperus, ite capellae.
（腹満ち足りた山羊たちよ、戻るが良い、宵の明星が昇る。）[27]

『ダモンの墓碑銘』を歌い上げる際に詩人の脳裏に上記の詩行が響いていたことは間違いない。だが、ミルトンはこれらをそのまま踏襲することはせずに、“pasti” に否定の接頭辞 “im-” を付した。そしてそれによって、家畜が牧草を食み満ち足りて家畜小屋に戻ってゆくという、のどかな田園風景を一瞬にして荒廃した風景に変貌させた。さらに、テオクリトスの『田園詩』第 1 歌に認められる 15 回のリフレインを超える 17 回のリフレインを用いることによって、牧歌詩の均衡を破ったのである。つまり『ダモンの墓碑銘』におけるリフレインは二重の意味で、テオクリトスやウェルギリウスに代表される牧歌詩の伝統を破壊している。

一方で、確かにこのリフレインは『ダモンの墓碑銘』に詩的統一感を与えている。そして、この統一感は極めて力動的（ダイナミック）である。リフレインの最初の出現は読者を呆然とさせる。詩行の内容がまさに牧歌詩の伝統的手法と真っ向から対立するからである。形式は牧歌詩の弁別的特徴を示しているが、その形式は直ちに内容によって脱構築される。読者は知らず知らずのうちにテュルシスの嘆

of Failing to Hear: The Allusive Dialogue with Virgil in Milton's *Epitaphium Damonis*." Canadian Review of Comparative Literature, vol. 33, no. 1–2, N/A, 03.2006, pp. 154–171.

25 Yuko Kanakubo Noro, and David L. Blanken,"Milton's *Epitaphium Damonis*" 106.

26 原典テキストは Virgil. *Eclogues, Georgics, Aeneid I-VI: With an English Translation by H. Rushton Fairclough*. Revised by G. P. Goold, Harvard UP, 1999, p. 71. *Loeb Classic Library.* を使用した。なお日本語訳はすべて拙訳。

27 *Ibid.* 95.

きの深さに共感を覚えることになる。

しかしながら、羊飼いテュルシスがこころ癒されて自分の仔羊たちのもとへと戻り、牧歌世界に平安が回復されることを願う読者は、その後も繰り返されるリフレインによって次第に欲求不満を覚える ("impasti") ことになる。それは読者の期待に反して牧歌世界に均衡が回復される兆しがないからである。

やがて読者は仔羊たちと同様「満たされぬまま」の状態に陥る。それはいわば、牧歌的に納まるかたちでダモン追悼の歌が歌われないことによるものである。詩人ミルトンはダモン追悼の歌を歌うことをあらゆる手法を用いて先延ばしにしている。[28] リフレインが繰り返されるにしたがって、やがて読者の欲求不満は解消されていくが、それは読者がこの哀悼詩に特有の型に慣れ親しみ、リフレインの繰り返しを期待するようになるからである。だがまもなく、この哀悼の型それ自体も脱構築されることになる。

第 3 回目のリフレインの後、テュルシスの想いはダモン哀悼から離れ、英国からイタリアへ浮遊していくように思われる。回想の中のイタリアは牧歌世界の原型そのものとして提示される。が、テュルシスは、在りし日のダモンの姿を思い浮かべつつ、また英国を回顧する。言わば、回想の中のイタリアの牧歌的風景の内で、イギリス風の牧歌的情景が回顧されるという、入れ子式構造が呈示されるのである。回想の中の理想的な幸いなる牧歌的世界と現実の荒涼たる世界が詩人の心の中で葛藤を起こし、それがテュルシスの牧笛が壊れる、という形で表面化される。それはつまり、詩人の詩的想像力の枯渇・喪失――余りに辛い局面で人はことばを失う――と詩作力の衰退を象徴する出来事である。詩人はそれでもなお、おのれの創作すべき詩について模索しつつ語り続け、自分が迷いこんでいる森（牧歌的詩の世界）に命じて、その世界から脱出するための道を開かせる。第 15 回目のリフレインに登場する仔羊たちは、詩人＝主人公が胸に抱くイタリアでの幸いなる想い出を象徴していると想定される。さらに、第 16 回目のリフレインに登場する仔羊たちは牧歌的世界そのものを象徴していると想定される。このように、リフレイン中の仔羊の象徴する

28 Yuko Kanakubo Noro, and David L. Blanken, "Milton's *Epitaphium Damonis*" 108.

内容は、詩人＝主人公が牧歌世界を脱出しようと歩を進めるにつれて内容が深化し輪郭を明確化しつつ、動的（ダイナミック）に変貌し、刻一刻と新たな様相を見せつつ変化して行く。そして第17回目のリフレインの後には脱牧歌詩の動きはその最終段階に突入していく。すなわち、テュルシスはラテン語牧歌詩の世界に別れを告げるのである。最終リフレインに登場する仔羊達が象徴するのは、ヨーロッパのネオ・ラテン語界でラテン語叙事詩人として獲得したいと願っていた、国際的名声にたいする、詩人＝主人公の大望と、それを諦めて新たな世界に進もうとする彼の葛藤である。詩人にまとわりついて餌を求める仔羊たちとは、ラテン語詩に対する愛着、つまり未練にほかならない。第17回目のリフレインのことばをもってして、詩人＝主人公はラテン語牧歌詩世界への別れの辞とする。かくて、母国語英語による叙事詩創作へと旅立つ詩人＝主人公の行く手をさえぎる俗世の煩悩すべては雨散霧消する。

以上から明らかなように、リフレイン部分が象徴するものは、詩人＝主人公テュルシスのこころが羊飼いのつとめ、すなわち、牧歌詩創作から段階を踏んで離れて行く過程となる。本詩においては、しばしばリフレインは、詩人の思いとそれらを表す先行の登場人物たちを想起させ、さらにそれら／彼らを詩人の脳裏から払拭させる機能を果たしている。『ダモンの墓碑銘』の前半部分では、仔羊たちはテュルシスのダモン哀悼の行為を邪魔する物／者全てを象徴している。そして後半部では詩人の牧歌世界脱出を阻もうとする物／者全てを象徴するに到るのである。

それと同時に、大文字で示される the Shepard、すなわち「かの偉大な羊飼い」がキリスト教世界で神と神の御子を指し示すことから、テュルシス自身が神から見放された「飢えて迷える仔羊」であることも暗示される。また、大文字で表記される “the Lamb”、すなわち「偉大なる仔羊」がイエス・キリストを指し示すことから、リフレイン部分に登場する仔羊たちの彼方にはつねにイエス・キリストの存在が意識されることになる。

言うまでもないことであるが、“the shepherd” の語の背後に「聖職者たち」そして「偉大なる羊飼い」たる “the Shepard”（大文字で始まる）――「神と神の御子」――の存在があるか否か、これが、テオクリトスやウェルギリウスに代表される古典的牧歌詩と、ネオ・ラテン牧歌詩を分かつ明確な指標となる。そして、『ダモンの墓碑銘』において、全ての仔羊が最終的には「偉大なる仔羊」に収斂されていく事になる。つまり、キリスト教的な表現を借りるなら、親友の死とそれに伴う苦しみや悲しみは全てキリストの内に贖（あがな）われ、煩悩はすべてキリストにあって解消され、たましいの救いと再生が果たされる、ということである。

Ⅲ.「幸いなる語らいと詩歌」の喪失——牧歌世界の崩壊と新たな世界への旅立ち

さらなる、脱〈牧　歌　詩〉（ディ・パストラライゼイション）の兆候は、詩人＝主人公が牧歌詩の典型的装置や表現に無関心となり、拒絶するに到るという点にも認められる。詩人の行動と言説はあらゆる牧歌的伝統的手法に真っ向からぶつかっていくことになる。その一つが “locus amoenus”、すなわち「心地よき場所」という “pastoral convention” の否定である。森を彷徨するティルシスは激しい雨風に撃たれるが、これらは牧歌詩の規範（ノルマ）にはなじまない。彼が香草（バルサム）や西風（ゼピュラス）に迎えられることはないのである。このことは、ダモン喪失の時点からじつは牧歌詩的世界の崩壊はすでに始まっていたことを意味すると言えよう。作者ミルトンにとっての牧歌詩的世界の核をなすものは、こころ通い合う二人の男性の間に生まれる、幸いなる語らいと詩歌なのであるから。それはまさにある種の男性同士の「霊的婚姻」と言えるものであるが、その期間は極めて短い。（だが『ダモンの墓碑銘』の世界が『父にあてて』および『マンソウ』同様に絶対的に家父長制度の教義に支配されていることは、ここで確認しておこう。）アルカディアを思わせる田園詩の世界に典型的な四人の登場人物がテュルシスを「心地よき場所」へと誘（いざな）うとき、牧歌詩的要素とされる７項目のうち、５項目が言及される。７項目とは、①樹木、②草原、③泉／せせらぎ／湧き水、④花々、⑤鳥のさえずり、⑥微風、そして⑦果物である。[29] ティルシスが、樹木、草原、泉、鳥のさえず

29　エルンスト・ローベルト・クルツィウス『ヨーロッパ文学とラテン中世』南大路振一・岸本通夫・中村善也訳（原著出版 1953；みすず書房：1971）pp. 281–83。

り、果実を拒絶しているという事は、牧歌詩世界の崩壊が漸次、進んでいることを特徴的に示している。つまり、ダモンがテュルシスの唯一無二の親友であって、その代替えは効かないということは、テュルシスの牧歌詩世界が内部から崩壊し倒壊しつつあるということに他ならない。

第十三回目のリフレインを含む第十四連113行から123行の詩行は、激しい慨嘆から甘美な追想へと詩の流れを切り替える旋回軸の機能を果たしている。詩の表層でテュルシスは、ダモンのもとを離れてイタリアへ旅立ったことで自分を責めている。こころ通い合う親友との〈美味(うま)し語らい〉を捨ててイタリアに居た自分をテュルシスは、せめて臨終の床にあるダモンの傍らで、その手を握り、世話をしたかったものだと言って悔やむのである。この状況は取り返しがつかぬものであると同時に言い逃れできぬものである。そして、『マンソウ』を注意深く読んだ読者ならば、上記で挙げた問題の詩行が「臨終の床にある親友にはんべる保護者(パトローヌス)」という『マンソウ』の図像(イコン)と近似していることに気づくであろう。マンソウは死に行くヨアネス・バッティスタ・マリーノ（1569–1625；技巧的な詩風の奇想主義の代表的詩人）にこのようにして付き添ったのであり、同詩85行から93行において、ミルトン自身が想像上の自分の死の床で、マンソウを思わせる親友から、同様の介護を受けている姿が描かれている。以降、『マンソウ』においてミルトンは、神々の仲間入りをして——『父にあてて』同様に——自分自身を寿ぐ祝歌(ほぎうた)を高らかに歌うのである。さらに、この図像(イコン)はテュルシス／ミルトンにイタリアでの幸いなる日々を想起させるが、そこで詩人＝主人公は多くの詩人たちと「幸いなる語らい」を分かちあったがゆえに悔いなきものだったはずである。

これに続く第十五連128行から138行の詩行では「心地よき場所」が提示されるが、これは詩人＝主人公がイングランドの地で拒んでいたものである。そこには、「ぎんばいか」に囲まれて、柔らかな草地に横たわるという定型的な牧歌詩のモティーフに加えて、魅力と雅趣とが認められる。第十六連においてテュルシスはイングランドにいるダモンを回想し、第124行から第129行の詩行で描かれる場面は、呼応し合う牧歌的モティーフを想起するが、それは詩人＝主人公にとって最も貴重な想い出の一つとなる。この分岐点で、詩人の牧笛はばらばらに壊れてしまうが、それは当該詩の複雑な旋律を奏でるという重荷に耐えないからである。なぜならそれは、牧歌詩世界の崩壊という主題に対する、またもう一つの言及であることがかなり明確になってきたからである。第十七連において詩人ミルトンはアーサー王の治世を通してブリテンの歴史を扱う母国語英語による叙事詩創作の大望を詩中に導入する。これは牧歌詩廃棄通告の最終段階となる。この構想は162行から168行までの詩行を包含する。これに続く10行は英語叙事詩創作者としての詩人の名声という未来の行程に関して、詩人が自己言及的に思い巡らす詩行となっている。今や詩人ミルトンは、ばらばらに壊れて廃棄寸前となった牧笛を木の枝にかける（169行）。そしてこの象徴的な行為とともに、牧歌詩／反牧歌詩『ダモンの墓碑銘』は危機的な状況に立たされることになる。これまでのところ本詩は主題に相応しい墓碑銘を提供してはいないし、哀歌が未完であることは明白である。しかもさらなる不統一性を露呈する危険をもはらんでいる。

だが、最終連である第十八連において解決の道は手近の驚くべき変換・変形（トランスフォーメーション）・変身の連鎖の中に示される。これら変換・変形・変身（トランスフォーメーション）は、詩女神（ムーサイ）たちのとりなしの力を通じて、壊れた牧笛が英語叙事詩を奏でる新たな楽器へと生まれ変わる可能性がある、という概念とともに始まる。脱〈牧歌詩〉（ディ・パストラライゼイション）の行程が完成に到るのは再生と神格化が開始され顕在化されることと歩を同じくする。この新たな行程が生じるのは、ひとえにマンソウがミルトンに贈った一対の杯（さかずき）に宿る魔術的な力（180行から197行）に負うている。これら「双子の杯（さかずき）」には、アラビアの不死鳥と愛の神クピドーという二重のモティーフが彫り込まれている。いまやミルトンは『ダモンの墓碑銘』の主題とモティーフの「全音域」を事実上この一対の杯（さかずき）に包含させ、結論部の天上におけるダモンの結婚の宴で使用される婚姻祝いの杯という期待の内にこれら杯（さかずき）を変換させる（198行から219行）。それはあたかも本詩における、より粗野な要素が浄化され、祭儀的癒しを与えられ、不死鳥とクピドーという二重の表象を通じて再生を経験するかのごとくである。

イングランドとイタリアのあらゆるせせらぎ、川の流れ、そして海はこの二つの杯（さかずき）に収斂され、紅海と、アラビアの岸辺へと変換される。イタリアとイングランドのすべての牧歌の森は紅海とアラビアの岸辺に生い茂る新たな芳香樹（バルサム）の香しき薫（かお）りへと収斂され変換される。あらゆる季節は芳香漂う常春（とこはる）のときへと収斂され変換される。

生物についても同様のことが言える。鳶（とび）と雀は自然界では殺戮するものとされるものとして対立するが、神の鳥である不死鳥へと変換される。不死鳥は自身の父親の遺骸から生まれる（ここにも父権性制度の枠組みが認められる）。不死鳥を通して、殺戮者と被害者、すなわち、鳶と雀は同時に蘇（よみがえ）る。森を孤独（ひとり）さ迷い、親友の死を嘆くテュルシスの姿はこの唯一無二の神鳥である不死鳥へと変換される。そしてそれはまた、ラテン語牧歌詩人が英語叙事詩人として生まれ変わることを象徴するために機能している。牧歌詩の情景の中の多種多様なニンフたちと乙女たちは暁の女神オーロラへと収斂されていく。このことはまた、牧歌詩における地上世界が天上界へと変貌することをも意味している。さらに、オウィディウス作『変身譚』によって周知のごとく、牧歌的背景の中で、通常、登場人物たちは岩や樹木へと変身させられる。すなわち、彼らは存在の鎖（チェインオブビイング）の枠組みにおいては、より低次の存在へと格下げされているわけである。しかしミルトン作『ダモンの墓碑銘』においては、彼らもまた、神の鳥、不死鳥――すなわちイエス・キリストによって――より高次の存在へと格上げされ、変貌することが暗黙の了解となるのである。これは単に脱牧歌世界というのみならず、ミルトンによる脱ギリシア・ローマ神話世界と言うべきであろう。ギリシア・ローマ神話では、人間はより低次の存在へと“metamorphose”が行なわれていたことは既に指摘した。一方で、キリストの遍在するネオ・ラテンの世界では変身は〈より高次の段階〉に向かって行なわれるのである。これもまた牧歌的伝統における革命である。これは「ミルトン的Puritanismの精神」と呼ぶべき理念との関連で理解すべきであろう。一般にピューリタニズムは勤勉と努力の継続により一層の物理的利益が神から与えられることを想定していると考えられる。一方でミルトンの場合には、絶え間ない勤勉と努力、自己の切磋琢磨により精神世界における一層の高みを目指す姿勢が作品を通して認められるのである。

最終連における「天上の婚姻」は三つの大祭、つまり、古典的ローマ世界のサテュルヌス祭（サテュルナリア）とイングランド土着の祭りである五月祭り（メイポール）、そしてキリスト教世界の十二夜の祝いが、ダンテ作『神　曲』（デイヴィナコメディア）最終部の円舞の場面と連鎖し渾然一体となって展開される。ここにもまた、格上げされた変換の行程が認められる。すなわち、音楽と詩歌、そして円舞が「**天上のティルソス**」[30]（**ティルソス**は本来、酒神バッコスの持つ豊穣の杖である）のもとでとりおこなわれる祝祭の喜びの渦の中で結合し融合していく。**テュルソス**は、葉のない樹木を象徴するが、“axis mundi” すなわち、世界の中心軸として、宇宙の不滅の中心として機能する。葡萄づるや蔦（つた）のからまった杖で、頭に松毬（まつかさ）を乗せたものである。さらに男根を象徴し（ここにも父権制の枠組みが認められる）、生命力の源ともみなされる。[31]『ダモンの墓碑銘』で言及された樹木すべて（明らかなのは5種類であるが、他は間接的に言及されている）が「**天上のテュルソス**」へと収斂し、変貌し、格上げされる。詩中で詠われるヘルメスの黄金の杖と羊飼いの持つ牧杖――羊飼いとしてのテュルシスが間違いなく手にしていたはずの牧杖――も同様の変貌を遂げる。支え手たる楡（にれ）の木を喪失していた葡萄づるは今や**天上のテュルソス**の柄にからまっているが、これは天上の婚姻の成就を表象する。〈強いられた結婚〉と〈謀略による結婚〉という、二つの、未完成の婚姻のテーマの変異種は、今や「天上の婚姻」すなわち、ディオダティも花嫁として参加する究極の理想の婚姻へと収斂する。ちなみに『ダモンの墓碑銘』のことここに到ってディオダティがクリスチャンネームで言及されることは注目にあたいするが、その意味するところは「神からの贈り物、神からのご褒美」の意味であることはさらに重要な意味を持つ。ディオダティの意味するところは、その早過ぎる死のために、地上では完成を見る事はなかったが、天上では見事に開花して「神からの贈り物」として成就したからである。

そして、詩の終結部では、「ばらばらに壊れ」たために、テュルシスが「松の樹の枝にかけた牧笛」もまた、**天上のテュルソス**のいただきに冠された

30　豊穣の杖テュルソスと『ダモンの墓碑銘』の詩人＝主人公テュルシスとの混同・誤読を避けるためにテュルソスは太字表記とする。

31　J. C. クーパー『世界シンボル辞典』岩崎宗治・鈴木繁夫訳（三省堂：1992）、テュルソスの項を参照されたい。

「松毬（まつかさ）」へと収斂され、昇華を遂げる。松毬（まつかさ）は、老松（おいまつ）の実りであり、再生と復活のシンボルだからである。詩人＝主人公ジョン・ミルトンもまた、古き牧歌詩的名前テュルシスを脱ぎ捨てた後、**天上のテュルソス**を手に持ち、新たな英語叙事詩の世界の住人として再生することが期待されつつ、脱〈牧歌詩〉（ディ・パストラライゼイション）の行程はここに幕を閉じることになる。このように『ダモンの墓碑銘』においてはすべてが上位の存在へと変換されている。ネオ・ラテン語詩人ミルトンは、古典的ラテン語による牧歌世界を脱構築して、「より高次の世界」を指向するネオ・ラテン語詩として『ダモンの墓碑銘』を描き出したのである。

あとがき

元日本大学教授　学術博士　野呂有子・松山大学特任講師　金子千香

1. 本プロジェクト立ち上げの経緯

ミルトンのラテン語詩日本語翻訳の成立事情を振り返れば、本訳書は、金子が野呂有子博士のご指導を仰ぎ、ミルトン研究の道に歩を進めてきた過程の産物である。きっかけは2014年初夏、野呂博士が研究代表を務める「ジョン・ミルトン『イングランド国民のための弁護論』ラテン語コンコーダンス作成プロジェクト」に参加させていただくご縁を得て、[1] ミルトンのラテン語作品に初めて接した経験であった。それから約一か月後、野呂博士の勧めもあって、『1645年版詩集』のラテン語詩群を研究題材とし、ミルトン研究を進めていくことを決意した。

基礎研究における第一の課題は、ミルトンの全英語牧歌、続いて全ラテン語詩をワードに打ち込む作業であった。つぎに、東京成徳短期大学在職中であった野呂博士が同講師D. L. ブランケン教授と共同執筆された「父にあてて」「マンソウ」「ダモンの墓碑銘」に関する三本の英語論文に習いつつ、[2] ラテン語詩群全体を俯瞰し、分析することとなった。

これら三本の英語論文は、ミルトンの詩的世界の道しるべとなり、いまでは研究だけでなく、私の人生そのものを支えてくれている。「父にあてて」「マンソウ」「ダモンの墓碑銘」は、いずれも20代のミルトンの手になる作品で、わが道を邁進せんとする若き詩人の人生にとって、かけがえのない人々に宛てられた作品である。一国を代表する詩人になろうと大志を抱き、節制を常とし、放蕩とは無縁。父の期待に反し、聖職にも法職にも就くことなく、詩作研究の道に身を投じていた。それでも38歳を迎えるまで、詩集の一冊どころか、

---

1 詳細は、『野呂有子の研究サイト（ジョン・ミルトンを中心にして）』「検索データーベース」を参照されたい (www.milton-noro-lewis.com/index.html)。

2 本書「序論」第2節を参照されたい。

自身の名（フル・ネーム）を冠して詩作品を正式に出版したこともない。若きミルトンの焦燥感は、時代を経てなお、志半ばの若者が抱えるものと同じであろう。これが私自身にも重なったのである。ミルトンほどの自制も大志もないけれど、20代半ばを過ぎてなお、ものになるともわからぬ文学研究を夢みる私自身に。焦燥感に包まれていながら、ミルトンが父に、守護者（パトロン）に、親友に伝えようとしたのは、かれらの存在への絶えぬ感謝の心であった。同様に、父が与えてくれたこれまでの学びの機会と支えがなかったなら、拙きものを厭わず激励を惜しまぬ先生方がいなかったなら、共に本を読み、語らい、学び合える友がいなかったなら、今、この道に立ち続けることはできなかった。野呂博士のご論文を通して、ミルトン作品の鑑賞法だけでなく、同じ年ごろのミルトンの感謝の心に出会えたことは私にとって何よりの幸いであった。それは将来への焦りと不安に苛まれ、自らの拙さを恥じる日々の中で、かけがえのない人々の存在によって生かされる自分自身に気が付かせてくれたのだから。

さて、本格的な翻訳活動が始動したのは2015年春のことで、以後、『1645年版詩集』の掲載順に沿って「第一エレゲイア」から「ダモンの墓碑銘」までを日本語に訳し、再度、「第一エレゲイア」を訳し直すという作業を繰り返し行った。『1645年版詩集』掲載作品を基軸とすることで、そこに掲載されていない作品を選り分けて鑑賞することができた。

例えば、現存するミルトンのラテン語詩は、二篇を除いて、生前に出版された詩集もしくは散文内に収録されている。例外となる二篇は「エレゲイア調の歌」と「怠惰な眠り」である。ミルトンの死後200年を経た1874年、A. J. Horwood教授が『備忘録（コモンプレイス・ブック）』とともに、これらの詩歌が記された紙片を発見した。羊皮に包まれた『備忘録（コモンプレイス・ブック）』とは別に、無造作に箱にしまわれていたフールスキャップ紙（約43 cm×34 cmサイズ）は湿気により激しく損傷していた。空気に触れると数日で、紙片の一部は脆くも崩れ去った。Horwood教授が見た “[Johann] es” の文字は塵と化したが、辛くも遺った “Milton” の名は詩歌の本文とともにいまも姿を残している。現存する他すべてのラテン語詩がミルトンの生前に出版されていることを考慮すれば、これら二篇はミルトンが公表するには至らないと判断した、すなわち「熟達する前の (“before the mellowing years")」珍重な作品である。これらは、比較的研究資料の少ない1620年代前半のミルトンの創作活動の様子を窺い知る手がかりとなる。ゆえに10代の未出版作品、10代・20代の作品、30代後半の作品、40代の散文内韻文としての作品として、ミルトンのラテン語詩の発展を段階的に鑑賞していく際に、これら二篇の存在は極めて重要であろう。もしHorwood教授がこのちりに戻る寸前の紙片に記された言葉の輝きに気が付かなかったなら、本ラテン語詩翻訳集が現在の形でまとまることはなかったかもしれない。

翻訳作業においては、作品に出現する全てのラテン語をラテン語辞書に当たって意味調べを行い、使用法を確認しつつ、文法規則に基づく読解をこころがけた。半年から一年の間を置き、訳を練り直すことで、語から句、句から詩歌全体へと視点を移し、語の出現順序（配置）によるイメージの展開を意識しつつ、多義的なラテン語に、コンテクストにふさわしいと思われる日本語訳をあてていった。このようにミルトン作品を模範とし、①模倣、②分析、③母国語翻訳を通して、金子が野呂博士から求められていたのは、ミルトンがラテン語牧歌の模倣から始め、英語叙事詩創作を達成したように、段階を踏んでミルトンのラテン語詩に親しむことであったように思われる。

その結果生まれた各ラテン語詩の下訳をもとに、2018年8月2日より定期的に野呂博士と訳読検討の場を設けて、推敲を重ねた。野呂博士におかれては、拙訳への添削の労を厭わず、ときには日に10時間以上に及ぶご指導を賜った。2020年、猖獗を極めるCovid-19の最中にあっても、遠隔会議システムZoomを利用し、訳読検討を続けてこられたことは幸いであった。野呂有子博士の文学への造詣の深さと俳人でいらした御父上故金窪洋三氏により育まれた豊かな言語感覚はさることながら、本企画への多大なご尽力なくして、本書の完成はあり得なかった。この場を借りて、改めて野呂博士に厚く御礼申し上げる。

また2015年7月にイギリス、エクセター大学で開催されたThe Eleventh International Milton Symposiumに参加し、パネル発表"Milton's Latin Poetry"を行ったRobert Dulgarian教授、John Garrison教授、William Shullenberger教授、そして野呂博士とかねてから親交のあるJohn Hale教授に接し、励ましと助言をいただいたことが、今日の研究活動の励みになっている。新米研究者である金子が、ミルトン研究の第一線で活躍する優れたミルトン研究者（Miltonist と呼ばれる）を訪ね、こうも温かく迎えていただけたのは、今日までに日本人研究者の信頼と実績を培ってこられた、故越智文雄博士率いる日本ミルトンセンター (MCJ) および、MCJ の精神を継承して誕生した日本ミルトン協会 (MAJ) の先生方の御蔭である。

そして本書の出版を快く引き受けてくださった金星堂社長福岡正人氏と、編集担当の倉林勇雄氏にもこの場をかりて心から御礼申し上げる。

本書は 2021 年度松山大学研究叢書の出版助成を受けて出版されている。最後に、だが最も大事なこととして、研究の場を与え、出版にかかるご協力をも与えてくださった松山大学に心から感謝を表したい。金子が松山大学に着任したのは 2018 年春のことである。松山大学ではすでに母校の先輩にあたる新井英夫先生（松山大学・松山大学大学院教授）と野村宗央先生（松山大学准教授）がご活躍され、厚い信頼を得ていたことが助けとなり、故郷の愛媛にて研究と教育にたずさわる職を与えていただくことができた。さらにお二人の見識の深さと実行力により 2019 年 12 月 20 日には、松山大学大学院言語コミュニケーション研究会　第 14 回　例会に野呂博士をお招きし「庭園、語りあい、そして手と手：ジョン・ミルトン作『楽園の喪失』とわたしたち」と題して特別講演会が開催された。また松山大学図書館には 150 冊近いミルトン関連の書籍が所蔵されていることもあってか、道後平野に囲まれた学びの「楽園」には、ミルトン的精神が涵養される土壌があり、滾々（こんこん）と湧いて、いま一つの形となった。

松山大学研究叢書出版助成をお認めくださった、松山大学と新井英夫学長に心から感謝申し上げ、筆をおくこととする。

2021 年 3 月 21 日

金子　千香

松山大学　樋又キャンパスにて

2. 回顧と本プロジェクトの一応の決着

仕事は、やりかけでもしっかりとやっておくものだとつくづく思う。

今から四半世紀ほど前、毎年一篇ずつ、当時野呂が勤務していた女子短期大学の外国人講師 David L. Blanken 氏と共同でミルトンのラテン語詩のうち 3 篇「父にあてて」、「マンソウ」そして「ダモンの墓碑銘」に関する共同論文執筆作業を三年間に亘って行った。その際に、当該ラテン語詩をブランケン氏は英語に翻訳し、野呂は日本語に翻訳した。そして、共同執筆論文の後に英語訳、日本語訳の順で付しておいた。

そのおり『1645 年版詩集』（出版は 1646 年）に収められた残りのラテン語詩の扱いについて気になってはいたものの、そのまま手付かずでおいてあった。

それが 6 年ほどまえから、金子千香さんが下訳を行うことを引き受けて下さった。金子さんは実に根気づよく丹念にこの作業を継続して下さった。そして、この下訳を土台として昨年一年間は、PC のズーム機能を使用して、毎週一度、金子さんと野呂の二人で訳の見直し作業に勤しんできた。それがこのたび、こうしたかたちで実を結ぶこととなった。

思えば、この仕事の萌芽期からこのたびの出版までに約 25 年の歳月がかかったことになる。これは、ミルトンが『1645 年版詩集』を出版し、その後の 15 年間を政治論争とイングランド革命のまっただなかで精力的に政治論文執筆にいそしみ、護国卿オリバー・クロムウェル (1599–1658) 率いるイングランド共和制のラテン語担当秘書官として、共和政府擁護の論文を英語とラテン語で執筆し、各国との国際的な公務文書作成に励むこととなり、王政復古 (1660)、ペストの大流行 (1665)、ロンドン大火 (1666)、『楽園の喪失』（十巻本、1667）、『楽園の喪失』第二版 (1668)、『楽園の回復　および　闘技士サムソン』(1671)、『1645 年版詩集』を加筆訂正して『1673 年版詩集』、『楽園の喪失』（十二巻本、1674）を出版したこととも奇妙に符合する。ミルトンの場合には『1645 年版詩集』から『1673 年版詩集』までに約 30 年の歳月がかかっているわけであるが。

ミルトンやウェルギリウスの言葉を借りて「小事を人事に引き比べれば」、過去にやり残した仕事を 30 年近くを経て、かたちにし直すという作業を期せずして行うことになった、という点ではミルトン自身の仕事にわれわれの仕事を重ねてみても許されるのではないか。

ところで、本詩集はOxford大学付属図書館ボードレイアン・ライブラリーで一度盗難にあっている。本詩集の価値を知る図書館員ラウズ氏は同書の送付をミルトンに依頼し、ミルトンはそれに答えている。その際にミルトンはラウズに宛てた、ひとひらのラテン語詩をものして氏に捧げている。ラウズ氏に宛てた詩の中でミルトンは「一巻に綴じられた双子の詩集」として『1645年版詩集』に言及するが、詩人はこの詩が書かれた紙片を『ラドロー城の仮面劇』の後、ラテン語詩集部門の始まる前の箇所に差し挟んで1647年1月23日（ユリウス暦とグレゴリウス暦では10日ほどずれが生じるため、現在の数え方では2月2日になるか）にラウズ氏に送ったのである。当該詩は「双子」を意味する "Gemelle" の語をもって歌い始められている。第2行目の行末にもやはり「双子」を意味する "gemina" の語が採用されるという念の入れようである。著者ミルトン自身が出版から1年後に『1645年版詩集』に言及しているわけであるが、そこで一つの装丁に包（くる）まれた「双子の詩集」と明言していることは注目にあたいする。

この点においてわれわれは、350年ほど前の本泥棒（ぬすっと）に寧ろ感謝して良いだろう。さらに、ミルトンの著書の価値を充分に理解し、献本依頼を行った図書館員ラウズ氏には絶大な感謝の意を表するべきであろう。つまり、本泥棒と図書館員という二人の人物は、詩人ミルトンの興趣を誘い、詩女神（ムーサイ）のミルトン再訪を促し、新たなラテン語詩誕生に大きく寄与したのである。われわれは、書籍紛失という「災い」を「自己言及的作品創作」の絶好の機会へと転換し、過去の自己作品に新たな生命を吹き込み、ラウズ氏に捧げた僅か82行のラテン語詩によって自著を新たなる高みへと格上げし、作品全体を脱構築した詩人ミルトンの不撓不屈の姿をも見ることになる。そこには、*Paradise Lost*, *Paradise Regained* & *Samson Agonistes* を貫き通す、作者ミルトンが常に胸に抱く、神の救済史観を、すなわち「悪から善を [“good out of evil”]」というテーマに象徴される救済史観を体現する第一級のキリスト教叙事詩人の姿が認められるのである。

それでは、実際には存在しているが、このたびの研究成果には反映されていない〈双子のかたわれ〉についても言及しておこう。

双子のかたわれ――ミルトンにとってのディオダティ、愛の神エロス〔クピドー〕にとってのアンテロス（厳密には弟だがほぼ双子といってよい）、ラテン語牧歌詩「ダモンの墓碑銘」に対する英語牧歌詩「リシダス」、英語詩集部門中の「快活の人」に対する「沈思の人」がそれぞれ双子のかたわれとなる。さらに今回、研究成果の一つの結実として、時宜を得て世に送り出すことになった本ラテン語詩集部門に対しての英語詩集部門もミルトン的視点を借りて申し上げるなら、〈双子のかたわれ〉となる。

ここでは本ラテン語詩集部門に対する双子のかたわれとしての英語詩集部門について話を進めて行こう。『1645 年版詩集』に収められた英語詩に関しては故宮西光雄先生 (1926–82) が網羅的な訳を『ミルトン英詩全訳集』上巻（金星堂、1983）に収めておられる（ちなみに上巻には『1645 年版詩集』収録以外の詩群の訳も収録されている）。宮西訳のお蔭でわれわれ後進のミルトン研究者たちは『1645 年版詩集』収録の英語部門の詩群について学ぶ際にも確かな指標を手にすることができる。それは、ミルトン詩集というパルナッソスの山を登攀（とうはん）する際のすぐれた案内人として、道に不慣れなわれわれの傍らで、つねに我々を支え導き続けているのである。

私は宮西先生のお訳でミルトンの詩作品、とくに比較的短い作品を連読するたびごとに、〈もう一人の案内人〉のことを脳裏に想い浮かべざるを得なかったことをここに表明しておく。その案内人とは、さよう、ラテン語詩集部門の日本語訳に他ならない。〈英語詩集部門の案内人〉と〈ラテン語詩集部門の案内人〉という二人の道先案内人が揃（そろ）ってこそ、『1645 年版および 1673 年版ミルトン詩集』という、パルナッソス山登攀が可能となるからである。なぜなら詩人ミルトン自身がラテン語詩「父にあてて」の冒頭で述べているように、パルナッソスの山は「双子峰（ふたみね）」の山だからである。英語詩部門の頂きに立ったとき、すなわち「ラドロー城の仮面劇」読了後に、読み手のわれわれはさらにその先にもう一つの頂をへと続く一筋の道を――「第一エレゲイア」に始まり

「ダモンの墓碑銘」へと続いていく一筋の山路（やまみち）――を眺めることになる。その瞬間にわれわれは、さらにもう一つの頂をも登攀したいと切なる願いと憧れを抱く、二峰のパルナッソスに憑依（とりつ）かれた自分がいることに気づくのである。われわれのこの研究成果がそうしたパルナッソス登攀をこころざす人びとの道先案内人として少しでもお役に立つなら、これにまさる喜びはない。

さらに長らく日本ミルトンセンター（現日本ミルトン協会）の会長職にあられ、日本のミルトン研究の発展に寄与し、見守り続けて下さった故越智文雄先生 (1911–2003) にも触れておきたい。越智先生は特に日本のミルトン研究のラテン語部門の草分け的存在としても活躍された。多くの優れたミルトン研究者を育成し、同志社女子大学学長として大学教育にも大きく貢献された。越智先生による日本語訳、ヒュゴー・グロティウス著『楽園を追われたアダム』は『楽園の喪失』や『闘技士サムソン』の主題と構造を研究する際に必読の書の一冊となる。

そしてわが師新井明博士のお名前も忘れてはならない。新井先生は後期のミルトンの三大作品『楽園の喪失』、『楽園の回復』および『闘技士サムソン』の日本語訳をなされている。これを超える邦訳の存在をわたくしは寡聞にして知らない。新井先生は、今は亡き東京教育大学（現筑波大学）でわれわれ学生にアメリカ仕込みの英文学教育を徹底的に叩き込んで下さった。ちなみに新井先生はミシガン大学大学院で故フランク・L. ハントリー教授の元で指導を受け、卒業試験では居並ぶアメリカ人院生を置いて「98 点」を獲得している。今回、本訳書について人を介してお伝えすると大変喜んで下さったと聞いている。

本訳書を宮西光雄先生、越智文雄先生、そして新井明先生に捧げることとする。

さらにこれをご快諾くださったわが教え子にして共同研究者、金子千香さんにこころより感謝の意を表明する。

2021 年 11 月 29 日

野呂　有子

庭に咲く大輪の薔薇を愛でつつ

索　引 (1)

1. 数字は本文および脚注に出現する人名、地名、書名等の頁数を示す。
12 のように、数字に下線が施されているのは当該語句が脚注に出現することを示す。〔オウィディウス〕のように、〔　〕内に見出し語があるのは訳者補筆を示す。
2. 索引中の書名タイトルについては、原則として著者名に続けて書名を挙げた。なお、本文および脚注に英語書名が出現する場合、日本語書名の後に英語書名を表記。
3. 本索引では人名と地名を別項目立てにしていない。これは本訳書の詩作品において、しばしば地名を挙げることによって特定の人物を指すという修辞的技法が採用されており、人名と地名を厳密に区別することが困難な場合があるためである。
例：ロクリスはギリシアの都市名であるが、「ロクリスの剣」とはロクリス人のパトロクスの剣を指している。本訳書 68 頁参照。

ア

カ

サ

タ

ナ

ハ

索　引 (2)

（近・現代の批評家）

1. 数字は本文および脚注に出現する人名の頁数を示す。
2. 英語表記に後続して日本語表記が併記されている場合、本文中に当該の英語表記もしくは日本語表記が出現する場合があることを示す。逆も同様。

監訳者・訳者略歴

野呂　有子（のろ・ゆうこ）／Noro Kanakubo Yuko

1951年生まれ。東京教育大学（現筑波大学：修士）、学術博士。元日本大学・大学院教授。主要著訳書・論文『〈楽園〉の死と再生　第二巻』（編著、金星堂）、『詩篇翻訳から『楽園の喪失』へ』（冨山房インターナショナル）、*Milton in France*（共著、Peter Lang Pub Inc.）、『〈楽園〉の死と再生』（編著、金星堂）、『摂理をしるべとして——ミルトン研究会記念論文集』（共編著、リーベル）、『多文化アメリカ文学』（原公章との共訳、冨山房インターナショナル）、『イングランド国民のための第一弁護論および第二弁護論』（新井明との共訳、聖学院大学出版局）、'Doppelselbstmord aus Liebe: Anmerkungen zu Einem Japanischen Ideal'（ドイツの文化誌 :*IKONEN*:）、「20世紀の『楽園の喪失』、そして現在」（『英語青年』、研究社）、他。第7回〜第12回国際ミルトン学会にて研究発表。
電子書籍　*A Comparative Study on the Texts of John Milton's* Paradise Lost: *1667 version, 1668 version, 1674 version, Columbia version and A Partial text of Akira Arai's* Rakuen-no-Soushitsu, *A Japanese Translation of* Paradise Lost (2020); *A Comparative Study on the Texts of John Milton's* Paradise Regained & Samson Agonistes*—1671, 1680,Columbia editions—and A Partial text of Akira Arai's* Rakuen-no-Kaihuku / Tougishi-Samson, *A Japanese Translation of* Paradise Regained & Samson Agonistes (2020); *The Original Latin Text of* The Second Defence of the People of England *by John Milton in Comparison with the Columbia Version* (2019); *The Original Latin Text of* The Defence of the People of England (1651) *by John Milton in Comparison with the 1658 Columbia Version.* (2018) 他監修・編著。すべてフリーサイト『野呂有子の研究サイト』(www.milton-noro-lewis.com) に搭載。

金子　千香（かねこ・ちか）／Kaneko Chika

1987年生まれ。日本大学（博士）、文学博士。松山大学特任講師。
主要著書・論文『〈楽園〉の死と再生　第二巻』（共著、金星堂）、『〈楽園〉の死と再生』（共著、金星堂）、「John Miltonのラテン詩にみられる叙事詩性」（国際文化表現学会『国際文化表現研究』第12号）、「「火薬陰謀事件」連作詩から『楽園の喪失』へ」（『国際文化表現研究』第13号）、「『転身物語』からミルトン作『第七エレジー』へ」（松山大学『言語文化研究』第40巻第1号）、他。The 12th International Milton Symposium（於：フランス、Strasbourg大学）にて "Milton as *Phoebicolis*, a follower of Phoebus" のタイトルで研究発表。
電子書籍　上記電子書籍4冊中三冊の共同研究者の一人して分担執筆。

松山大学研究叢書第 108 巻
ジョン・ミルトンのラテン語詩全訳集
ラテン語詩原典の比較対照版テキスト
（1645 年版、1673 年版）付
(A Japanese Translation of John Milton's Latin Poetry
with a Comparative Study on the Texts
of his 1645 *Poems* and 1673 *Poems*)

2022 年 2 月 28 日　初版発行

監訳者　野呂　有子
訳　者　金子　千香
発行者　福岡　正人

発行所　株式会社 金星堂
（〒101-0051）東京都千代田区神田神保町 3-21
Tel. (03)3263-3828（営業部）
(03)3263-3997（編集部）
Fax (03)3263-0716
https://www.kinsei-do.co.jp

組版／ほんのしろ
Printed in Japan
装丁デザイン／岡田知正
印刷所／モリモト印刷　製本所／牧製本
落丁・乱丁本はお取り替えいたします

ISBN978-4-7647-1213-3 C3098